KB200295

이문구 소설에 나타난 근대성과 탈식민성 연구

고인환(高印煥)

경북 문경 출생. 경희대학교 국어국문학과 졸업 및 동대학원 졸업(문학박사). 2001년 중앙일보에 문학평론 「순정한 허구, 혹은 소설의 죽음과 부활— 성석제론」이 당선되어 작품 활동 시작. 문학평론가. 경희대, 경희사이버대, 협성대 강사. 계간 『시선』 편집위원. 주요 논문으로 「리얼리즘과 탈리얼리즘 이론의 전개」 「1980년대 문학을 '타자화'하는 한 방식」 「독자중심이론의 영향과 과제」 등이 있음.

청동거울 문화점검 ❷

이문구 소설에 나타난 근대성과 탈식민성 연구

2003년 10월 25일 1판 1쇄 인쇄 / 2003년 10월 30일 1판 1쇄 발행

지은이 고인환 / 펴낸이 임은주
펴낸곳 도서출판 청동거울 / 출판등록 1998년 5월 14일 제13-532호
주소 (137-070) 서울 서초구 서초동 1359-4 동영빌딩 내 / 전화 02)584-9886~7
팩스 02)584-9882 / 전자우편 cheong21@freechal.com

편집장 조태림 / 편집 하은애 / 북디자인 김세희 / 영업관리 김경우

값 10,000원

ISBN 89-5749-007-8

이문구 소설에 나타난 근대성과 탈식민성 연구

고인환 지음

청동거울

책머리에

　우리 문학에서 '근대성'은 여전히 미완의 기획이다. '탈근대성', '탈식민성' 논의 역시 '근대성'에 대한 문제의식을 넘어서지 못하고 있다. 이문구는 우리 근대문학 논의의 심화와 확장에 기여한 작가의 하나이다. 그의 소설은 근대성의 자기 증식 과정을 반복하면서 이를 넘어서는 하나의 계기를 함축한다. 농경 사회의 유제와 산업 사회의 모순이 중층적으로 얽힌 우리 '근대성'의 전개 과정에서, 그의 소설은 '근대성'의 논리가 배제하고 거부했던 '타자'로서의 전근대적 요소들에 관심을 가짐으로써 근대 문명에 대한 대안적 문명의 한 모범을 시사한다. 서구 중심의 근대를 비판·상대화하고 이를 넘어서려는 이문구 소설의 지향은 주체적 근대문학의 가능성을 잘 보여준다. 이러한 이문구의 문학적 실천은 타자의 배제를 통하여 동일성을 확보한 서구 중심의 근대성을 상대화하고 이와는 이질적인 또 다른 근대성을 구축하려는 탈식민주의의 과제와 연결된다.

　이 책에서는 이문구의 소설이 서구 중심의 기획에 대한 저항의 의미를 함축하고 있다는 전제 아래, 그의 소설에 나타난 근대성과 탈식민성을 고찰하였다. 필자에게 탈식민성이라는 화두는, 서구에서 내재적

으로 형성된 근대성·탈근대성의 일방적 수용에 대한 회의와 더불어, 전통적 양식에 대한 향수가 착잡하게 얽히는 과정에서 탄생하였다. 탈식민성은 '근대가 매개된 전통', '전통이 매개된 근대'를 동시에 바라보려는 문제의식이 낳은 방법론적 틀이다. 이러한 문제의식을 이문구의 소설에 접목시켜 보려는 의도가 이 책을 낳은 원동력이다. 이는 근대 세계에 대한 근원적 문제의식을 함축하는 시대정신으로서의 '근대성'과 이러한 근대성이 전통 서사 양식과 맺고 있는 관계를 밝혀 보려는 기획의 일환이다.

　이문구 소설에 나타난 전통적 서사 기법은 현재의 부정적 요소를 혁신하고 일탈하는 가변적인 의미를 함축함으로써 스스로를 갱신하고 재형상화한다. 이러한 과정을 통해 전용된 전통적 삶의 양식은 현재적 삶에 대한 향수의 계기로 인식되기를 거부하고, 동시대적 삶을 성찰하는 필수불가결한 요소로 기능하면서 부정적 현재를 넘어서려는 미래 지향적 가치와 연결된다. 탈식민주의적 관점은 전통지향성과 근대성을 변증법적으로 매개하는 방법론으로 기능하면서 이문구 소설의 동시대적 의미를 밝히는 데 기여함으로써, 이문구 소설에 대한 기존의 상반된 평가, 즉 근대에 미달된 형식이라는 부정적 관점과 세밀한 검토를 거치지 않은 채 전통 담론으로 격상시키는 긍정적 관점을 발전적으로 지양하는 데 중요한 시사점을 제공해 주었다. 탈식민주의라는 이론적 칼날이 이문구 소설이 빚어내는 역동적 무늬를 손상한 것은 아닌지 우려된다. 이 책이 이문구 선생님의 영전에 부끄럽지 않을 수 있다면 필자에겐 더할 수 없는 행복이다.

박사학위 논문을 정리하여 한 권의 책을 내면서 학문적 글쓰기에서 멀리 떨어져 있는 자신을 발견하였다. 스스로에 대한 담금질이 필요하다는 느낌이다. 이러한 생각을 할 때마다 떠오르는 분들이 있다. 늘 겸손함의 미덕으로 학문하는 자세를 일깨워 주시는 조해룡 선생님, 변함없이 관심을 가지고 보살펴 주시는 김재홍 선생님, 그리고 후학들에 대한 열정적 사랑으로 학문의 길을 이끌어 주시는 김종회 선생님을 비롯한 학과 스승님들께 머리 숙여 감사드린다. 이분들이 없었다면 학문의 길을 지속하지 못했으리라. 논문 심사에 참여해 애정어린 시선으로 부족한 부분을 꼼꼼하게 채워 주신 한용환 선생님과 한승옥 선생님께도 감사의 마음을 전한다. 힘들고 어려운 학문의 길을 함께 가고 있는

선·후배 동료들도 이 책의 공동 저자이다. 어려운 환경에서도 선뜻 출판을 맡아 예쁜 책을 만들어준 '청동거울' 식구들에도 고마운 마음 금할 길이 없다.

문학의 동료이자 인생의 동반자인 아내, 그녀와 함께 빚은 최고의 예술품인 딸 은섬, 그리고 기대에서 점점 멀어지는 장남을 형언할 수 없는 사랑으로 보듬어 주시는 아버님·어머님께 이 책을 바친다.

2003년 가을
고인환

차례

책머리에 —04   참고문헌 —224

제1장 _ 서론 ●11

1. 문제 제기 —13

2. 연구사 검토 —19

3. 연구 방법 —32

제2장 _ 근대성 및 탈식민성의 개념과 범주 ●39

1. 근대성의 개념과 범주 —41

2. 탈식민성의 개념과 적용 범위 —46

제3장 _ 고향 상실 극복과 탈식민성 지향 ●55

1. 근대화 과정의 농촌공동체 형상화 —62

 1) 가난과 근대화 속의 농촌 2) 다성적 주체와 유동적 정체성

 3) 농촌공동체의 양가적 운명

2. 근대적 제도의 규율과 탈향의 서사 —84

 1) 근대 제도의 규율이 지배하는 도시 2) 비동일화의 주체와 혼성적 교감

 3) 규범 일탈과 불확실한 공동체의 흔적

3. 도시와 농촌의 조합 —99

 1) 서정 공간으로서의 농촌 2) 관조적 주체와 세태 풍자

 3) 정체성 탐색과 글쓰기에 대한 자의식

제4장 _전통적 삶의 긍정과 근대 담론 '되받아 쓰기' ●111

1. 과거 재현을 통한 농촌공동체 복원 −116

1) '고향 상실'의 타자적 의미 2) 전통 서사 양식을 활용한 '되받아 쓰기'

3) 근대 비판으로서의 전통적 서사 양식

2. 문화 충돌의 장으로서의 농촌 형상화 −139

1) 소비 문화의 침투와 농민의 양면성 2) 근대 동일성 서사의 변형과 전치

3) 전통 문화와 서구 문화의 혼종

제5장_문화론의 시각 이동과 담론의 전용 ●165

1. 담론의 전용 −169

1) 담론 차원에서의 저항 2) 언술 담론의 전용 양상

3) 진보적 보수주의의 이념

2. '방외인'의 서사 −196

1) '방외인'의 삶 2) '이룩한 미완성'의 언어

3) 자기 응시와 주체의 자기 긍정

제6장 _ 결론 ●217

제1장 ― 서론

제1장

서론

1. 문제 제기

이문구는 김동리의 추천으로 『현대문학』에 「다갈라 불망비」(1965)와 「백결」(1966)을 발표하면서 문단에 데뷔한 이래 얼마 전 작고하기까지 활발하게 작품 활동을 전개해 온 작가이다. 그의 소설은 전통적 농촌 공동체를 붕괴시키는 서구 중심적 근대화 기획에 반발한다. 이 땅에서 의 급속한 산업화는 전통적 삶의 가치를 붕괴시키고 도구적 합리성이 지배하는 생산과 발전 이미지로서의 근대성[1]을 확산시켰다. 이러한 부 정적 근대성에 대한 비판을 통해 '근대성'[2]은 자기 증식의 생명력을

---

1) 이때의 '근대성'은 박정희 정권이 주도했던 생산과 발전 이미지로서의 근대화 기획을 의미한다. 이는 탈식민적 상황에 놓인 제3세계 국가들에 가해지는 미국의 신제국주의적 정책과 맞물려 있다.
2) 모더니티(modernity)는 근대성, 현대성 또는 근(현)대성 등으로 번역되어 사용되고 있다. 본고 에서 필자는 모더니티를 근대성으로 번역하여 사용하고자 한다. 이러한 관점은 모더니티를, 자 본주의 경제 체제와 동의어로 보는 시간적인 개념 규정이나, 동시대성의 의미와 혼동되기 쉬운 현대성으로 개념화하는 시각을 지양(止揚)하고, '하나의 이념형이나 시대의식으로 보는' 입장 을 수용한 결과이다.

유지해 왔다. 근대성은 '자기 자신을 넘어선 자기 자신의 원리'를 구현한다. 이는 부정적 근대성의 모습을 반성하고 성찰함으로써 보다 나은 근대성을 모색할 수 있는 열린 가능성을 보여준다. '근대성'은 오늘날 여전히 미완인 채 '근대화 프로젝트'라는 이름으로 진행되고 있다.

이문구의 소설은 이러한 근대성의 변증법적 운동 과정을 반복하면서 이를 넘어서는 하나의 계기를 함축한다. 농경 사회의 유제(遺制)와 산업 사회의 모순(矛盾)이 중층적으로 얽힌 우리 '근대성'의 전개 과정에서, 그의 소설은 '근대성'의 논리가 배제하고 거부했던 '타자'로서의 전근대적 요소들에 관심을 가짐으로써 근대 문명에 대한 대안적 문명(counter-civilization)의 한 모범을 시사한다. 이러한 이문구 소설의 경향은 '전근대성', '반근대성', '근대성에 미달한 형식' 등으로 규정되면서 그 동안 온전히 평가받지 못한 것이 사실이다.

본고에서는, 지금까지의 연구가 노정해 온 이러한 한계를 극복하려는 하나의 시도로서, 이문구 소설의 '전근대성'을 탈식민주의[3]적 관점에서 보다 적극적으로 평가하려고 한다.

이문구의 소설은 서구적 서사 양식에 대한 변증법적 지양(止揚)을 통해 전통적 서사 관습의 현재적 재현 가능성을 모색하고 있다는 점에서 탈식민주의적 성격을 지니고 있다. 그의 소설은 근대소설 양식에 저항한다. 전통적 서사 양식에 대한 탐색은 근대의 동일성(identity) 담론[4]에 대한 '타자성(alterity)'[5]을 통해 빛을 발한다. 서구적 의미의 근

---

3) 포스트 콜로니얼리즘(post-colonialism)은 포스트식민주의, 탈식민주의, 포스트콜로니얼리즘, 후기 식민주의 등으로 번역되어 소개되고 있다. 본고에서는 '탈식민주의'로 통일하여 사용한다. '탈식민주의'는 기독교, 휴머니즘, 계몽주의, 서구적 근대화 등으로 대변되는 서구 중심주의적 사유의 극복, 즉 식민 잔재의 청산이라는 의미와 함께, 초국적 자본의 논리가 은밀하게 추구하는 신식민주의의 간접 지배 방식인 문화제국주의의 지양(止揚)이라는 동시대적 과제를 함축한다는 점에서 '후기식민주의'의 의미를 포괄한다(Ashcroft, B. etc., 이석호 역, 『포스트콜로니얼문학이론』, 민음사, 1996 : Gandhi, L., 이영욱 역, 『포스트식민주의란 무엇인가』, 현실문화연구, 2000 : Moore-Gilbert, B., 이경원 역, 『탈식민주의! 저항에서 유희로』, 한길사, 2001 참조).

14

대를 비판·상대화하고 이를 넘어서려는 이문구 소설의 지향은 주체적 근대문학의 가능성을 잘 보여준다. 특히, 전통적 서사 양식을 차용하여 그것을 현재적으로 부활시키고 있는데, 이러한 과정은 박제화된 전통을 해체시키는 작업의 일환이라고 할 수 있다. 따라서 이문구의 소설은 서구적 담론과 전통 담론을 동시에 전용함으로써 새로운 서사의 가능성을 보여준다.

이러한 이문구의 문학적 실천은 타자의 배제를 통하여 동일성을 확보한 서구 중심의 근대성을 상대화하고 이와는 이질적인 또 다른 근대성을 구축하려는 탈식민주의의 과제와 연결된다. 탈식민주의는 식민주의 비판과 극복을 위한 담론적 실천이다.[6] 제3세계가 실천의 주체가 될 때 탈식민주의는 피해자의 저항이 되고, 근대성의 자기 성찰을 주도하는 서구가 주체가 될 때 그것은 가해자의 반성이 된다.[7] 우리에게 탈식민주의적 관점은 일차적으로 서구 중심적 근대화에 반발하는 저항 담론의 위상을 갖는다.[8] 그러나 4·19 이후 내면화되기 시작한 합리주의적 근대성에 대한 성찰이라는 점에서는 '근대성의 자기 성찰을 주도하는 서구'의 담론을 '전유/전용(appropriation)'[9]하는 태도로서의

---

4) 정화열은 '동일성(identity)'을 (i(eye)/dentity)로 분철한다. 그는 동일성의 논리를 '모호성'보다는 '명료성'을 추구하는 텔레비전의 시각주의에 연결한다. 텔레비전의 시각주의⟨sI(eye)/ght⟩는 인식에 있어서 '명확성'을 추구하는 주관(I)과 시각(eye)의 형이상학적 연합으로서 데카르트적 코키토의 연장에 불과하다. 따라서 동일성의 논리는 주체가 시각을 통해 대상을 지배하는 근대 담론의 본질을 함축한다(정화열, 박현모 역, 『몸의 정치』, 민음사, 1999, pp.87~88 참조).
5) '타자성' 혹은 '이타성'은 자기 동일성 내부에 타자와의 관계가 각인되어 있는 것을 말한다. 이에 자기 동일성은 또한 타자이기도 한데, 이 말은 타자와의 관계망이나 차이작용의 연쇄에 연결되지 않은 의미, 사물, 진리의 근원은 존재(현존)할 수 없다는 것이다. 모든 사상, 관념, 사물의 자기동일성은 역사의 장 속에서 타자성의 침투에 의해 해체된다(나병철, 『한국문학의 근대성과 탈근대성』, 문예출판사, 1996, p.82 참조).
6) 탈식민주의 담론은 새로운 세계 질서와 국제 분업 질서하에 계속되는 신식민지 착취 관계를 환기시키고 동시에 저항의 전략을 모색하는 데서 출발한다(전규찬, 『포스트 시대의 문화 정치』, 커뮤니케이션북스, 1997, p.87 참조).
7) Moore-Gilbert, B., 이경원 역, 『탈식민주의! 저항에서 유희로』, 한길사, 2001, p.23 참조.
8) 이는 자신의 시선을 보편화하고 타자의 시각과 느낌, 삶이 지닌 구체성을 지워버림으로써 자연스럽게 유지되는 서구 중심의 거대 권력을 해체하는 작업과 연관된다. 탈식민주의적 글쓰기는 바로 이처럼 보이지 않는 중심을 반대로 타자화시켜 드러나도록 하고 중심/주변의 식민지적 관계를 가시화하는 지적·언어적 작업을 가리킨다(전규찬, 앞의 책, pp.88~89 참조).

기능도 함께 갖는다. 서구의 담론을 전유하는 데 있어서 탈식민주의 담론은 주변부 주체의 자기 반성을 필수적으로 요청한다.

하정일은 서구 민족주의와 제3세계 민족주의의 차이를 통해 이러한 과정을 고찰하였다. 그에 따르면 서구의 민족주의가 국내적으로는 자본의 이익에 봉사하고 대외적으로는 제국주의 이데올로기로 기능한 반면, 제3세계의 민족주의는 제국주의에 대항한 저항적 민족주의에서 출발했다. 제3세계 민족주의는 서구의 민족주의와 달리 식민지 종속 상태에서 벗어나려는 반제국주의적(탈식민적) 저항사상이었다는 것이다. 나아가 그는 이러한 제3세계 민족주의도 민족주의 특유의 자민족 중심주의와 자본주의 극복에 대한 전망 부재라는 한계를 노출할 수밖에 없기 때문에 탈식민주의적 시각에서 민족 문제를 해결해야 한다고 주장하였다. 탈식민주의적 시각은 분리주의적 자민족 중심주의에서 벗어나 다른 민족을 타자화하지 않고 동등한 주체로 인정하면서 민족들의 상호 연관을 탐구한다. 또한 민족 문제의 근본적 해결을 제국주의적 세계 질서의 해체로 본다는 점에서 자본주의 극복의 전망과 맞닿아 있다. 이러한 탈식민주의적 실천은 '서양/동양'이라는 완고한 이분법적 도식이나, 이러한 이분법의 전도된 형태인 자민족 중심주의를 거부하고 '복수의 근대'에 대한 탐색으로 나아간다.[10] '복수의 근대'에 대

---

9) 탈식민주의 문학에서 '전유/전용(appropriation)' 형식이란 중심부 문화의 관행을 차용하거나 변용한 담론을 의미한다. 탈식민주의 문학은 글쓰기 내부에 은폐되어 있는 권력의 전유를 통해서, 자신에게 부과된 주변성을 장악하고, 교배와 혼합이라는 개념을 이용해 문학적, 문화적 의미 재규정의 발판을 마련한다(Ashcroft, B. etc., 이석호 역, 『포스트콜로니얼 문학이론』, 민음사, 1996, p.133 참조). 이러한 '전유/전용'의 태도는 서구문학 연구방법론 수용에 대한 '베타적이며 소아적인' 자세나 콤플렉스에 가까운 '병리적인 심리와 뒤틀린 자의식'을 극복하는 데 주요한 시사점을 준다. 우리가 서구의 문학 이론을 차용하는 이유는 남의 것을 빌려서라도 우리 문학 연구의 담보와 정체를 극복해야 하기 때문이다. 이러한 태도는 반성의 초점을 남으로부터 빌린다는 문제로부터 우리 자신의 부족과 빈곤이라는 문제로 옮기기를 요구한다. 즉, 서구의 문학 이론을 어떠한 방식으로 '전유/전용'할 것이며, 또한 이를 어떻게 한국문학의 연구 현실에 적용할 것인가 냉정하게 따져보아야 한다는 것이다(한용환, 「서구 이론의 수용과 문제점」, 『서사이론과 그 쟁점들』, 문예출판사, 2002, pp.156~168 참조).

10) 하정일, 「탈식민주의 시대의 민족문제와 20세기 한국문학」, 『실천문학』, 1999년 봄, pp.346~359 참조.

한 탐색은 다양하고 특수한 근대 문명들에 주목해 서구 중심의 근대를 상대화하려는 기획이라는 점에서 탈식민주의적 전망과 연결된다. 이러한 과정 속에서 '기계적 결속'의 효과를 낳는 민족이나 전통의 순수함은 발전적으로 지양되고, '주어진 근대와 만들어 가는 근대의 비대칭적 긴장'이 형성하는 탈식민주의적 '혼성성/혼혈성/잡종성(hybridity)'[11]의 미학이 탄생하는 것이다.[12]

지금까지 탈식민주의 이론은 제3세계 작가의 작품이나 식민지 시대의 문학을 연구하는 데 주로 적용되어 왔다.[13] 그러나 해방 이후 오늘에 이르기까지 우리 문학은 서구의 문학 양식에서 자유롭지 못하다. 특히, 이문구가 활발하게 작품 활동을 하던 1960~70년대는 서구 중심의 근대화로 인해 우리의 전통적 문화 양식이 급속도로 붕괴되던 시기였다. 다시 말해 서구의 문화 양식과 전통적인 그것이 갈등을 빚고

---

11) 문화의 '혼성성/혼혈성/잡종성(hybridity)'은 사이드, 데리다, 프로이트, 라캉 등의 이론을 탈식민주의 담론에 적극적으로 수용하여 창조한 호미 바바(Homi K. Bhabha)의 용어이다. 이 용어는 제국의 문화와 토착민의 문화 사이의 교류에 의해 발생하는 효과를 설명하기 위해 고안되었다. 바바는 인도의 기독교 전파 양상을 분석하면서, 원주민들은 기독교인이 되어도 결코 그들의 미신을 버리지 않고 깊이 간직했으며, 이런 인도인들 사이에 꾸미지 않은, 위장하지 않은 기독교인이란 없었다는 사실을 읽어낸다. 이에 원주민들에게는 진실이지만 식민지 담론에 위배되는 문화는 지식의 저장고에 양가적으로 새겨진다는 것이다. 바바는 이 양가적 새김에서 저항을 읽어 낸다. 이러한 바바의 '혼성성/혼혈성/잡종성' 개념은 신식민지 시대의 문화적인 지배와 저항의 양상을 분석하는 데도 유효한 시각을 제공한다. 정보화사회, 다국적 기업 등 세계가 거대한 지구촌이 되어갈 때, 나라와 나라 사이의 경계는 흐려지고 문화는 국경을 넘나든다. 동일성을 갈망하는 본능은 타자를 받아들여야 되는 현실과 타협을 해야만 한다. 수많은 과거와 현재가 새겨지고 지워지며 흔적을 남긴다. 문화는 이 흔적 위에 다시 새겨지는 혼혈적인 것이다. 지배문화는 저항문화와 충돌하며 재해석되거나 덧칠해짐으로써 전복된다. 이러한 지배문화와 저항문화의 영향 관계를 분석하는 데 바바의 '혼성성/혼혈성/잡종성' 개념은 유효한 시각을 제시한다(권택영, 「탈식민주의와 문화비평─이론과 실천」, 『현대시사상』, 1996년 봄, pp.81~84 : Bhabha, H., 나병철 역, 『문화의 위치』, 소명출판, 2002, pp.209~243 참조).

12) 전통적 반식민지 투쟁이 '우리' 영토의 회복을, 그리고 신식민지 투쟁이 '우리' 경제 문화적 주권의 회복을 정점으로 한 데 반해, 탈식민주의 정치는 과연 '그들'로부터 보호할 '우리'가 누구를 지시하는지에 관해서도 반문한다. 요컨대 포스트콜로니얼리티는 자기 경험과 역사성에 충실한 문화 정체성을 만들어가는(becoming) 과정이면서, 동시에 기존의 완고한 민족적·인종적·지역적·세대적·성적 경계를 해체시켜 가는 과정을 뜻한다. 이는 물론 정체성의 근본적인 기초를 부정하는 논리는 아니다. 다만 고착화, 절대화, 박제화된 범주를 해체시키면서 주위에 실재하는 '삶의 복합성과 역동성'을 담아내는 유연성을 강조할 따름이다(전규찬, 앞의 책, p.90).

그 속에서 혼란을 겪던 시기였다고 할 수 있다. 이러한 측면에서 탈식
민주의적 관점은 우리 문학의 새로운 가능성을 모색하는 데 유효한 시
각을 제시한다. 에드워드 사이드(Edward W. Said)의 『오리엔탈리즘』
을 계기로 활발하게 제기된 탈식민주의 담론은 서구 중심의 근대 담론
을 상대화하여 주체적 근대문학을 성취하는 과제와 주변화된 전통 양
식을 현대적으로 전용함으로써 근대 이후 문학의 성격을 정초하는 작
업에 중요한 시사점을 제공한다.

---

13) 탈식민주의 이론은 외국 문학 전공자들에 의해 우리에게 소개되었기 때문에 주로 외국 작가들
에게 적용되었다. 탈식민주의적 관점으로 우리 문학을 분석한 예는 드물다. 최근 들어 일제 강
점기의 문학을 중심 텍스트로 분석한 연구 성과들이 눈에 띄기는 하지만, 해방 이후의 문학을
본격적으로 다룬 예는 거의 없다(김성곤, 「빼앗긴 시대의 문학과 백 년 동안의 고뇌」, 「중심과
주변, 탈식민주의적 텍스트 읽기」, 『뉴미디어 시대의 문학』, 민음사, 1996 : 김연숙, 「채만식
문학의 근대 체험과 주체구성 양상 연구」, 경희대학교 박사학위논문, 2002 : 나병철, 『근대 서
사와 탈식민주의』, 문예출판사, 2001 : 노용무, 「김수영 시 연구―포스트식민주의 관점을 중
심으로」, 전북대학교 박사학위논문, 2001 : 방민호, 「채만식 문학에 나타난 식민지적 현실 대
응 양상」, 서울대학교 박사학위논문, 2000 : 송현호, 「채만식의 탈식민적 경향에 대한 고찰」,
『관악어문연구』, 서울대학교 국어국문학과, 1992 : 조보라미, 「최인훈 소설의 탈식민주의적
고찰」, 『관악어문연구』, 서울대학교 국어국문학과, 2000 참조).
  우리 문단에서는 90년대 들어 『오리엔탈리즘』(1991), 『문화제국주의』(1994), 『문화와 제국주
의』(1995), 『포스트콜로니얼 문학이론』(1996), 『검은 피부, 하얀 가면』(1998), 『제3세계 문학
과 식민주의 비평』(1999), 『탈식민주의와 아프리카 문학』(1999), 『포스트식민주의란 무엇인
가』(2000), 『탈식민주의! 저항에서 유희로』(2001), 『번역과 제국』(2002), 『문화의 위치』
(2002) 등이 번역·출간되면서 탈식민주의가 본격 거론되기 시작한다. 또한 『외국문학』, 『현대
시사상』, 『상상』, 『안과 밖』, 『실천문학』, 『21세기 문학』, 『비평과 이론』, 『문화/과학』 등 많은 문예
잡지들이 탈식민주의를 특집으로 다루었다. 탈식민주의는 식민통치라는 억압의 근대 역사가
남긴 유산을, 식민지 시대뿐만 아니라 독립을 한 후에도 계속 남아 훨씬 더 교묘하고 복잡한 형
태로 파괴적인 영향력을 행사하고 있는 식민 지배의 잔재를 탐색해서 그것들의 정체를 밝혀냄
으로써 그것들에 대항하고자 한다. 말하자면 탈식민주의는 형식적인 독립과 해방의 이면에서
우리의 의식구조를 더욱 근원적으로 틀 지워 온 식민담론을 비판하고 그것에 저항하고자 한다.
그 한 예가 바로 서구 제국들이 만들어온 역사와 인간 개념 자체를 전복하고 그것을 새롭게 구
성하는 문화담론 만들기일 것이다. 그러므로 탈식민주의(post-colonialism)는 식민주의 시대
를 넘어섰다는 의미에서의 '후기식민주의'보다 독립 후에도 식민상황이 지속되거나 심지어 강
화되고 있는 상황을 벗어나려고 한다는 의미에서 '탈식민성'을 추구하는 '탈식민주의'로 번역
되어야 한다. 이미 제국주의 시대를 벗어났다는 의미로 탈식민주의를 받아들이면서 그것을 비
판하는 편향은 탈식민주의의 이론적 가능성을 처음부터 봉쇄할 뿐이다. 탈식민주의는 어떤 고
정된 결과나 단절적인 시대 구분을 거부하고 그 연속성과 불연속성을 다각도로 이해하는 가운
데 복합적인 방식으로 탈식민화를 지향하는 흐름이다(태혜숙, 『탈식민주의 페미니즘』, 여이연,
2001, pp.32~35 참조).

2. 연구사 검토

지금까지 이문구 소설에 대한 연구는 크게 세 가지 관점에서 전개되어 왔다.

첫째, 1960~70년대의 산업화 현실과 당대적 시의성에 주목하여 주제의식과 문체, 소설 형식 등을 분석한 경우이다.

백낙청은 구수한 이야기 솜씨와 정확·면밀한 세태 묘사에 바탕한 이문구의 『우리 동네』는 도시인의 상식으로 쓰여진 흔한 농촌소설의 범주를 넘어 70년대의 농촌 현실을 현혹되지 않은 눈으로 포착한 작품이라고 논평하였다. 그러나 작품의 효과가 구성의 힘보다는 문체에 의존한다는 점, 해학적인 처리로 인해 문제의 핵심이 흐려진 점 등을 지적하면서 "농민문학 본래의 사명에서 벗어나 한갓 세태소설에 접근하게 될 위험"을 경계하였다.[14]

김종철은 70년대 말부터 이문구에 대한 본격적인 평론을 발표하며 지속적인 관심을 보여준 논자이다. 그는 『관촌수필』과 『장한몽』 등이 왜곡된 근대화에 대한 반성적 성찰이라는 점에서 긍정적인 평가를 내릴 수 있으나, 『관촌수필』의 주조를 이루는 봉건 질서에 대한 향수나 『장한몽』에서 표출된 부조리한 시대에 대한 고발 정신만으로는 진정한 문학적 성과를 성취하기 어렵다는 점을 언급하면서 역사적 상상력이 결여된 작가의 시대의식을 비판하였다.[15]

김우창은 『우리 동네』를 분석하면서 "밖으로부터 오는 억압으로 작용할 뿐만 아니라 사람의 욕망과 심성 자체를 변화시키"며, 도시에서 농촌으로 침투해 들어오는 자본주의 문화에 주목하였다. 그는 적대 관

---

14) 백낙청, 「사회비평 이상의 것」, 『창작과비평』, 1979년 봄.
15) 김종철, 「사회 변화와 전통적 가치」, 『시와 역사적 상상력』, 문학과지성사, 1978.
    _____, 「작가의 진실성과 문학적 감동―이문구론」, 백낙청 편, 『한국문학의 현단계 Ⅰ』, 창작과비평사, 1982.

계와 공동체적 유대가 복합적으로 구현된 인물들의 양면성을 통해 "농촌의 어두운 힘의 뭉클거림이 무엇엔가 눌려 있는 밝은 충동의 울부짖음"이라고 하였다.[16]

김흥규는 이문구의 소설이 근대화라는 과정 자체의 의의를 부정하는 것이 아니라 그것이 초래하는 삶의 파괴를 비판하는 것이라고 보고, 이를 전제로 이문구 소설의 문체를 분석하였다. 그는 길고 복잡한 문장이 생동하는 삶의 구체성과 깊이를 포착하는 데 적합하며, 다양한 생각과 느낌, 그리고 망설임으로 이루어진 삶의 모습을 얽힘의 상태에서 보여주는 데 효과적이라고 하였다. 또한 이러한 문체에 바탕한 이문구의 소설은 "자신이 스스로 체험하고 속속들이 알고 있는 삶에의 깊은 애정과 그것을 바탕으로 하여 현실을 비판적으로 인식할 줄 아는 통찰력"으로 인해 인정주의로 전락하지 않았다고 평가하였다.[17]

염무웅은 이문구의 어휘나 비유뿐 아니라 문장의 흐름 자체가 개화 또는 근대화로 일컬어져 온 사회적 변화에 완강히 저항하고 있다고 주장하였다. 그는 보다 중요한 것은 "이런 익숙한 문장들에 의해 무엇이 그려져 있느냐" 하는 점이라고 전제한 후, 「으악새 우는 사연」을 시발점으로 한 『우리 동네』 연작들이 "농약과 소비문화와 상업주의, 즉 독점자본의 지배 밑에 있는 70년대 후반기의 농촌"을 형상화하면서 그 지배에 저항하는 농민을 보여준다는 데 의미가 있다고 평가하였다.[18]

김병익은 『우리 동네』의 강렬한 현장성이 농촌을 밖에서 들여다보는 것이 아니라 그 안에서 더불어 살고 있다는 것을 문체를 통해 증명함으로써 얻어진다고 보았다. 그는 이문구의 소설이 산업화된 시대의 언

16) 김우창, 「근대화 속의 농촌」, 『세계의 문학』, 1981년 겨울.
17) 김흥규, 「생생한 고향의 기억과 상실」, 박태순·이문구 편, 『가슴 속에 남아 있는 미처 하지 못한 말/으악새 우는 사연 외』, 삼성출판사, 1979.
18) 염무웅, 「도시 — 산업화시대의 문학」, 『민중시대의 문학』, 창작과비평사, 1979.

어와 상상력에 대한 작가의 완강한 저항을 문체를 통해 방법적으로 드러내 주고 있다는 점에 주목하였다.[19]

이상의 연구들은 이문구 소설이 지닌 당대적 시의성에 주목했다는 점에서 의의가 있으나, 주제의식과 문체, 그리고 소설 형식 사이의 구체적 연관을 밝히는 데까지는 나아가지 못한 한계를 지닌다.[20]

둘째, 문체와 기법을 중심으로 이문구 소설을 분석한 연구이다. 1970~80년대 이문구 소설 연구의 대다수는 주제의식을 표출하는 방식으로서의 문체와 기법의 문제를 다루었다. 그러나 1990년대에 들어서면서 이문구 소설의 미학적 측면을 적극적으로 평가한 연구 성과들이 나오고 있다.

김상태는 『관촌수필』을 중심으로 이문구 소설의 문체를 세밀하게 분석하였다. 그가 분석한 이문구 소설의 문체적 특징은 풍부한 토속 어휘, 구상화의 시각, 경험화자와 서술화자가 분리된 이중의 문체, 만연체와 인정기미의 장문, 주어절에 의미가 실려 있는 인물 중심의 서술 등이다. 이러한 문체적 특징을 바탕으로 그는 번역체나 기사체에 대한 작가의 거부감, 사물을 분석적으로 보는 것이 아니라 통합적으로 바라보려는 자세, 경험과 사고가 조화된 서술 방식, 서민의 애환을 다루려는 작가의식, 복잡한 플롯을 선호하지 않는 작가의 태도 등을 밝혀내었다.[21] 이는 문체 성향을 작가의 세계관과 연관해서 분석한 본격적인

---

19) 김병익, 「관찰과 성찰」, 『세계의 문학』, 1982년 봄.
20) 언급하지는 않았지만 비슷한 관점에서 이문구 소설을 평가한 글은 다음과 같다.
　　김윤식, 「문체의 힘」, 『한국현대소설사』, 일지사, 1976.
　　김　현, 「고향 탐색의 문학적 의의」, 『책읽기의 괴로움/살아있는 시들』, 문학과지성사, 1992.
　　김병익, 「限에서 悲劇으로」, 『장한몽』, 책세상, 1987.
　　임헌영, 「해체기 농민의 수난상」, 『다가오는 소리』, 삼중당, 1987.
　　신동욱, 「우리 삶의 밑바닥을 형성하는 사람들의 감정과 의지」, 이문구 편, 『장한몽』, 양우당, 1988.
　　송기숙, 「시골 밭둑의 싱싱한 수풀」, 『산너머 남촌』, 창작과비평사, 1990.
　　김태현, 「문체의 윤기와 농촌의 변모」, 『현대소설』, 1990년 겨울.

연구라는 점에서 의미를 갖는다.

현길언은 이문구의 소설이 "이야기성과 서사성"이 조화롭게 만나는 한 예라고 평가하였다. 그는 이문구 소설의 특징인 느슨한 구조, 구어체적 서술, 반이데올로기성, 공간·시간의 추상성, 화자와 독자의 유대감, 토속어의 구사 등이 이야기성을 지향하는 근거라고 보았다. 또한 "소외된 인간의 절망적 상황과 예외적인 인물의 숨겨진 진실과 허위의 가치에 함몰되어 가는 한국의 현실을 예리하게 통찰"한 것이 이문구 소설의 "서사성의 중심"이라고 지적하였다. 즉, 이문구의 작품은 이야기성이 소설의 견고한 플롯과 결합되어 있다는 것이다.[22] 이러한 논의는 이문구 소설의 미학적 특질을 섬세하게 분석한 미덕이 돋보이나, 서사성에 대한 탐색을 근대성과 연관하여 본격적으로 전개하지 못했다는 점에서 한계를 지닌다.

유종호는 "언문일치도 하나의 취지요, 이상이요, 결국은 타협한 관습"이라는 점을 전제한 후, 이문구의 문체가 우리 소설 문장에서 가장 언문일치의 이상(理想)에 근접해 있다고 보았다. 말이란 본래 말하기와 듣는 것이며, 보고 읽고 쓰는 것은 말의 성질상 말하기와 듣기라는 선행 행위에 뒤따르는 후속 행위라는 것이다. 그는 이문구의 문체가 말하기, 이야기하기, 듣기에 대한 본원적 간구(懇求)에서 출발한다고 보았다. 청각적 울림이 있고 전승적 비유와 속담이 빽빽한 그의 문체에는 지난날 농촌공동체의 현장감이 배어 있기 때문이라는 것이다.[23] 그러나 유종호의 논의는 언문일치로 대변되는 근대의 합리적 언어 의식에서 소외된 이문구 문학의 역설적인 운명에 대해 본격적으로 천착하지 못한 한계가 있다.

---

21) 김상태, 「이문구 소설의 문체—『관촌수필』을 중심으로」, 『작가세계』, 1992년 겨울.
22) 현길언, 「이야기성과 서사성의 만남」, 『작가연구』, 1999년 7~8.
23) 유종호, 「농촌 최후의 시인-그 언어와 문체」, 『다갈라 불망비』, 솔, 1996.

전정구는 이문구 소설의 문체를 토속어의 활용과 관용적 표현을 중심으로 분석하였다. 그는 "우리 고유의 삶의 체험을 '과거의 것이 아닌 오늘날의 것'으로 담아내고, 농민들의 감각을 '지금 현재의 그것'으로 탁월하게 형상화"하는 데서 이문구 특유의 문체가 탄생한다고 보았다. 특히, 이문구는 일상생활의 상식과 상투적인 표현을 농경문화의 삶의 상황에 알맞게 재구성함으로써 친생태적인 농촌문화의 특징을 담아내고 구술문화를 지향하는 독특한 스타일의 개성적 문체를 부각시킨다는 것이다.[24] 이러한 논의는 이문구 소설의 구술문화적 특성을 면밀하게 분석했다는 성과에도 불구하고, 이를 사회·역사적 의미로 확장시키지 못한 점에서 아쉬움을 남긴다.

황현산은 이문구 소설의 장르적 특성을 작가의식과 연관하여 탐구하였다. 그는 이문구가 과거의 "기억들을 단단하게 기념하기 위해 소설을 목표로 삼았으며, 그 기억들을 그 본디 모습으로 고루 끌어안기 위해 수필을 썼으며, 그 기억들이 일어서는 순간 마침내 시에 이르렀다"고 평가하였다.[25]

한수영은 이문구 소설 속의 '말'들이 그것 자체로 하나의 주제이자 이념의 위치에 놓여 있다는 점을 전제한 후, 작가가 이 '말'들을 통해 제시하고자 하는 것은 이데올로기의 길항(拮抗) 그 자체라고 보았다. 그에 의하면 이문구의 소설은 이 '말'의 세계를 표출하면서 이를 벗어나려는 욕망을 동시에 표출하는데, 그것은 '자연'의 세계에 대한 지향이다. 작가는 '말'이 추상화되는 순간을 견디지 못하고, 차라리 '말'이 필요 없고 '말'이 존재하지 않는 '침묵의 세계'를 선택하였다는 것이다. 그러나 이러한 자연의 세계를 친화 일변도의 세계라고 평가[26]함으

24) 전정구, 「토속어의 활용과 관용적 표현—이문구 소설의 문체」, 이기문·이상규 외, 『문학과 방언』, 역락, 2001.
25) 황현산, 「소설 수필 시」, 『관촌수필』, 솔, 1997.

로써 이문구 후기 소설에 나타나는 자아와 세계 간의 팽팽한 긴장을 소홀하게 다루고 있다는 점은 문제로 지적할 수 있다.

이상의 연구들은 이문구 소설의 미학적 특질을 섬세하게 분석하고 있다는 점에서 주제적 측면에 주목한 연구들의 한계를 일정 부분 극복하고 있다. 그러나 이러한 형식·미학적 특성들을 사회·역사적 의미로까지 확장시키지 못했다는 점에서 한계를 지닌다.

셋째, 이문구의 소설을 '근대성'의 문제와 연관하여 분석한 연구들이다. 이는 1960~70년대의 산업화 현실과 연관성을 유지하면서, 보다 근원적인 '근대성'의 영역으로까지 문제의식을 확장한 경우에 해당한다. 이러한 연구들은 이문구 소설의 당대적 응전력과 형식·미학적 특성들을 통합적으로 고찰했다는 점에서 이전의 성과들을 발전적으로 지양하고 있다.

김치수는 이문구 소설을 "일상적인 삶과 현실적인 삶 사이의 메울 수 없는 간격"에 바탕한 근대소설 장르 본질의 문제와 연관하여 고찰하였다. 그는 이문구의 고향이란 휴식의 공간이나 정신의 안식처가 아니라 삶의 기본적인 터전이라는 점을 전제한 후, 이문구의 작품 속에서 고향을 잃은 사람들이 어느 곳에서도 고향을 발견할 수 없다는 사실에 주목하였다. 또한, 이문구의 지방주의가 고향을 잃어버린 사람들의 이야기라는 보편적 의미로 확대되고 있다는 점을 지적하였다.[27] 이러한 김치수의 논의는 이문구의 작품을 소설 장르의 본질과 관련지어 고찰했다는 점에서 의의가 있다.

황종연은 사대부 가문의 후예와 떠돌이 노동자 출신이라는 이문구의

---

26) 한수영, 「말을 찾아서」, 『문학동네』, 2000년 가을.
_____, 「나무의 존재론」, 『내일을 여는 작가』, 2000년 가을.
27) 김치수, 「농촌소설의 의미와 확대」, 『우리시대 우리 작가 6—이문구』, 동아출판사, 1987.

양면적 자의식은 근대화의 제물이 되고 있는 개인과 집단에 자신을 귀속시키려는 심리를 보여준다고 분석하였다. 이어 그는 수필·만필(漫筆) 형식, 토착어 지향의 구어체 문장, 비유적 수사 등의 형식적 특성은 농촌 현실의 사실적 재현을 위한 예술적 고려의 차원을 넘어 근대적 삶에 대한 담론의 차원에서 행해지는 반발의 일종이라고 보았다.[28] 그러나 이러한 작가의 지향을 현실적으로 무력한 윤리적 이상주의자의 태도라고 규정한 점은 이문구 소설의 동시대적 의미를 희석화할 우려가 있다.

　김만수는 이문구 소설의 형식적 특성을 "서구 소설의 미학적 원리인 아리스토텔레스의 플롯 개념"에서 가장 멀리 떨어져 있는 점이라고 지적한 후, "비효율적으로 보이는 구성상의 혼전, 읽기 힘든 요설체의 난무, 의지적인 주인공도 지적인 서술자도 등장하지 않는 소설적 구성" 등은 우리의 전통 문화가 가지고 있는 어떤 힘이라고 분석하였다. 특히, 『산 너머 남촌』을 평가하는 자리에서, "농촌의 피폐가 농민의 피해에 그치지 않고 도시인의 황폐와 나아가서는 문명의 위기로 치닫고 있다"며 날카로운 통찰력을 보여주었다. 또한 그는 이문구의 소설이 농촌의 몰락과 도시의 상승을 대비시킨 후 농촌 사회의 잉여적인 부분에서 인간의 미덕을 발견해낸다고 지적하면서, 이러한 잉여의 정보, 자질구레한 일상이 근대의 합리적 담론을 비판하는 기능을 지닌다고 보았다. 즉, 농촌에서의 잉여는 도시에서는 비효율로 단죄된다는 것이다. 이러한 분석은 이문구의 "보수주의적인 듯이 보이는 소설이 지니고 있는 진보성"을 포착하는 계기를 마련하고 있다.[29] 그럼에도 불구하

---

28) 황종연, 「도시화·산업화 시대의 방외인」, 『작가세계』, 1992년 겨울.
29) 김만수, 「전래적 농촌에 대한 회고적 시각」, 『작가세계』, 1992년 겨울.
　　___, 「땅의 근본과 사람의 도리에 대한 성찰」, 『한국문학소설대계 5―이문구』, 동아출판사, 1995.
　　___, 「잉여와 효율 사이의 거리」, 『만고강산』, 솔, 1998.

고 이문구 소설의 특성을 사회·역사적 의미로 구체화시키는 데까지는 나아가지 못한 한계가 있다.

진정석은 이문구 농촌소설의 득의의 영역은 "근대적 역사상의 전개가 합리화의 이면에 폭력적 비합리성을 동반하고, 그러한 근대의 비합리적 본질에 의해 배제된 가치의 입장에서 근대에 대한 근본적인 회의의 시선"을 보여준다는 데 있다고 지적하였다. 이야기체와 토착 언어에 대한 이문구의 의식적 지향성은 근대화 과정 속에서 한국 사회가 겪고 있는 사회적 변화에 대한 저항일 뿐만 아니라, 삶의 근대적 분화 자체에 대한 문제 제기의 의미를 갖고 있다는 것이다. 그러나 이문구 소설에 도입된 이러한 이야기적 요소가 "반근대 혹은 탈근대라는 두 가지 해석의 가능성"을 모두 포함하고 있다고 평가[30]하면서 논의를 더 이상 진척시키지 못한 점은 아쉬움으로 남는다.

송희복 또한 이문구가 "전통적인 인정주의에 도전해 오는 산업화의 물결 속에서 급격히 변동하는 풍속과 인정 세태를 반영하고 성찰했을 뿐만 아니라, 특히 문체와 어조, 전통과 개성 간의 긴장된 틈새에서 사회언어학적 수준의 문학적 담론에 접근하는 어려운 과제를 스스로 떠맡았던 작가"라고 정확하게 지적하면서도 이를 동시대적 의미로 구체화하지는 못하고 있다.[31] 진영복, 권성우의 논의[32]도 이와 같은 범주에 속한다.

하정일은 "이데올로기적이면서도 이데올로기를 넘어서는(마슈레), 인간 해방을 향한 유토피아적 충동(블로흐)"을 자기 내부에 포함할 때만 "문학적 급진성"이 획득될 수 있다고 전제한 후, 이문구의 「우리 동

---

30) 진정석, 「이야기체 소설의 가능성」, 『1970년대 문학 연구』, 예하, 1994.
31) 송희복, 「말투의 복원, 청감의 시학」, 『이 풍진 세상을』, 솔, 1997.
32) 진영복, 「인정(人情)의 세계에서 인정(認定)의 세계로」, 『현역중진작가연구』, 국학자료원, 1997.
   권성우, 「1991년에 다시 읽는 『관촌수필』」, 『관촌수필』, 문학과지성사, 1991.

네 황씨」를 분석하였다. 그는 이 작품에서 드러나는 마을 농민들의 주
체적 연대에는 "대안적 근대"를 향한 유토피아적 충동이 내재해 있다
고 보았다. 「우리 동네 황씨」에 나타나는 농민들의 의지가 불분명하게
보이기도 하지만, 그 불분명함이야말로 전체 서사에 무한한 가능성으
로서 미래를 향해 나아가는 역동성을 불어넣는 원동력이라는 점에서
특유의 급진성을 갖는다는 것이다.[33] 이러한 하정일의 분석은 이문구
문학의 동시대적 의미를 선명하게 드러내 준다는 미덕에도 불구하고,
개별 작품에 대한 세밀한 분석이 뒷받침되지 않아 도식성을 노출한다.
   이와 대조적인 한계를 노출하는 경우가 김윤식의 분석이다. 김윤식
은 『관촌수필』에서 최근작 『내 몸은 너무 오래 서 있거나 걸어왔다』까
지를 대상으로 본격적인 작가론을 발표하였다. 그는 작가의 전기적 사
실과 작품의 상관 관계를 중심으로 수필·전·연작형식 등을 분석하면
서 현재 발표되고 있는 '나무 연작'이 "진짜 소설로 나아가기 위한 슬
픈 몸짓의 하나"라고 진단하였다. 그는 이문구의 작가적 편력이 "소설
을 쓰고자 하면서 결국 '수필'이나 시적 범주로 맴돌았"다고 지적하면
서 "소설을 쓰되 '소설 초월'이거나 '소설 미달'에 이를 수밖에 없었
던" 김동리의 후예라 평가하였다.[34] 김윤식의 논의는 작품에 반영된 작
가의 경험과 내밀한 욕망을 포착해내는 비평적 식견이 돋보이나 전기
적 비평 방법에 지나치게 의존함으로써 이문구 소설의 '근대성'과 '전
근대성'의 역동적 의미를 분석하는 데는 한계를 노정하였다.
   서영채는 이문구의 "토박이말과 구어체"의 "촌스러움"은 근대사의
공간을 이끌어온 모더니티의 도시적 강팍함에 비하면 인간적인 유대
의 공간이자 전통적이고 공동체적인 분위기라고 보았다. 그에 의하면

---

33) 하정일, 「저항의 서사와 대안적 근대의 모색─산업화 시대의 민족문학」, 『작가연구』, 1999년
   7~8.
34) 김윤식, 「모란꽃 무늬와 물빛 무늬─전(傳) 형식으로서의 소설 미달 또는 소설 초월의 이문구
   문학」, 『한국문학』, 2000년 여름.

이러한 충청도 사투리와 풍요로운 풍유(諷諭), 대거리와 어깃장의 수사학은 근대 담론의 엄숙주의와 가족 로망스의 함정에 빠지지 않고 "미친 모더니티의 타자"로 기능한다는 것이다.[35] 서영채의 분석은 이문구 소설의 '근대성'과 '전근대성'에 대한 본격적인 천착이라는 점에서 의의를 갖는다. 그러나 "미친 모더니티의 타자"가 갖는 현재적 의미를 밝히는 데까지는 나아가지 못하고 있다.

임우기의 논의는 이문구 소설의 역동적 의미를 우리 문학사의 흐름과 관련하여 탐구하고 있다는 점에서 주목할 만하다. 그는 자신의 글이 "4·19세대의 문학관에 대한 시비"가 될 것이라는 점을 전제한 후, 서구의 합리주의 사유에서 빌려온 4·19세대의 다양성과 다원주의를 비판한다. 임우기는 "합리성"의 기준에 의해 "비합리성"으로 구별되어 비판받고 제거된 "역사의 주름"들, 즉 "합리적 체계화에 의해 배척되거나 제외된 문학 전통성과 문학성"을 환기하면서 근대의 이분법적 사유를 상대화한다. 그는 이러한 작업의 연장에서 이문구 소설 문체에 대한 4·19세대 비평의 형식주의적 평가를 문제삼는다. 또한 4·19세대의 자아와 세계의 구분에 의거한 "매개"적 언어 의식이 소외시킨 한글의 표음성에 주목하면서 이문구의 작품은 "'정황'이 문장의 주어를 이루기 때문에" "소설 속의 정황은 '현실'이나 작가를 반영하거나 매개하는 것이 아니라, 그 자체가 살아 있는 생명체"라고 보았다. 이의 연장선에서 이문구 문학을 "삶과 자연의 파괴가 날로 심각해 가는 현실 속에서 삶과 생명계의 살림을 꿈꾸는 실천적인 세계관의 선택"이라고 평가하면서 "생명주의/생태주의"와 연결시켰다.[36] 이러한 임우기의 연구는 이문구 문학을 '근대성'과 관련하여 탐구한 가장 뛰어난 성과 중

---

35) 서영채, 「충청도의 힘」, 『내 몸은 너무 오래 서 있거나 걸어왔다』, 문학동네, 2000.
36) 임우기, 「'매개'의 문법에서 '교감'의 문법으로 — '소설 문체'에 대한 비판적 검토」, 『그늘에 대하여』, 강, 1996.

의 하나이다. 우리 근대문학사의 구체적 맥락 속에서 '근대성'의 문제를 제기했다는 점과 전통의 문제를 소설 문체 분석이라는 구체적 실천을 통해 제시했다는 점에서 그러하다. 이는 근대성과 전통의 행복한 만남을 위한 하나의 가능성을 시사한다. 그러나 이러한 전망이 "생명주의/생태주의"라는 또 하나의 보편 담론으로 귀결된 점은 아쉬움으로 남는다.

1997년부터 제출되기 시작한 학위 논문의 경우는 지금까지의 연구 성과를 바탕으로 이문구 문학의 총체적인 면모를 탐구하기 시작했다는 점에서 고무적이라 할 수 있다. 양적으로는 미흡한 실정이지만 이문구 문학에 대한 학술적이고 체계적인 연구의 시발점이 되고 있다는 점에서 의의를 지닌다.

이대성의 논문은 최초의 학위 논문으로서, 이문구 소설을 소외된 삶의 체험기, 잃어버린 고향의 기억, 근대화와 공동체의 해체, 인간의 도리에 대한 탐구 등 네 시기로 구분하여 이에 따른 전개 양상과 문체를 분석하였다. 이 논문은 지금까지의 연구 성과를 체계적으로 정리한 점에 의의가 있다.[37]

전은옥은 이문구 소설의 문체를 시기별로 고찰하였다. 그는 이문구 문학을 초기(1965~1972), 중기(1972~1990년대 초), 후기(1990년대 이후)로 구분하고 감각적 문체, 사설체, 의고적 문체를 각각에 대응시켜 분석하였다. 초기 소설을 4·19세대의 언어 감각과 연관하여 "감각적 문체"로 규정한 점[38]은 새로운 해석이라 할 수 있으나 이에 대한 논리적 뒷받침이 부족한 점은 아쉬움으로 남는다.

이춘섭은 "농민문학"과 "농촌문학"의 용어에 대한 통시적 고찰을 시도하여, 이문구 소설을 "농민소설"로 보아야 한다고 결론지었다.[39] 이

---

37) 이대성, 「이문구 소설 연구」, 고려대학교 교육대학원 석사학위 논문, 1997.
38) 전은옥, 「이문구 소설의 문체 연구」, 중앙대학교 석사학위 논문, 1999.

문구 소설 연구의 폭과 깊이를 확장하고 있다는 점에서 주목을 요한다.

조용미는 이문구 소설이 보여주는 형식적·미학적 특성들이 1960~70년대 근대화 논리의 부정성에 대한 비판이자 적극적 대응 양상이라는 점을 구체적 작품 분석을 통해 고찰하였다. 특히, "제3장 공동체적 가치 지향과 형식 미학적 구현"에서는 지금까지 논의된 이문구 소설의 형식적 특성을 주제의식과 관련지어 일관되게 정리하였다. 이문구 소설에 나타난 희극성의 의미를 "상징적 응징과 현실적 화해"라는 관점에서 적극적으로 해석한 점도 주목할 만한 성과라고 할 수 있다. 전체적으로 기존 연구에서 소홀하게 다루어졌던 초기 소설에 대해 면밀히 분석한 점이 돋보이나, 이러한 초기 소설과『관촌수필』『우리동네』의 연속성과 단절성에 대해 구체적으로 고찰하지 못한 점40)은 한계로 지적할 수 있다.

이상의 석사학위 논문41)의 성과를 바탕으로 이문구 문학의 총체적 의미를 본격적으로 천착한 두 편의 박사학위 논문이 발표되었다.

민병인의 논문은 이문구 소설의 주제의식과 형식적 특질을 한국 근대화의 불행을 극복하려는 농경문화의 서사와 구술적 문체에 주목하여 면밀하게 분석하고 있다. 그러나 부정적 근대화에 대한 비판적 대안으로서 이문구의 "농경문화 서사와 구술적 문체"를 "생태주의"나 "리얼리즘"이라는 보편적 담론으로 귀결시킨 점42)은 논란의 소지를 안고 있다. 이성을 중심으로 한 근대 담론의 이분법을 또다시 재현할 우려가 있기 때문이다.

---

39) 이춘섭,「이문구 농민소설 연구」, 경희대학교 석사학위 논문, 2000.
40) 조용미,「이문구 소설 연구」, 연세대학교 석사학위 논문, 1999.
41) 다음의 석사학위 논문들은 지금까지 언급한 논의의 범주에서 크게 벗어나지 않는다.
   한상준,「이문구의 농촌소설 연구」, 조선대학교 석사학위 논문, 1999.
   유복순,「이문구의『관촌수필』연구」, 한국교원대학교 석사학위 논문, 2000.
   원종국,「이문구의『관촌수필』연구, 동국대학교 석사학위 논문, 2000.
   이라온안,「이문구의『관촌수필』연구」, 상명대학교 석사학위 논문, 2001.
42) 민병인,「이문구 소설 연구」, 중앙대학교 박사학위 논문, 2000.

구자황의 논문은 한국 소설의 서사 전통이 이문구의 소설에 어떻게 계승되고 있으며, 또한 근대화 과정을 겪으면서 어떻게 변용되고 있는지에 대하여 통시적으로 고찰하고 있다. 특히, 판소리 문학으로 대표되는 구술적 서사 전통의 근대적 변용을 채만식, 김유정의 소설에서부터 이문구에 이르기까지 상세하게 고찰한 점은 의미 있는 성과라 할 수 있다. 다만, 전통성과 근대성이 대립·갈등하면서 공존하는 이문구 소설의 양상에 대해 정당한 평가를 내리면서도 '근대성'에 대한 해체와 재구성에 초점을 맞춤으로써 '전통'에 대한 현대적 재해석의 가능성에 대해서는 뚜렷한 시각을 보여주지 못한 점을 한계로 지적할 수 있다.[43] 이문구의 작품 속에 등장하는 '농촌공동체'의 현재적 의미를 밝히기 위해서는, 완고한 전통을 해체하려는 작가의 실천적 의지 또한 적극적으로 탐색되어야 하기 때문이다.

지금까지 이문구 소설에 대한 연구는 대부분 그의 작품이 지닌 전통지향성에 한정하여 진행되었다. 근대성의 문제로까지 논의를 확장시킨 경우도 있었지만, 대다수가 전통과 근대라는 완고한 이분법적 틀을 해체하는 단계로까지 나아가지는 못했다. 이문구 소설의 전통적 가치를 부정적 현재와 대비시키는 이분법에 바탕한 연구는 과거에 대한 향수를 자극하는 결과를 초래하였다. 우선 1970~80년대의 연구는 대체로 당대적 시의성에 주목하여 이문구 소설의 사회·역사적 의미를 고찰하는 방향으로 전개되었다. 이 때문에 이문구 소설의 전통지향성은 세밀한 검토를 거치지 않은 채, '전근대성', '반근대성' 등으로 규정됨으로써 근대에 미달한 형식으로 간주되었다.

반면, 1990년대 들어 활발하게 전개된 이문구 소설의 근대성과 전통

---

43) 구자황, 「이문구 소설 연구」, 성균관대학교 박사학위 논문, 2002.

지향성에 대한 탐색은 또 다른 역편향을 초래하였다. '근대에 미달된 형식'이라고 치부되었던 기존의 평가가 오히려 서구 중심의 근대 담론을 상대화하는 담론으로 격상된 것이다. 이러한 경향은 연구자들의 의도와 무관하게 전통 담론을 신화화하는 데 일조하는 결과를 낳았다.[44]

최근 들어 이러한 이분법적 연구들을 극복하려는 시도가 진행되고 있기는 하지만 아직까지는 그 성과가 미흡한 실정이다. 이문구 소설이 지닌 현재적 의미와 미래지향성을 본격적으로 천착하고 있지 못하기 때문이다.

본고에서는 지금까지의 연구 성과들을 적극적으로 수용하면서, 근대 세계에 대한 근원적 문제의식을 함축하는 시대정신으로서의 '근대성'과 이러한 근대성이 전통 양식과 맺고 있는 상관 관계를 탈식민주의적 관점에서 고찰하고자 한다. 이러한 과정을 통해 이문구 소설이 지닌 동시대적 의미와 미래지향적 가치를 추출함으로써 궁극적으로는 "억압과 해방의 양날을 지니고 주어진 근대성의 주체적 지양"[45]이라는 과제를 성취하는 데 기여하고자 한다.

3. 연구 방법

본고에서는 작가의 세계 인식과 형상화 방법에 대한 계기적 연속성과 단절성에 주목하면서 이문구의 소설을 통시적 관점하에서 단계적으로 분석하려고 한다. 이러한 단계적 연구는 다음 두 가지 이유로 인

---

44) 대표적인 예로서 『상상』을 중심으로 제기되었던 '동아시아 문화론'을 들 수 있다(정옥자, 「19세기 존화사상의 역사적 성격」, 『상상』, 1994년 겨울 : 김탁환, 「독자의 왕국」, 『상상』, 1994년 겨울 : 류철균, 「근대문학의 엘리트 문화적 성격」, 『상상』, 1994년 겨울). 이에 대한 비판으로는 고미숙의 논문(고미숙, 「'새로운 중세' 인가 '포스트모던' 인가―〈상상〉의 '동아시아 문화론'에 대한 비판적 검토」, 『비평기계』, 1999)을 참조할 것.
45) 김명인, 『김수영, 근대를 향한 모험』, 소명출판, 2002, p.13.

해 이문구의 소설을 분석하는 데 유효한 시각을 제시한다.

우선, 이문구의 소설이 화자의 연령과 관련하여 성장 소설의 구도를 지니고 있다는 사실을 들 수 있다. 초기 소설(제1기)의 경우 화자가 청년층인 경우가 다수인 데 비해 중기 소설(제2기)에서는 중년층이 주류를 이루고 있다. 그리고 후기 소설(제3기)에서는 노년층이 중심 화자의 위치를 차지하고 있다.

둘째, 이러한 화자의 연령층의 변모가 작가의 세계 인식과 형상화 방법에 지대한 영향을 미친다는 점을 들 수 있다. 초기 소설의 화자는 서구 중심의 근대화 기획에 대한 저항을 통해 자신의 정체성을 탐색한다. 이에 초기 소설에서는 사회·역사적 의미의 근대성에 대한 작가의 성찰이 주제의식을 이룬다. 중기 소설에서는 전통 서사 양식에 관심을 가지면서 서구 중심의 근대 담론을 비판적으로 수용하려는 작가의식이 강하게 표출되고 있다. 따라서 중기 소설에는 미적·형식적 의미의 근대성에 대한 작가의 관심이 반영되어 있다. 후기 소설에서는 노년층이 중심 화자로 등장한다. 이들은 전통 담론과 근대 담론을 동시에 전용함으로써 탈식민주의적 전망을 획득하려는 작가의식을 반영하고 있다. 이렇듯 이문구의 소설은 단계별로 '근대성의 성취와 극복 전망'에 대한 성찰이 심화·확장되는 과정을 보여준다. 그렇기 때문에 이문구 소설에 대한 단계적 연구는 서구 중심의 근대화 기획을 비판적으로 지양하고 주체적 근대성을 성취하려는 작가의식을 탈식민주의적 관점에서 분석하는 데 효과적인 방법일 수 있다.

이문구의 문학 세계를 시기적으로 구분하는 데는 적지 않은 어려움이 있다. 지금까지 이루어진 이문구 문학에 대한 일면적인 평가가 시기 구분에 장애로 작용한다. '농촌공동체적 삶에 대한 향수'를 그린 작가라는 단선적인 평가는 그의 작품 세계가 지닌 다양하고 역동적인 의미를 고찰하는 데 분명한 한계를 드러낸다.

본고에서는 이문구 소설의 다양하고 역동적인 의미를 탐색하려는 목적의 일환으로, 시간적인 계기성과 작품의 내적 변모를 종합적으로 고려하여 이문구의 작품 세계를 세 시기로 구분한다.

제1기(1965~1972)는 1965년 데뷔 이래 『관촌수필』이 발표되기 직전까지로 한다. 이 시기의 작품은 농촌을 떠난 인물이 도시적 삶을 체험하면서 정체성을 모색해 가는 과정을 보여준다. 작가의 시선이 처음에는 공간이나 인물을 대상화하는 단계에 머물다가 점차 대상과 주체와의 관계를 응시하는 방향으로 이동한다. 이러한 관계에 대한 탐색은 '다성적 주체', '비동일화의 주체' 등을 탄생시키는 계기를 마련한다. 작가는 서구적 의미의 근대성과 농촌공동체적 삶의 양식을 동시적으로 체험하는 주체들을 부각시키는데, 이러한 주체들은 도시와 농촌의 이분법적 분리에 바탕한 근대 동일성 담론에 미세한 균열을 내면서 중층적이고도 양가적인 의미망을 구축한다. 따라서 본고에서는 제1기 문학의 특징을 '고향 상실 극복과 탈식민성 지향'으로 보고 그 양상을 구체적으로 살펴보고자 한다.

제2기(1972~1981)는 『관촌수필』을 발표한 시기로부터 『우리 동네』 연작을 끝맺는 때까지로 한다. 이 시기의 작품은 제1기 작품이 보여준 성찰을 바탕으로 농촌공동체적 삶의 양식이 지닌 의미를 본격적으로 천착한다. 도시와 농촌, 현재와 과거의 긴장이 복합적으로 얽힌 당대의 근대성을 전면적으로 성찰하는 시기이기도 하다. 전근대적 요소를 탐색하고 이를 현재적으로 전용하는 작업과 서구적 의미의 근대성을 주체적으로 수용하는 작업이 동시적으로 전개된다. 본고에서는 이 시기의 문학을 '전통적 삶의 긍정과 근대 담론 되받아 쓰기'라는 측면에서 살피고자 한다. 또한 이를 탈식민주의적 관점에서 분석함으로써 이문구 소설에 대한 기존의 일면적인 평가를 넘어서고자 한다.

제3기(1981~2003)는 『우리 동네』에서 작고할 때까지의 작품 활동 시기로 한다. 이 시기의 작품은 작가의 관심이 일상적 현실에서 문화적인 영역으로 이동함으로써 '문화로의 시각 이동과 담론의 전용'을 특징적으로 보여준다. 이는 작가의 관심이 '농촌→농촌/도시→자연/문명'으로 확장된다는 의미에서 주제의식의 확장이라고 할 수 있다. 이러한 세계 인식의 확장이 정체성에 대한 탐색으로 심화된다는 점은 주목을 요한다. 자아와 세계의 팽팽한 긴장으로의 귀환이야말로 문학의 본질적인 문제의식으로 되돌아옴이요, 새로운 세계로의 출발을 알리는 신호가 되기 때문이다.

이와 같은 시기 구분에 따라 연구 대상 작품[46]을 제시하면 다음과 같다.

■ 제1기 소설(1965~1972)—『다갈라 불망비』(솔, 전집 1, 1996)

　　　　　　　　　　　　『이 풍진 세상을』(솔, 전집 3, 1997)

　　　　　　　　　　　　『만고강산』(솔, 전집 4, 1998)

　　　　　　　　　　　　『장한몽 1, 2』(책세상, 1987)

■ 제2기 소설(1972~1981)—『관촌수필』(솔, 전집 5, 1995)

　　　　　　　　　　　　『우리 동네』(솔, 전집 7, 1996)

■ 제3기 소설(1981~현재)—『산 너머 남촌』(창작과비평사, 1990)

　　　　　　　　　　　　『매월당 김시습』(문이당, 1992)

　　　　　　　　　　　　『유자소전』(벽호, 1993)

　　　　　　　　　　　　『내 몸은 너무 오래 서 있거나 걸어왔다』

　　　　　　　　　　　　(문학동네, 2000)

---

46) 1996년 『다갈라 불망비』를 시작으로 솔출판사에서 이문구 전집이 간행되고 있다. 지금까지의 작품을 연대별로 정리하여 체계화하는 작업의 일환이라는 점에서 이문구 소설 연구의 기초를 제공해 주고 있다고 할 수 있다. 그러나 이것은 아직 완간되지 않고 있는 실정이다. 『장한몽』이나 『산너머 남촌』, 『매월당 김시습』, 『내 몸은 너무 오래 서 있거나 걸어왔다』 등 본고에서 텍스트로 삼고 있는 작품은 아직 간행되지 않고 있다. 이에 따라 솔출판사에서 이미 간행된 작품집은 중심 텍스트로 선정하고, 아직 간행되지 않은 작품은 기존에 출판된 것을 텍스트로 삼는다.

이상의 작품들을 텍스트로 하여, 먼저 2장에서는 이문구 소설을 분석하는 데 필요한 주요 개념을 정리하고자 한다. 이문구 소설의 동시대적 의미와 미래지향적 가치를 추출하기 위해서는 '전근대성', '근대성', '탈근대성', '탈식민성'의 개념에 대한 성찰이 필수적이다. 무엇보다 '근대성'은 동시대적 삶의 성찰을 위한 기본 전제에 해당한다. 이러한 '근대성'과 관련하여 이문구 소설의 탈식민주의적 성향을 추출하기 위해서는 '전근대성', '탈근대성'에 대한 개념과 적용 범위를 한정하는 작업이 필요하다.

3장에서는 이문구 소설의 원류가 되는 제1기 소설을 분석하고자 한다. 지금까지 소홀하게 취급되어 왔던 이 시기의 작품은 이문구 소설의 총체적 면모를 고찰하기 위해 반드시 검토해야 할 대상이다. 이 장에서는 '농(어)촌→도시→농촌/도시'라는 공간의 변화 양상을 중심으로 등장인물들의 성격을 분석하고 이를 통해 '탈식민성'을 지향하는 작가 의식을 추출하고자 한다. 이 장의 목적은 이문구의 농촌공동체에 대한 지향이 지금까지의 단선적인 평가와는 달리 복합적이고 다층적이라는 점과 등장인물 또한 야성적이고 본능적인 속성을 지닌 근대 미달의 인물이 아니라 '근대성을 체현하면서도 이를 넘어서려는' 적극적인 주체라는 점을 밝히는 것이다. 이를 통해 이문구 소설의 역동적인 의미가 드러날 것이다.

4장에서는 이문구 소설의 제2기에 해당하는 작품 중 『관촌수필』과 『우리 동네』를 집중적으로 고찰하고자 한다. 이문구 소설의 백미라고 할 수 있는 이 두 작품에 대해서는 이미 많은 연구 성과들이 축적되어 있다. 이 장에서는 근대와 전통의 상관 관계를 중심으로 두 작품을 분석하고자 한다. 『관촌수필』을 분석하는 1절에서는 근대성과 전근대성의 영향 관계를 고찰할 것이다. 이러한 과정을 통해 '농촌공동체에 대한 그리움'이라는 명제로 『관촌수필』을 규정한 일면적인 평가를 극복하고 근대성과 전근대성의 전용을 통해 이를 넘어서려는 작가의식을 밝히고자 한다. 2절에서는 『우리 동네』를 텍스트로 삼아 근대와 전통을 동시에 해체·재구성하려는 작가의식을 고찰하고자 한다. 이러한 과정을 통해 이문구 소설의 탈식민주의적 성격을 밝힐 수 있을 것이다.

5장 1절에서는 이문구 소설의 관심이 일상(삶)에서 문화(언어/텍스트)로 이동하고 있음을 전제로 담론의 전용 양상에 초점을 두고 『산 너머 남촌』을 분석할 것이다. 2절에서는 『매월당 김시습』의 '김시습', 「장동리 싸리나무」의 '하석귀' 그리고 「더더대를 찾아서」의 '이립' 등을 '방외인'의 관점에서 분석함으로써 작가가 지향하는 세계 인식의 심화·확장이 갖는 의미를 고찰하고자 한다. 여기에서는 외부로 향하던 인물들의 담화가 결국은 스스로에게 되돌아옴으로써 '자기 응시와 주체의 자기 긍정'을 성취하는 과정이 추적될 것이다.

제2장
근대성 및 탈식민성의
개념과 범주

제2장
근대성 및 탈식민성의 개념과 범주

1. 근대성의 개념과 범주

　'근대성'은 지금 우리가 살고 있는 시대 전반에 관한 근원적 문제의식을 함축하고 있다는 점에서 실존적이면서도 현재진행형인 개념이다. 우리에게 '근대성'은 상이한 역사적 시기를 배경으로 다양한 스펙트럼을 형성한다.[1] 개화기, 일제 강점기, 해방 공간, 전후 시기, 산업화 시기 그리고 오늘날에 이르기까지 각 시대의 본질을 규명하는 도구로서 '근대성'은 중요한 위치를 차지해 왔다. 근대성은 "자신이 처한 역사적 상황의 산물"이며, "자기 시대의 위기를 문제화하려는 의식으로

---

[1] "한국이 근대의 도전을 맞이하는 시원을 추적하면 우리는 그 시기를 개항기까지로 소급할 수 있고, 근대적 의미의 각종 제도— 학교, 공장, 금융기관 등— 의 도입과 자본주의적 임노동관계의 형성을 기준으로 삼는다면 일제시기를 근대의 분기점으로 간주할 수도 있다. 그러나 민족을 단위로 하여 세계사의 한 주체로 나서는 것을 근대의 필요조건으로 생각한다면 우리의 '근대화 프로젝트'에 대한 검토는 일본 제국주의로부터 해방된 이후를 중심으로 할 수밖에 없다."(임현진, 「사회과학에서의 근대성 논의'— 근대화 프로젝트'를 중심으로」, 역사문제연구소편, 『한국의 '근대'와 '근대성' 비판』, 역사비평사, 1996, pp.197~198)

부터 출발한 개념"이기 때문이다.[2]

이러한 근대성이 서구에 의해 이식되었다는 점[3]에서 우리의 근대성은 복잡한 문제를 안고 있다. 서구의 분류 체계에서 나타난 "모더니티가 어떻게 해서 '우리'의 것이 되었는지 그리고 왜 이 문제를 심각하게 전면적으로 검토"[4]해야 하는지에 대한 응답을 회피할 수 없기 때문이다. 이러한 물음에는 우리 근대사의 상처와 그에 대한 처방이 복합적으로 얽혀 있다. 근대성의 원리와 관련하여 우리의 지난 역사는 "그 적극적, 문명의 차원은 극소화되고 그 부정적, 반문명적 차원만이 일방적으로 극대화, 전면화되어 온 역사"[5]라 해도 과언이 아니다. 이러한 반문명적 차원, 즉 도구적 합리성에 의해 붕괴된 삶의 전체성을 회복하는 일이야말로 서사 문학의 주요 과제 가운데 하나였던 것이다.[6] 따라서 서구적 의미의 근대성이 성취한 역동성을 수용하면서도 이와는 차별적인 우리의 근대성에 대한 주체적 문제의식이 요구된다.[7]

우리에게 근대성의 경험은 "시간적인 이질 혼재성에 대한 체험"[8]으로 나타난다. 근대 문명의 급속한 수용으로 인해 '전근대성', '근대성',

---

2) 이광호,『미적 근대성과 한국문학사』, 민음사, 2001, p.47.
3) 우리의 근대는 자신의 특수한 역사와 가치관을 보편화시키면서 그것을 세계의 중심원리 혹은 보편적인 내러티브로 확장시킨, 곧 자생적인 근대의 길이 아닌 서구 세계 외의 모든 역사가 지니는 고유한 가치를 인식론적으로 배제하고 서구 세계만을 배려한 보편적 내러티브에 강제적으로 편입되는 양상을 보인다. 이 과정에서 식민지 민중의 역사와 염원은 자의성에 의해 왜곡되고 왜소해지며, 결국은 배제된다. 이 때문에 우리의 근대적 지성은 '보편적 내러티브'와 '토착적 내러티브' 혹은 '서구의 형식적 영향력'과 '지역적 소재'의 결합이라는 과제에 직면하게 된다. 이때 중요한 것은 토착적 내러티브의 비교불가능한 가치를 자기화하고 그것을 보편적 내러티브에 맥락화시키려는 의지이다. 그러나 근대 이후 대부분의 한국문학은 식민주의의 매개자가 되어 우리의 토착적 내러티브가 지니는 고유한 가치와 차이를 계승하고 발견하는 대신에 오히려 그것을 백지화하고자 한다. 우리의 근대적 지성들에게 전통, 낡은 것, 전설, 신화 등등은 퇴보와 퇴행의 상징이자 등가물로 비쳐졌으며, 그래서 이들은 이것을 모두 비워내고 그 자리에 보편세계 전반을 이식하고자 한다(류보선,「중심을 향한 동경」,『한국근대문학연구』, 태학사, 2000년 창간호, pp.56~58 참조).
4) 장성만,「개항기의 한국 사회와 근대성의 형성」,『모더니티란 무엇인가』, 민음사, 1994, p.262.
5) 이병천,「세계사적 근대와 한국의 근대」, 위의 책, p.323.
6) 이를테면 다음과 같은 언급을 그 예로 들 수 있다. "서사를 통한 진리란 우리를 전근대에서 해방시킨 대가로 과학이 빼앗아간 바로 그것을 찾으려는 시도인 것이다."(나병철,『근대 서사와 탈식민주의』, 문예출판사, 2001, p.22)

'탈근대성·탈식민성'이 혼종되어 다층적으로 표출되기 때문이다.

한국의 근대는 비서구의 근대이며 동시에 제도나 개념의 이식으로서의 근대이다. 〔…중략…〕 결국 근대적인 제도의 이식에도 불구하고 전근대적 규범은 이 사회를 움직이는 실질적인 요소로 지속되는 셈이다. 이처럼 식민지 권력에 의한 근대적 제도의 갑작스럽고 강제적인 이식을 통해 진행된 근대화는 전지구적 자본주의라는 플롯과 토착적 플롯을 공존시키거니와, 이 때문에 식민지의 주체들은 교리를 전혀 달리하는 두 신을 떠받들어야 하는 이율배반적인 상황에 직면한다. 〔…중략…〕 우리의 특수한 맥락을 지워내면서까지 보편적인 요소를 찾아내지 말고 우리의 특수한 실상을 정확히 파헤친 후, 한편으로는 그 안에서 '불가능한 프로그램'을 진행하고자 했던 문학적 실천을 찾아내고, 다른 한편으로는 이것을 보편화하는 작업이 이제 필요한 것은 아닐까. 그것이 우리 근대문학의 실상에 접근하는 길이 아닐까. 아니, 더 나아가 주변부의 모더니티가 이처럼 이식과 굴절을 통해 이루어진다고 한다면, 이러한 작업은 또 다른 근대성을 설명하는 중요한 모델을 정립하는 중요한 계기가 될 수도 있지 않을까.[9]

이러한 상황에서 '근대성의 성취'는 '부정적 근대 극복의 과제'와 겹

---

7) 여기에는 '근대화 이론'의 허구성을 극복하는 과제도 포함된다. 이를테면, "모든 민족·국민·지역들에 공통의 근대화 경로가 존재한다는 것(그리하여 그들은 동일하다), 그러나 모든 민족·국민·지역들이 이 경로상의 상이한 단계에 놓여 있다는 것(그리하여 그들은 반드시 동일하지만도 않다)"과 같은 논리이다. 이러한 논리에 따른다면 '발전'이라는 개념은 근대화라는 보편적 경로를 따라 앞으로 나아가는 과정으로 정의된다(Wallerstein, I. etc., 이수훈 역, 『사회과학의 개방』, 당대, 1996, p.60 참조). 이는 서구 중심의 근대성을 비서구 세계 일반에 무차별적으로 적용시키는 문제로 확장된다. 서구 중심의 근대성을 비서구 세계 일반에 보편적으로 적용하려는 것은 근대성이 시간적, 공간적으로 무차별적으로 적용될 수 있는 동질성을 전제로 한다. 이는 서구 중심의 근대성에 의한 역사발전을 비서구 세계에 획일적으로 적용하려는 식민지 문명화 및 근대화의 문제와 직결되는 것이다(지봉근, 「탈식민 이론과 포스트모더니즘의 협상을 통한 탈식민적 근대성 구성 문제」, 『비평과 이론』, 2002년 봄·여름, p.78 참조). 1960~70년대 한국의 근대화 기획도 이러한 논리에 바탕하고 있다.
8) 서영채, 「한국 소설과 근대성의 세 가지 파토스」, 『문학동네』, 1999년 여름, p.340.
9) 류보선, 앞의 책, pp.77~80.

치고, '근대성의 극복'이라는 '탈근대적·탈식민적' 상황과 대면하게
된다.[10]

본고에서는 이러한 근대성의 문제와 관련하여 이문구의 소설을 분석
하고자 한다. 그가 주도적으로 활동한 1960~70년대는 서구 중심의
근대화가 급속하게 진행되면서, 전통적인 농촌공동체의 붕괴, 인구의
도시 집중 등 근대성의 부정적인 양상이 두드러지게 표출된 시기이다.
또한 이 시기는 4·19를 경험한 이른바 '4·19 세대'들에 의해 서구적
의미의 문학 양식이 본격적으로 수용·확산되던 때이기도 하다. 이문
구는 서구 중심의 부정적 근대화를 강하게 비판함과 동시에, 4·19 세

10) 백낙청은 한반도에서 가능한 '근대성의 성취와 근대 극복'에 관한 이론을 '분단체제론'으로 제
시한다. "자본주의 세계경제가 탄생·성장·확산하여 다른 무엇으로—그게 정확히 어떤 것이고
반드시 더 나은 무엇일까라는 문제와는 별도로—변모하기까지의 시대를 일단 '근대'라고 볼
때, 분단체제론은 한반도의 통일이 한반도 안에서건 세계 전체에서건 곧바로 '근대이후'를 실
현한다고 믿지 않는다는 점에서 '근대성'의 일정한 성취를 빼버린 탈근대주의와 다르고, 근대
의 위세가 한창인 오늘날을 '근대이후'(심지어는 '현대이후')로 규정하는 포스트모더니즘류의
탈근대론과도 구별된다."(백낙청, 「민족문학론, 분단체제론, 근대극복론」, 『창작과비평』, 1995
년 가을, p.20)
서영채에 따르면, 근대성은 근대에 대한 비판과 거부까지 포함하고 있다. 말하자면 스스로에
게 문제를 제기하며 또 그에 대한 해결책을 제시하고 있는 셈인데, 이러한 근대성의 자기 전개
과정을 우리는 근대성의 변증법이라 부를 수 있다(서영채, 「인문주의, 근대성, 문화」, 『소설의
운명』, 문학동네, 1996, p.83 참조).
볼프강 벨슈(Wolfgang Welsch)는 근대적 모던(neuzeitliche Moderne)과 근본적 모던
(radikale Moderne)을 구별하면서, 전자는 근대의 틀을 깨뜨리지 않고 그것을 떠맡고 계승하
지만, 후자는 근대의 내용을 비판하고 앞질러가는 형식이라는 점에서 포스트모던과 연결된다
고 주장한다. 모던의 철학은 자신의 싹, 즉 과학에 대한 자기 비판을 넘어서 근대적 기획의 강
박관념적 잔재들로부터 해방되었고 이를 통해서 포스트모던이 된다. 이 포스트모던 철학은 철
저한 다원성의 철학이다. 포스트모던적 사유는 결코 이국적인 어떤 것이 아니라 이 세계의 철
학, 금세기의 엄격하고 근본적 모던의 사색적인 전개와 회복으로서의 사유이다. 그는 포스트
모던이 모던에서는 다만 특별한 영역에서만 획득될 수 있었던 것을 모든 일상 생활 속에서 실
현시킨다고 말한다. 그에 따르면 포스트모던은 새로움을 추구하는 사조가 아니라 다원주의를
의미한다. 그리고 이 다원주의는 확실히 자신의 고대적, 중세적, 근대적 선형태들을 가지고 있
다. 벨슈는 '포스트모던은 실제로 금세기의 근본적 모던이다'라는 테제로 모던과 포스트모던
의 연속성을 강조하고 있다(Welsch, W., 주은우 역, 「근대, 모던, 포스트모던」, 『모더니티란
무엇인가』, 민음사, 1994 참조).
백낙청, 서영채, 벨슈 논의의 공통점은 모던과 성급하게 단절한 포스트모던의 위험을 경고하
고 있다는 점이다. 이들의 관점을 따른다면 근대 극복은 근대 문화에 대한 견인과 비판을 동시
에 수행함으로써 형성될 수 있다. 즉, '탈근대론/탈식민론'은 이성의 횡포로 모든 것을 주체화
한 부정적 형이상학을 비판하고 근대성의 건강한 변증법적 운동으로 복귀하는 것을 전제로 해
야 형성될 수 있다는 것이다. 이러한 근대성에 대한 재구성 과정에서 우리는 근대 극복에 대한
자기 이해를 얻을 수 있을 것이다.

44

대들의 합리주의적 세계관[11]과도 거리를 유지하면서 독특한 문학 세계를 일구어 왔다. 그의 소설은 '서구 세계만을 배려한 보편적' 근대성에 의문을 제기하고, 우리의 특수한 '토착적' 서사 양식을 발굴·전경화함으로써 주변부 근대성의 이식과 굴절의 양상을 구체적으로 표출하고 있다. 이러한 이문구의 문학적 실천은 서구적 의미의 '근대성의 자기 고양 전략'을 체현하면서도, 이를 넘어설 수 있는 하나의 가능성을 보여준다.[12] 이는 '타자'의 배제를 통하여 동일성을 확보한 서구 중심의 근대성을 상대화하고 이와는 이질적인 또 다른 '근대성'을 구축하려는 탈식민의 과제와 연결됨으로써 우리 근대문학의 화두와 밀접히 관련된다. 본고는 "근대성이란 서구적 근대성과 식민지적 근대성 사이의 상호작용, 그 뒤얽힘의 특이한 양상으로서만 존재했고, 또 존재하고 있"[13]다는 인식에 바탕하여, '서구적·보편적 근대성'과 '식민지적·특수한 근대성'의 이분법을 넘어서려는 문제의식에서 출발한다. 이에 따라 본고에서 사용하는 '근대성'은 근대의 부정적인 양상을 비

---

11) 한국 사회에서 주체적이고 능동적인 합리성의 지배가 이루어진 시기는 1960년의 4·19부터라고 할 수 있다. 이러한 합리주의적 근대성 기획은 전통과 비합리주의에 대한 문학적 전횡을 야기했다. '긴밀하고 건축적인 이야기 구성'과 '내면의 탐구와 개인 발견을 위한 문체와 감수성' 등으로 대변되는 이들의 언문일치체에 바탕한 '매개'의 언어관과 자아의 발견을 중시하는 서구적 소설관은 1960년대 후반부터 전개된 급속한 산업화와 소외된 민중의 삶을 소설적으로 형상화하는 데 적지 않은 한계를 노출한다(임우기,「'매개'의 문법에서 '교감'의 문법으로」,『그늘에 대하여』, 강, 1996 ; 권성우,「4·19 세대 비평의 성과와 한계」,『문학과 사회』, 2000년 여름 ; 구자황,「이문구 소설 연구」, 성균관대학교 박사학위 논문, 2002 참조).
12) 이는 1970년대 민족문학의 도약을 배경으로 한다. 백낙청의 시민문학론, 김병걸·구중서·신경림·염무웅 등의 리얼리즘론, 농민문학론 등은 하나의 뚜렷한 시대의 흐름으로 자리잡으면서 제3세계 민족문학의 주체성을 확립하는 데 기여하였다.
   그것은 넓게 보면 식민지시대 이래 우리의 문학계 전반에 지배적이었던 서양추종적 태도를 일신할 실질적·주체적 근거가 확보되고 또 서구의 진보적 문화유산조차도 우리의 현실에서 쇄신될 가능성이 구체적으로 확인되었다는 뜻이기도 하다(임홍배,「창비 30년, 민족문학론의 어제와 오늘」,『창작과비평』, 1996년 봄 참조).
13) 조형근,「역사 구부리기 : 근대성에 대한 계보학적 탐색」, 서울 사회과학 연구소 편,『근대성의 경계를 찾아서』, 새길, 1997, p.36. 이러한 관점은 근대성이란 하나의 단일한 기원에서 출발한다기보다는 서로 떨어져 있던 사회체들의 접촉에 의해 생겨나는 변환의 역사적 과정이라는 사실을 시사한다. 근대성을 단일한 체계가 아닌 복잡성의 관점에서 이해하고, 언제나 균열되어 있는 전체 현상으로 파악할 필요가 있는 것도 이 때문이다(강내희,「한국의 식민지 근대성과 충격의 번역」,『문화/과학』, 2002년 가을, p.82. 참조).

판적으로 지양하려는 서구적 의미의 근대성 개념[14]을 포괄하면서도, 이러한 근대성의 경계를 일탈하는 탈근대성, 탈식민성과도 연결되는 개념이다. 근대적 삶에 대한 적극적 대응 양식으로 규정된 근대성 개념은 이문구 소설의 인물들에 투영된 근대적 삶의 성격과 그 반응 양상을 규명하는 유효한 틀이 될 수 있을 것이다.

2. 탈식민성의 개념과 적용 범위

본고에서는 '전근대성', '탈근대성', '탈식민성' 등을 '근대성'의 개념과 연관하여 규정하고자 한다.

전근대성(pre-modernity)은 일차적으로 근대 이전의 문화가 지닌 성격을 의미한다. 근대의 논리는 전근대적 문명을 서구 문명을 정점으로 하는 단일하고 연속적인 역사 발전의 초기 국면으로 설정해 왔다. 이러한 논리에 따른다면 전근대적 문명은 근대성의 서막을 이루는, 동결된, 진보하지 않은, 근대성에 이르지 못한 문명이 되어 버린다.[15]

본고에서 주목한 이문구 소설의 전근대적 요소는 근대 논리가 '야만의 이름'으로 배격한 열등한 중세적 가치[16]와는 성격을 달리한다. 그것은 오히려 근대 담론이 억압해 온 '보편적인 삶의 지혜'를 현재적으로 전용하려는 의도를 담고 있다. 이는 물론 전통추수주의와도 거리를 가

---

14) 본고에서는 위르겐 하버마스의 '미완의 기획으로서의 근대성', 앤서니 기든스의 '성찰적 근대성', 마샬 버먼의 '역동적이고 개방적인 근대성' 등의 개념을 긍정적으로 수용하였다. 이에 대해서는 다음의 글을 참조할 것. Habermas, J., 이진우 역,『현대성의 철학적 담론』, 문예출판사, 1994 : Giddens, A., 이윤희·이현희 역,『포스트모더니티』, 민영사, 1991 : Berman, M., 윤호병·이만식 역,『현대성의 경험』, 현대미학사, 1994.
15) Wallerstein, I. etc., 이수훈 역, 앞의 책, p.40 참조.
16) 이를테면 '문명화된 상태(civility)=유럽의 관습과 풍속'이라는 기준으로 현재의 '야만'이나 '미개' 상태의 민족들을 인류의 초기 단계로 규정하는 '인간의 박물학' 같은 관점을 말한다(姜尙中, 이경덕·임성모 역,『오리엔탈리즘을 넘어서』, 이산, 1997, p.88 참조).

진다.[17] 현실 도피의 성격을 가진 과거의 유산이 아니라, 현재의 부정성을 극복하는 계기로 선택되고 재구성된 전통이라 할 수 있다. 이에 이문구 소설에 나타나는 전근대적 요소는 부정적 근대에 대한 비판의 계기를 함축하는 것으로 한정한다. 이러한 전근대적 요소는 근대성의 결핍 부분을 보완하기도 하고, 근대성의 경계를 탈주하는 계기를 마련하기도 한다.

본고에서는 이문구 소설의 전근대적 요소를 전통적 서사 규범에 초점을 맞추어 고찰하고자 한다. 본고에서 주목한 전통적 서사 규범은 다음과 같다. 첫째, 전통적 서사 양식을 차용한 느슨한 플롯, 인물 중심의 이야기 전개 방식, 그리고 순환적 시간 의식에 바탕한 연작 형식 등이다. 둘째, 문체에서 주로 나타나는 구어적 표현, 방언의 적극적인 활용, 그리고 만연체의 장문 구사 등이다. 셋째, 현대 소설의 입체적 인물과 대비되는 평면적 인물의 빈번한 등장이다. 마지막으로는 농촌 공동체적 삶의 양식을 재현하려는 작가의식을 들 수 있다.

이러한 이문구 소설의 전통적 서사 양식은 단선적 시간의식, 꽉 짜여진 인공적 플롯, 언문일치의 문체 등으로 대변되는 근대 서사의 동일성 담론에 균열을 내면서 그 틈새들(interstices)을 통해 '탈근대성·탈

---

17) '전통'이란 '근대'와 대화적 관계에 놓여 있다. 그것은 곧 시간성을 내적 계기로 삼고 있다는 뜻이기도 하다. 한편으로, 전통이란 그 내부에 고유성을 내적 계기로 삼고 있다. '고유성'이란 본디 배타적 규정이다. 다른 것이 지니고 있지 않는 자기만의 것이 곧 '고유성'인 까닭이다. 결국에 '전통'을 고유성을 계기로 하여 범주화한다는 것은, 곧 '고유한 것'과 그렇지 않은 것을 구별한 뒤, '고유하지 않은 것'을 배제한다는 것이므로 이런 의미의 범주화 또한 이데올로기적인 것이 아닐 수 없다. '전통' 논의가 필연적으로 '민족주의'와 연결되는 지점이 생기는 까닭은 '전통'이 지닌 이러한 배타적 자기 동일성의 확보 논리 때문이다(한수영, 「근대문학에서의 '전통' 인식」, 『20세기 한국문학의 반성과 쟁점』, 소명출판, 1999, pp.172~173 참조). "'정체성'은 과거에 대한 집단적이고 계속적인 기억 유추 과정에 의한 선택적 차별화가 핵심적 구성 요소가 된다. 집단 내 '포함'의 문제라기보다는 집단간 차별화와 '배제'의 산물이다. '전통'이라는 것도 상황적 조건을 떠나 존재하는 절대적이고 미리 완성된 성질의 것이 아니다. 정치와 역사적 과정의 효과이자 결과물인 것이다."(전규찬, 『포스트 시대의 문화 정치』, 커뮤니케이션북스, 1997, p.47) 사실 '문화적 정체성'이 무엇인지, 중심으로부터의 '문화 제국주의적 침투'에 반대하는 '전통문화'의 의미는 무엇인지에 대한 논의는 아직도 미해결의 장으로 남아 있다. 본고에서는 '전통'이 고정된 물리적 실체가 아니라 상황에 따라 재구성되는 유동적인 성질의 것이라는 관점을 수용한다.

식민성'과 관계를 맺는다.[18]

　탈근대성과 탈식민성은 근대성과 관련하여 미묘한 위상을 갖는 개념이다. 탈근대성(post-modernity) 논의는 근대가 신화화한 절대적 진리나 단선적인 진보 이데올로기를 해체하고 있다는 점에서 '근대성'의 딜레마를 반영하는 담론이다. 대표적인 이론가로는 푸코, 들뢰즈, 바르트, 라캉, 데리다 등이 있다. 이들은 16세기 말 이후 유럽에서 성립하여 공간적으로 인류 문화의 모든 분야에 영향력을 행사해 온 근대를 넘어서고자 하는 경향의 실재성과 도덕적 필요성을 강조[19]한다. 탈근대론은 이성과 감성, 문명과 자연, 발전과 미개, 서구와 바깥 타자의 엄격한 이분법적 구분을 고집하는 근대화 기획에 대한 자기 반성에서 비롯된다. 근대화 프로젝트 자체에 대한 거부라기보다는 그 인식적 기초를 이루는 유럽 중심적 보편주의와 인간 중심의 단선적 역사의식, 과학주의적 세계관의 억압성에 대한 의문 달기와 거부의 움직임이라고 할 수 있다.[20] 탈근대론자들은 근대의 담론이 '허구/우연'의 산물에 불과하다고 주장하면서 이를 상대화하는 데 주력한다. 탈근대성의 담론은 '근대성의 자기 비판의 논리' 또한 근대성의 효소로 기능한다고 주장하면서 이를 일탈한다. 그러나 이러한 탈근대성은 급진적인 통찰력을 통해 근대의 신화를 상대화하는 데 기여했지만, 작품의 표면적 논리나 주변적 모티프를 분석하는 데 그침으로써 텍스트 중심주의에

18) 이문구 소설의 전통적 서사 규범은 근대 동일성 담론과 이를 일탈하는 탈근대·탈식민 담론의 틈새(경계선)에 존재하면서 새로운 의미를 창출하고 있다. 전통적 서사 기법은 현재의 부정적 요소를 혁신하고 일탈하는 가변적인 기능을 함축함으로써 스스로를 갱신하고 재형상화한다. 이러한 과정을 통해 주조(鑄造)된 과거의 모습은 현재의 삶에 대한 향수로 인식되기를 거부하고, 현재의 삶을 성찰하는 필수불가결한 요소로 기능하면서 부정적 현재(근대 동일성 담론)를 넘어서려는 미래지향적 가치(탈근대·탈식민 담론)와 연결된다.
19) 탈근대론의 기본적 입지점은, 근대화에 의해 형성된 문제 가운데 근대화의 '완성'에 의해서 극복되지 않는 것이 있는 이상, 그것은 근대의 과제가 아니라 탈근대의 과제로서 설정할 수밖에 없다는 것이다(윤건차, 이지원 역, 「근대 기획과 탈근대론, 그리고 탈식민주의」, 앞의 책, p.20 참조).
20) 전규찬, 앞의 책, p.11 참조.

함몰되었다는 비판을 받는다. 근대 사회의 물적 토대, 특히 (신)제국주의의 제3세계에 대한 새로운 방식의 지배와 이에 반발하는 저항 담론에 대한 관심을 배제함으로써 실천적 한계를 노출하고 있다는 것이다. 또한 탈식민 상황에 놓인 국가들의 현실과 연관해서, 탈근대주의자들은 "서구 문화 내부에서부터 서구의 개념적 경계들에 도전"하지만, "이들 경계들을 '식민 주변부에까지' 밀어내기를 거부함으로써 악명 높고 자의식적인 자민족 중심주의를 드러"낸다는 한계를 노출한다.[21] 이에 식민 경험을 가지고 있는 우리와 같은 제3세계 국가들의 문화를 분석하기 위해서는 탈식민성(post-colonialism)의 개념이 요구된다. 탈근대주의(포스트모더니즘)와 탈식민주의(포스트식민주의)의 공통점과 차이점을 정리하면 다음과 같다.[22] 우선 양자의 공통점은 주제 면에서 구심성보다는 원심성을 더 중시한다는 점, 경험을 구성하는 언어의 역할을 중시한다는 점, 이항대립을 거부한다는 점, 그리고 환상적 리얼리즘, 반어와 우화, 흉내내기와 패러디 등의 형식적 기교나 서술전략을 주로 사용한다는 점 등이다. 반면, 차이점은 탈식민주의가 탈근대주의와 달리 텍스트성보다 역사성에 무게를 싣는다는 점, 정치적 측면에 관심을 가지는 실천적 담론이라는 점, 과거의 역사를 사회 변혁의 중요한 수단으로 인식한다는 점, 서구 본질주의와 보편주의의 이름으로 무참히 짓밟힌 개별성과 특수성을 되찾으려 한다는 점 등이다.

탈식민주의는 탈근대주의의 텍스트 중심 수사학을 국가와 국가 사이의 수사학으로 확장한다. 탈식민주의는 가치중립적인 문화란 존재하지 않는다는 관점을 전제로 문화 비평의 한 갈래인 프로이트와 마르크스의 이론 등 텍스트 외적인 이론을 끌어들여 텍스트의 억압적 측면을 정밀하게 읽어낸다. 그럼으로써 그 속에 묻힌 제국주의 이데올로기를

---

21) Gandhi, L., 이영욱 역, 『포스트식민주의란 무엇인가』, 현실문화연구, 2000, p.95.
22) 김욱동, 『전환기의 비평 논리』, 현암사, 1998, pp.119~132 참조.

밝혀낸다.[23]

탈식민주의라는 용어는 "식민주의 시기로부터 현재에 이르기까지 제국주의적 영향으로부터 자유로울 수 없었던 모든 문화를 포괄하는 통칭적 개념"[24]이다. 탈식민주의 문화 연구의 세부적 영역은 논쟁적으로 남아 있지만, 일반적으로 다음의 세 가지 방식으로 정의되어 왔다. 첫째, 독립 이후 유럽의 전(全)식민지 연구, 둘째, 식민화 이후 유럽의 전(全)식민지 연구, 셋째, 모든 문화/사회/국가/민족들과 다른 문화/사회/국가/민족간의 권력 관계 연구 등이다.[25]

시대와 지역에 따른 차이에도 불구하고 여러 형태의 탈식민주의 비평이 지향하는 공통분모가 있다면, 그것은 서구문학의 다시 쓰기(re-writing)와 다시 읽기(re-reading)를 통한 유럽중심주의의 해체와 극복일 것이다.[26]

일제 강점기를 경험하고 해방 이후 지금까지 서구 문화의 압도적 영향에서 자유롭지 못한 우리의 현실을 감안할 때, 위의 관점은 유용한 시각을 제시한다. 제국의 권력과 피식민지의 문화적 경험을 탐구하는 '유럽의 식민화 이후 연구'는 우리의 일제 강점기 문화 분석에, 특정한 탈식민 문화의 최근사를 연구하는 '독립 후 연구'는 해방 이후의 식민 문화 분석에, 그리고 '권력 관계 연구'는 이 둘을 포괄하는 한국 문화 전반의 지배/종속 관계를 분석하는 데 유용한 틀을 제시한다.

본고에서는 첫째 관점인 '독립 후 연구'와 셋째 관점인 '권력 관계

---

23) 권택영, 「탈식민주의와 문화 비평 — 이론과 실천」, 『현대시사상』, 1996년 봄. pp.75~77 참조.
24) Ashcroft, B. etc., 이석호 역, 『포스트 콜로니얼 문학이론』, 민음사, 1996, p.12.
25) Robinson, D., 정혜욱 역, 『번역과 제국 — 포스트식민주의 이론 해설』, 동문선, 2002, pp.26~27 참조.
26) 고대의 헬레니즘, 중세의 기독교, 르네상스의 휴머니즘, 그리고 근대의 계몽주의로 이어지는 서구의 문화적 전통은 근본적으로 주체와 객체, 중심과 주변, 문명과 야만 등의 유럽중심적 이원론에 그 바탕을 두고 있으며, 이러한 인식론은 은연중에 서구의 인종적·문화적 타자를 억압하고 주변화시키는 데에 가담해 온 혐의를 면하기 어렵다(이경원, 「탈식민주의론의 탈역사성 — 호미 바바의 '양면성' 이론과 그 문제점」, 『실천문학』, 1998년 여름. p.257 참조).

연구'를 적극적으로 수용·참조하면서, 이문구가 활발하게 작품 활동을 전개한 1960~70년대 이후의 문화적인 지배와 저항 관계 분석을 주된 연구 대상으로 삼는다. 탈식민주의는 법적, 제도적으로는 더 이상 식민지가 아니지만 문화적·정신적으로 여전히 식민 상태가 계속되고 있는 식민지시대 이후의 문제를 극복하기 위한 비평 형식이기 때문이다.[27] 이러한 관점은 전근대성과 근대성, 그리고 탈근대성이 혼종된 우리의 현실에서 서구 중심의 부정적 근대를 상대화하고, 주체적 근대성을 성취하는 과제와 나아가 근대 이후의 세계에 대한 전망을 확립하는 데 주요한 시사점을 제공한다.[28]

탈식민주의적 관점은 에드워드 사이드가 『오리엔탈리즘』에서 보여준 '서양/동양, 문명/미개, 백인/흑인' 등의 이분법적 사유를 넘어서려

---

27) 권택영, 앞의 책, pp.76~77 참조. "탈식민주의는 비단 제국의 압제 아래 있을 때뿐만 아니라, 독립한 후에도 여전히 남아서 암암리에 우리를 속박하고 있는 것들, 예컨대 언어, 교육, 경제, 헤게모니, 또는 지배문화에 대한 동경 등과, 또 다른 형태로 계속해서 우리의 삶을 구속하고 있는 새로운 억압구조를 모두 식민지적 상황으로 파악하고, 그것들을 드러내 보여주며, 그것들을 극복하고자 하는 가장 최근의 문예사조이다."(「김성곤, 「빼앗긴 시대의 문학과 백 년 동안의 고뇌」, 『뉴미디어 시대의 문학』, 민음사, 1996, pp.201~202)

28) 다음은 탈식민주의 담론의 동시대적 의미를 강조하는 사례들이다.
포스트식민주의 교육학이라는 새롭게 해방된 공간에서 우리는 유럽을 지방화하는 꿈이 '거주할 수 있는(하부 infra-) 구조적인 장소'를 상상하는 것이 가능할지도 모른다(Gandhi, L., 이영욱 역, 앞의 책, pp.74~75 참조). 우리는 '포스트식민주의'에서 '포스트'는 단순한 연대기적 연속의 의미에 진보성이라는 유토피아적 함의를 입힌다고 주장할 수 있다(Gandhi, L., 이영욱 역, 위의 책, p.210 참조).
탈식민주의가 분석해야 할 대상은 경제, 문화, 정치 등의 다방면에 걸쳐 다른 민족, 인종, 문화 사이에(때로는 그 자체내에서) 형성된 지배와 종속 관계로서, 이는 근대 유럽의 식민주의와 제국주의 역사에 그 뿌리를 두고 있으면서 동시에 현재의 신식민주의 체제하에서도 명백히 지속되고 있다(Moore-Gilbert, B., 이경원 역, 『탈식민주의! 저항에서 유회로』, 한길사, 2001, p.12 참조).
우리 시대가 '탈식민' 시대가 아니라는 증거는 무엇보다도 식민주의와 제국주의가 여전히 우리의 문화적 삶을 지배하고 있다는 사실에서 발견된다(박지향, 『제국주의—신화와 현실』, 서울대학교 출판부, 2000, p.4 참조).
한국에서 미완의 근대 기획이란 그 근간에 가로놓인 식민주의인 지배·억압과의 투쟁, 즉 탈식민주의를 포함하는 것으로 수행될 필요가 있다. 실제로 근대 기획의 추진, 나아가서는 탈근대화를 추구하는데 탈식민지화가 전제조건으로 된다는 것은 근대성의 형성 자체가 서양의 세계 지배, 혹은 식민지경영의 역사적 현실과 관련되고 때문이다(윤근차, 이지원 역, 앞의 책, pp.40~41 참조).
이상에서 우리는 탈식민주의 담론이 서구 중심의 근대에 대한 비판임과 동시에 주체적 근대성의 성취와 그 극복이라는 과제를 함축하고 있다고 할 수 있다.

는 시도에서 출발한다. 서구의 이분법적 사유는 동양을 문명화한다는 허구적 기획을 낳고, 이를 통해 식민지 정복에 나서는 계기를 마련하였다. 식민지 해방 이후에도 이러한 논리는 여전히 지속되고 있다.

오리엔탈리즘(Orientalism)[29]은 우리에게 1960~70년대의 산업화 논리를 통해 되살아난다. '타자'로서의 서구를 우리의 이상적 모델로 설정했을 때, 산업화 시대의 현실은 근대의 동일성 담론에 동화된 지배계층과 이와는 이질적인 하위계층 사이의 명확한 경계선 긋기를 강요한다. 즉, 서구화에 앞장선 산업화 중심 세력(개발 독재 정권)과 소외된 민중들은 제3세계 내부에서 새롭게 만들어진 오리엔탈리즘적 이분법을 구축하였다.[30] 이러한 이분법은 일차적으로 공간을 통해 실현된다.[31] 근대적 합리성의 발달은 시간과 공간을 표준화시키고 이들 간을 분리시켰다. 전근대적 사회에서도 물리적 시간을 인식하는 달력과 물

---

29) "오리엔탈리즘은 '동양'과 (대체로) '서양'이라고 하는 것 사이에서 만들어지는 존재론적이자 인식론적 구별(ontological and esistemological distinction)에 근거한 하나의 사고방식이다."(Said, E., 박홍규 역, 『오리엔탈리즘』, 교보문고, 2001, p.17) 사이드에 의하면 오리엔탈리즘은 경제적, 문화적, 종교적으로 동양을 정복함으로써 스스로의 힘을 획득한 유럽의 사고 방식으로 정의할 수 있다.
이러한 관점에서 유럽의 세계관을 상대화한 사이드의 『오리엔탈리즘』은 "기존의 제국문학과 신생 독립국 문학에 대한 서구의 연구를 탈식민주의의 모습으로 탈바꿈하도록 만든 하나의 전환점"이 되었다는 평가를 받는다(Moore-Gilbert, B., 이경원 역, 앞의 책, p.110 참조).

30) "탈식민 국가들은 내셔널리즘을 새로운 영역이나 국가의 이데올로기로 전환시킴으로써 이번에는 바깥쪽의 규범에 근거한 전지구적 합리화의 과정을 따를 수밖에 없었기 때문이다. 다시 말해서 전후의 근대화나 개발의 이데올로기에서 볼 수 있듯이 한줌의 선진 국가들이 지배하는 전지구적 자본주의로서 세계체제 이론에 적합해져야 했기 때문이다."(姜尙中, 이경덕·임성모 역, 앞의 책, p.174)

31) '공간'과 '위치'에 대한 연구는 근대 사회과학에서 상대적으로 소홀하게 취급된 영역이다. '진보'나 '발전'에 대한 부각과 사회변동을 조직하는 정치가 사회적 존재의 시간적 차원을 핵심적으로 만들었지만, 그 공간적 차원은 불확실한 '망각' 상태로 남겨두었다. 만약 과정이 보편적이고 결정론적이라면, 공간은 이론적으로 아무 상관이 없게 된다(Wallerstein, I. etc., 이수훈 역, 앞의 책, pp.42~43, 참조).
특히, 탈식민주의의 맥락에서는 '장소' 또한 중요한 탐구의 대상이다. 이것은 식민주의가 장소의 이동, 즉 물리적·문화적 장소의 '와해(dislocation)'와 관련되고, 한 문화가 우월한 문화로 간주되는 문화에 의해 억압되어 더 이상 모국의 문화로 느껴지지 않을 때와 관련되기 때문이다(Robinson, D., 정혜욱 역, 앞의 책, pp.42~45 참조).
진보에 대한 강박증적 근대 이데올로기가 공간의 차원을 소외시켰다는 위의 견해는, 공간의 문제를 탐색하는 작업이 근대의 신화가 은폐한 자본의 논리를 파헤치는 작업과 동궤에 놓인다는 사실을 시사한다.

리적 거리를 측정하여 재현한 지도가 있었지만, 일상 생활에서 시간이나 공간은 달력이나 지도에 의해 인식되는 것이 아니라 다소 부정확하고 가변적이지만 구체적인 사건들이나 사물들을 통해 인식되었다. 이러한 인식에서 시간의 계산과 공간의 계측은 일상생활의 시·공간적 공동체 속에서 서로 연계되어 있었다. 한편, 근대적 공간의 합리적 조직은 생산과 유통 및 소비의 영역으로 확대되었다. 이러한 과정에서, 제국주의적 공간 정복을 위한 경쟁으로 양차에 걸친 세계 전쟁이 발발하였다. 그 결과 국민국가들의 공간은 탈영토화됨으로써 이전에 가졌던 의미들을 상실하게 되었고, 다시 식민주의적이고 제국주의적 지배의 요구에 따라 재영토화되었다.[32]

이러한 서양과 동양, 서구 문화와 토착 문화 사이에 있던 전선이 탈식민 상황에 놓인 우리의 도시와 농(어)촌의 관계에서도 재현된다. 따라서 서구 중심의 산업화에 의해 전통 농(어)촌공동체가 붕괴되는 상황은 '서양에 점령당하는 동양'이라는 오리엔탈리즘의 논리[33]와 일치한다.

---

32) 이와 같이 근대성의 출현과 발달은 자본에 의한 공간의 정복과 공간의 생산을 촉진시켰으며, 또한 공간의 합리적 재조직화와 공간의 통합성(예로, 생산체계의 내적 연계성, 기능의 사회공간적 분업의 체계화, 그리고 생산과 소비의 공간적 관계)을 가져다 주었다. 그러나 이러한 공간의 발달은 전통적 공간, 그 동안 구체적 경험과 실천의 공간이었으며 의사 소통의 맥락이자 통로로서 이제까지 일상적 담론 속에 간직되어왔던 (장소로서의) 공간의 해체를 유발했다(최병두, 「근대에서 탈근대로의 전환과 공간인식의 변화」, 『한국문학』, 1999년 여름, pp.296~299 참조).

33) "오리엔탈리스트는 동양을 근대성 속에 이전시킴으로써, 과거의 낡은 세계를 창조한 신과 같이 새로운 세계를 창조한 인간, 세속적인 창조주로서 스스로의 방법과 입장을 축복할 수 있었다."(Said, E., 박홍규 역, 앞의 책, p.226) 이러한 논리는 농촌을 도시화(산업화) 과정에 편입시킴으로써 스스로의 방법과 입장을 합리화한 우리의 근대화 주체 세력의 이데올로기와 정확하게 일치한다.

제8장

고향 상실 극복과
탈식민성 지향

제3장
고향 상실 극복과 탈식민성 지향

지금까지 이문구 소설 연구는 『관촌수필』과 『우리 동네』를 중심으로 전개되어 왔다. 이러한 연구 경향은 '농촌소설' 혹은 '농민소설'이라는 범주에 작품 세계를 한정함으로써 이문구 소설의 전체적인 변모와 내적 동기를 고찰하는 데 적지 않은 어려움을 노출하였다. 본 장에서는 이문구 소설의 원류에 해당하는 초기 소설[1]을 농촌과 도시의 긴장 관계, 등장 인물의 성격을 중심으로 분석하고 이를 통해 작가의 현실 인식의 변모 과정을 추적하고자 한다. 이는 '근대 미달의 형식' 아니면 '근대 초극의 형식'이라는 이문구 소설에 대한 상반된 견해들을 비판적으로 지양하고, 이러한 대립적 관점이 상호 교차하는 대화적인 맥락에서 농촌공동체의 의미를 탐색하려는 작업의 일환이다.

---

1) 이문구 문학 세계의 제1기라 할 수 있는 이 시기의 작품은 '농촌→도시→농촌/도시'라는 공간적 이동의 변주를 통해 급속한 산업화의 논리를 상대화하는 데 주력함으로써 나름의 독특한 문학적 성취를 이룩한다. 초기 소설은 그의 문학 세계의 원류에 해당한다고 할 수 있다. 이후의 작품들은 이 시기에 보여준 다양한 탐색이 심화되고 발전되는 양상을 띤다. 따라서 초기 소설에 대한 면밀한 분석은 그의 작품 세계 전반을 이해하는 시금석이 된다. 『관촌수필』『우리 동네』 연작은 이러한 초기 작품 세계의 일정한 성취를 바탕으로 우리 문학사의 한 페이지를 장식하게 된다.

작품 속 배경이 되는 공간을 중심으로 초기 소설을 분류해 보면 다음과 같이 세 부류로 나눌 수 있다.

첫째, 절대적 빈곤의 농(어)촌 현실을 다루는 작품들이다. 급속한 산업화의 와중에서 농(어)촌공동체가 해체되면서 고향을 상실하게 되는 농(어)민들의 삶을 다룬 단편들이 여기에 해당한다. 여기에서는 「김탁보전」(1968), 「암소」(1970), 「그때는 옛날」(1971), 「추야장」(1972), 「해벽」(1972) 등을 중심 텍스트로 삼아 분석한다.

둘째, 농(어)촌을 떠난 주인공들이 부랑노동자로 전락하여 도시빈민으로서의 비참한 삶을 살아가게 되는 현실을 다루는 작품들이다. 「백결」(1966), 「지혈」(1967), 「야훼의 무곡」(1967), 「두더지」(1968), 「몽금포타령」(1969), 『장한몽』(1970~1971), 「금모랫빛」(1972) 등이 중심 텍스트로 선정되었다.

셋째, 어느 정도 도시에 정착한 화자의 시선으로 도시와 농(어)촌의 긴장을 다루는 작품군이다. 여기에서는 사회 현실과의 일정한 거리감에 바탕한 등장인물들의 개인의식과 자의식이 표출된다. 「백의」(1969), 「이 풍진 세상을」(1970), 「다가오는 소리」(1972), 「그가 말했듯」(1972), 「만고강산」(1972), 「낙양산책」(1972) 등을 중심으로 살펴보도록 하겠다.

이문구는 초기 소설에서 부정적 근대화에 대한 강도 높은 비판의식을 보여준다. '가난에 의한 농(어)촌공동체의 붕괴', '농(어)촌공동체를 떠나 도시에 정착하지 못하고 부랑하는 지식인이나 일용노동자, 그리고 범죄자들의 삶', '도시에 정착하더라도 정체성을 끊임없이 회의하는 중산층의 의식' 등으로 표출되는 초기 소설은 서구 중심의 근대화가 가져온 부정적인 양상을 강도 높게 고발하고 있다.

이러한 초기 소설은 '떠남→방황→정착'의 구조를 보여준다. 이는 주인공(화자)들의 사회적 지위가 '농(어)민→도시빈민→중산층'으로 변모하는 과정과 일치한다. 이러한 변모는 '농(어)촌→도시→도시/농촌'이라는 공간적 변화를 통해 인물(화자)의 정체성 탐색의 과정을 보여준다. 여기서 등장인물들은 하층민에서 지식인의 위치로 점진적으로 변모하고 있다. 이는 인물과 작가 사이의 심리적 거리가 가까워졌음을 의미하는데, 화자의 정체성을 탐색하는 과정은 필연적으로 작가의 자의식을 반영하게 된다는 사실과 긴밀한 연관을 가진다. 이렇게 반영된 작가의 자의식은 글쓰기에 대한 천착으로 확장된다.

본 장에서는 '도시/농(어)촌'의 공간 관계를 중심으로 등장인물의 삶을 분석하고, 도시와 농촌의 이질성의 교차를 통해 구성되는 인물들의 정체성을 탐색하고자 한다.

이문구 초기 소설의 등장 인물은 근대의 동일성 담론을 구현하는 인물, 이와는 대립적인 위치에 놓인 인물, 그리고 이 둘의 경계에 선 인물 등 크게 세 부류로 구분할 수 있다. 본고에서는 미셸 페쉬(Michel Pecheux)의 주체 구성 방식에 관한 논의를 원용하여 이러한 인물군들을 분석하고자 한다.[2] 페쉬는 주체가 구성되는 세 가지 방식을 제시한 바 있다. 첫째로는 '동일화(Identification)'를 통해서 나타나는 '선(善)'한 주체가 있다. 그 선한 주체는 자신을 규정하는 담론구성체에 '자유롭게 동의' 한다. 둘째로는 '반동일화(Counter-Identification)'를 통해서 나타나는 '악(惡)'한 주체가 있다. 악한 주체는 강제된 이미지를 거부하고 그것을 원인 제공자에게 되돌려준다. '반동일화'의 주체 구성 방식은 적대를 통해 '언어학적 흔적'을 남긴다. 페쉬의 입장에서 볼 때, 이것은 궁극적으로는 한계에 봉착할 수밖에 없다. 왜냐하면 반동일화 전략은 자신이 거부하려던 대상과 '역대칭' 자세를 취함으로써

---

2) 페쉬의 주체 구성 방식을 적용해 1930년대 후반 소설을 분석한 선행 연구가 있다. 이에 대해서는 '김양선, 「1930년대 후반 소설의 근대성에 대한 반응 양상 연구 — 여성 주체의 재현 방식을 중심으로」, 『한국근대문학연구』, 태학사, 2000년 창간호'를 참조할 것.

자신의 의도와는 무관하게 그 대상을 오히려 옹호하는 상황을 연출할 수도 있기 때문이다. 주체 구성의 세 번째 방식으로는 '비동일화 (Disidentification)'가 있는데, 이것은 폐쇄가 일종의 대안적 형식으로 특징화하고 있는 것이다. 비동일화는 지배 이데올로기에 '동조하거나, 저항하면서' 작동하는 정치적, 담론적 실천의 산물이다. 이 경우 지배 이데올로기를 상정하는 것이 불가피하지만, 그것이 곧 변혁 가능성의 부재를 의미하는 것은 아니다. 비동일화는 주체 형성 과정을 폐기하는 것이 아니라 변형과 전치를 통해 그 과정을 구성한다.[3] 이러한 폐쇄의 주체 구성 방식은 이문구 소설의 인물을 탈식민주의적 관점으로 이해하는 데 중요한 시사점을 제공한다. 동일화를 통해서 나타나는 선한 주체는 서구의 근대화 논리에 순응하는 산업화 주체 세력으로, 반동일화에 의한 악한 주체는 이에 대항하는 하층민(농민/도시빈민)으로, 그리고 비동일화의 주체는 이 둘의 경계에서 지배 이데올로기를 변형·전치시킴으로써 상대화하는 주체로 규정할 수 있다. 이문구의 소설은 '비동일화의 주체'를 강하게 부각시킨다.[4] 조등만, 황구만, 김탁보, 김찬섭, 김상배 등 그의 초기 소설에 등장하는 주인공들은 거의 예외 없이 여기에 속한다. 이러한 설정은 서구 중심의 근대화 기획과 이에 대한 반발로서의 토착 문화라는 이분법적 대립을 넘어서는 데 기여하고 있다. '비동일화의 주체'는 중심과 주변 문화의 경계에 서서 근대의 이중성을 조망하고 있기 때문이다. 이는 전통과 서구적 문화의 이질성의 접합인 상호텍스트성을 통해 서구 중심의 근대화 기획을 주체적으로 전유하는 동시에 전통 문화의 현재적 부활로 이어진다는 점에서 탈식민주의적 관점과 통한다.

---

3) Ashcroft, B. etc., 이석호 역, 『포스트 콜로니얼 문학이론』, 민음사, 1996, pp.274~276 : Macdonell, D., 임상훈 역, 『담론이란 무엇인가』, 한울, 1992, pp.53~54 : Pecheux, M., *Language, Semantics, and Ideology*, St. Martin's Press, 1982 참조.

이문구 초기 소설의 농(어)민, 부랑 노동자 등은 그들의 정체성이 지배계층의 헤게모니를 중심으로 형성되었다는 점에서 근대적(주체적) 자의식을 지니지 못한다. 이는 급속한 산업화의 사회적 의미를 내면화할 충분한 역량을 갖추지 못했다는 점과 연관된다. 그러나 이들의 '유동적인 정체성'은 지식인들과의 교류를 통해 근대 산업화 논리의 사각지대에 놓임으로써 오히려 근대의 담론을 상대화하는 기능을 담당한다.

이에 비해 지식인들은 근대성을 열망하면서도, 근대의 속악한 현실에 순응할 수 없는 모순된 입장에 놓인다. 지식인들은 이러한 모순된 입장에서 하위계층의 삶을 체험하게 된다. 지식인들은 하층민들의 잠재적 열망을 발견함으로써 스스로의 정체성을 넘어선 새로운 전망을 획득한다.

이렇듯 지식인과 민중의 교류는 서로의 정체성을 확장시키는 계기가 된다. '반동일화의 주체'인 하층민은 지식인과의 교류를 통해 점차 '비동일화의 주체'로 변모하고 있으며, '동일화의 주체'에 가깝던 지식인

---

4) 이는 작가의 전기적 사실과 긴밀한 연관을 가진다. 이문구는 '조선조의 마지막 유생'의 후예로 태어나 할아버지로부터 한학을 배우며 성장했다. 비교적 안온했던 유년 시절은 6·25 전쟁으로 인해 산산조각이 나고 만다. 아버지의 좌익 활동으로 인해 작가의 집안이 몰락한 것이다. 남로당 충남 보령군 총책이었던 부친뿐 아니라 두 형마저도 연좌제로 죽음을 당하고, 그 충격으로 할아버지와 그의 어머니가 뒤이어 세상을 버린다. 구사일생으로 살아남은 작가는 서울로 상경하여 건어물 좌판과 행상, 잡역부 등의 직업을 전전하다가, 동료 문인들의 구명운동으로 위기를 벗어나는 한 시인의 모습을 접하면서 '글쓰기'를 생의 업으로 삼는다. 이후 작가는 서라벌예술대학교 문예창작과에 입학하고, 김동리를 스승으로 삼아 그의 추천으로 문단에 데뷔하여 활발한 창작활동을 전개한다. 사대부 가문의 후예라는 출신과 떠돌이 노동자 생활의 체험은, 그에게 정치적으로는 보수적인 성향을, 사회적으로는 진보적 성향을 부여하게 된다. 이상은 다음을 참고로 재구성하였다(송희복, 「남의 하늘에 붙어 산 삶의 뜻」, 『작가세계』, 1992년 겨울 : 민병인, 「이문구 소설 연구」, 중앙대학교 박사학위 논문, 2000 : 이문구, 『지금은 꽃이 아니라도 좋아라』, 전예원, 1979).
이러한 양면적 자의식은 그의 작품에 고스란히 반영된다. 그의 소설은 유교문화/서민문화, 전통/서구, 보수/진보, 전근대성/근대성 사이의 경계를 넘나들면서 어느 한쪽으로의 귀속을 허락하지 않는다. 그는 중심과 주변의 경계에 서서 자신의 경험을 미학적으로 표출하고 있는 것이다. 이는 격변의 근대사를 겪으면서 자연스레 형성된 작가의 세계관과 무관하지 않다. 그의 작품에서는 사대부의 권위를 대변하는 할아버지와 부엌데기 '옹점이'가 조화롭게 공존하며, 전통적인 이야기체와 근대소설의 양식이 혼종되어 있으며, 농촌공동체에 대한 형언할 수 없는 그리움과 급속한 산업화에 대한 비판이 동시에 구현되고 있다. 이러한 작가의 삶과 문학은 지배 이데올로기에 '동조하거나, 저항하면서' 체득된 '비동일화'의 삶이며 문학이라 할 수 있다.

들은 하층민들의 삶을 체험하면서 '비동일화의 주체'로 거듭나게 된다.

이문구 초기 소설은 이러한 하위 계층과 지식인의 상호 교류를 통해 근대화 논리의 허구성을 폭로하는 방향으로 나아간다. 이러한 과정은 두 가지 흐름으로 나타난다. 하나는 전통적 농촌공동체에 바탕한 토착적 삶의 방식을 체현하면서도 이를 넘어서려는 의지로 표출되고, 다른 하나는 우리와는 이질적인 서구적 근대화 담론을 상대화하는 방향으로 나아간다. 이러한 흐름들은 또 다른 중심을 설정하지 않고 서구 중심의 근대화를 극복하려는 탈식민주의적 전망과 유사하다. 하지만 이문구의 초기 소설에서는 이러한 전망이 막연한 형태로 표출된다. 중기 소설의 대표작인 『관촌수필』과 『우리 동네』는 이러한 잠재적 전망을 미학적·형식적 실천으로 심화하고 구체화시키는 작업의 일환이다.

1. 근대화 과정의 농촌공동체 형상화

1) 가난과 근대화 속의 농촌

일제 강점기의 농민소설들은 농민/농촌을 계몽의 대상으로 그렸든, 계급 의식화를 통해 일제의 수탈에 대한 저항을 그렸든지 간에 농민의 삶과 농촌의 현실에 대한 관심을 집중함으로써 착취와 희생의 대상이었던 농민과 농촌을 문학 속으로 끌어들였다는 점에서 의의를 가진다.[5] 일제 강점기하에서 고조되었던 농촌에 대한 관심은 해방 이후 더욱 활발해졌다. 이태준, 김남천, 안회남, 이기영 등은 농촌에 관심을

---

5) 이춘섭, 「이문구 농민소설 연구」, 경희대학교 석사학위 논문, 2000, pp.15~18 참조.

지속적으로 보여준 대표적 작가들이다. 그러나 6·25 전쟁 이후 농촌에 대한 관심은 급격하게 쇠퇴하기 시작하였다. 문학의 주요 관심이 전쟁의 참상에 대한 고발이나 부조리한 삶에 대한 회의 등 전쟁의 충격과 후유증에 대한 문제로 이동하였기 때문이다.

1960년대 후반, 박정희 정권의 근대화 기획에 대한 문학적 응전의 일환으로 작가들은 소외된 민중들의 삶에 관심을 보였다. 이 시기 발표된 김정한, 박태순, 서정인, 이문구, 이호철 등의 작품은 산업화 과정에서 소외된 민중들의 건강한 생명력을 환기시키고, 변두리로 밀려난 하층민들의 삶을 부각시켰다. 그럼으로써 산업화 시기의 농촌은 다시 한 번 작가들의 관심 대상이 되었다.

1960년대 후반부터 진행된 급속한 산업화는 자본에 의한 공간의 재편성을 촉진시킴으로써 구체적 경험과 실천의 공간으로 존재하던 전통적 농촌공동체의 해체를 가져왔다. 이문구 글쓰기의 배경은 이러한 시대적 상황과 긴밀한 연관을 가진다. 그는 근대화 기획에 의해 주변화된 공간에 주목하여 "근대적 가치의 전면화에 따른 농촌공동체의 해체라는 근본적인 문제를 제기함으로써"[6] 지금까지의 농민소설이 지녀왔던 한계를 발전적으로 지양하고 있다. 이문구의 초기 소설은 현실 비판과 저항 의지를 표출했던 기존 농민소설의 주제의식을 계승함과 동시에 1960년대 주류를 형성한 4·19 세대의 언어 의식 및 문학관과도 일정한 거리를 유지하고 있다는 점에서 문제적이다.[7] 이와 관련하여 다음과 같은 지적은 다소 도식적이지만 경청할 만한 가치가 있다.

우리 소설가들의 평균적인 사회의식은 6·25를 겪고 다시 전후의 폐허의

---

6) 진정석, 「이야기체 소설의 가능성―이문구론」, 『1970년대 문학연구』, 예하, 1994, p.169.
7) 이문구 소설 속에 드러나는 농촌은 근대 이데올로기가 허구적으로 구축한 단일하고 통합된 주체의 이미지를 상대화하는 문화적 경계선의 공간이다. 이러한 공간은 근대적 가치 체계에 대한 근원적 문제의식을 함축한다는 점에서 기존 농민소설의 공간을 넘어서고 있다.

식과 냉전논리에 의해 시달려야 했던 50년대에 크게 위축되었다가 4·19와 6·3으로 집약되는 60년대의 격동을 거치면서 서서히 되살아나기 시작한 바 있는데 70년대에 오면 그것이 바야흐로 본궤도에 오르는 형국을 나타내었던 것이다.[8]

4·19를 시발점으로 형성된 1960년대 문학은 '새로운 개인의식의 발현', 즉 개인의 실존에 대한 미시적 형상화에 주력하였다.[9] 4·19 세대들은 서구적 의미의 근대성을 적극적으로 수용하여 1950년대 문학과의 차별성을 강조하였다.[10] 그러나 이들의 합리주의적 의식은 급속한 산업화로 야기된 농촌공동체의 붕괴, 이농으로 인한 도시빈민의 증가, 열악한 노동조건에 매인 노동자들의 삶, 냉전 이데올로기의 횡포 등 새롭게 형성된 현실을 포착하고 이를 문학적으로 형상화하는 데 분명한 한계를 노출하였다. 이러한 시대적 상황을 극복하기 위한 문학적 움직임이 싹트기 시작하는데, 부정적 현실 그 자체에 대한 비판의 성격을 지닌 문학이 강화되기 시작한다.[11] 1960년대 문학이 전반적으로 자본주의적 근대화에 대한 비판적 '성찰'에 머물렀던 데 비해, 이문구의 소설은 '농촌/농민'의 발견을 통해 문학적 '실천'으로 나아가는 계기를 마련하였다는 점에서 의의를 갖는다.[12]

---

8) 이동하, 「유신시대의 소설과 비판적 지성」, 위의 책, p.25.
9) 권성우, 「60년대 비평문학의 세대론적 전략과 새로운 목소리」, 『1960년대 문학연구』, 예하, 1993, pp.22~24 참조.
10) 제3세계가 서구적 근대성을 추종하게 된 까닭은 그것만이 유일한 대안임을 강요하는 자본주의 세계체제 속에 편입된 탓이기도 하지만, 동시에 여기에는 물적·이념적 억압으로부터의 해방이라는 근대 서구의 전망에 자발적으로 매혹당한 점도 있는 것이다(송승철, 「탈식민주의 비평 : 비판과 포섭 사이에서」, 『안과 밖』, 2002년 상반기, p.103 참조).
    4·19 세대들이 추구한 근대성도 위의 논리의 연장에서 이해할 수 있다. 그들은 서구적 의미의 근대성에 자발적으로 매혹되었다는 혐의에서 자유로울 수 없으며, 이러한 매혹은 산업화 중심 세력의 이데올로기에 소외된 민중들의 삶을 적극적으로 형상화하기 힘든 태생적 운명을 시사한다.
11) 이러한 문학 경향이 강화될 수 있었던 문단 내적인 이유로는 기존의 현실비판적 종합지의 기초 위에 이록된 1966년의 『창작과비평』의 창간, 한편으로는 60년대 초부터 진행되어온 문학의 사회참여 논쟁 등을 들 수 있다(서경석, 「60년대 소설 개관」, 앞의 책, p.41 참조).

이러한 이문구의 소설은 탈식민주의적 특성을 보여준다. 탈식민주의는 주변화된 '공간/담론'에 주목함으로써 이를 소외시킨 중심의 '공간/담론'을 상대화하려는 의도를 전면에 내세운다. 근대 담론(도시화)에 의해 소외된 농촌 공간의 재인식은 이러한 점에서 탈식민주의와 통한다. 그러나 탈식민주의 담론은 소외된 농촌 공간을 신성화·신화화하는 관점에는 반대한다. 근대적 의미의 이분법을 재생할 우려가 있기 때문이다. 이문구 초기 소설의 농촌은 이러한 우려를 불식시키고 있다는 점에서 주목을 요한다. 그의 소설은 농촌 현실을 도시와의 연관 속에서 다룸으로써 '근대성'에 대한 성찰의 시선을 늦추지 않는다. 작품 속에서 농촌은 도시의 삶과 대화적 관계를 맺으며 상호작용하고 있다. 다시 말해, 농촌은 도시 밖에 위치하면서 도시의 삶을 이해할 수 있는 타자로서 기능하고 있으며, 농촌의 삶 또한 도시에 의해 조명되고 있는 것이다.

이문구 초기 작품 속의 농촌은 기존의 농민소설이 지닌 성과를 계승하면서, 산업화의 현실에 적극적으로 대응하려는 작가의식이 반영된 공간이다. 여기에는 농촌과 도시의 이분법적 사유를 극복하려는 의도와 서구적 의미의 '근대성'에 대한 근원적 성찰이라는 의미가 담겨 있다. 이는 4·19 세대의 문학이 가진 한계를 극복하려는 의도와 밀접히 관련된다.

이문구의 초기 작품에 등장하는 농(어)민들은 절대적 가난의 세계에서 벗어나지 못하고 있다. 이러한 가난은 '집 없음', '땅 없음'의 모티프(공간)로 반복된다.

---

12) 바흐찐에 따르면 내면의 세계는 사회와 적대적 관계를 가정하고 정신적 폐쇄성을 강화시키는 진지가 아니다. 작가의 내면세계를 존중하는 이유는 그것이 의미의 근원이기 때문이 아니라, 작가가 언어와 인간의 공유적 현실에 충실하고 개성을 표출할 수 있는 생산의 근거이기 때문이다(권덕하, 『소설의 대화이론—콘라드와 바흐찐』, 소명출판, 2002, p.361 참조).
1960년대 문학의 이러한 '성찰'에서 '실천'으로의 전화는, '내면세계'에 대한 탐구에서 언어와 인간의 공유적 현실에 주목하고 사회적 현상인 허구적 텍스트와 현실의 부단한 상호작용을 고찰한 결과로 이해할 수 있다.

어느모로 보나 능애의 임신은 절대 비밀이어야 했다. 그 비밀이 밝히기 전에 서둘러 혼례식부터 치러두어야 될 일이었다.

결혼…… 윤만은 벌써 며칠째 같은 제목의 숙제를 풀고자 얼마나 속을 태웠는지 모른다. 잔치를 벌일 주제도 못 되는 형편에 일 년 열두 달 고민한다고 무슨 묘리가 있으랴만 그래도 그는 한 날 한 시 맘을 못 놨고, 능애의 달라진 배를 눈앞에 떠올릴 적이면 그럴 적마다 오장육부가 졸아붙는 심사였다. 그야 찬물 한 그릇만 떠놓고서라도 초례를 치를 순 있으리라. 당장 첫날밤을 지샐 만한 방 한 칸이 없는 신세인 것을.

모래미에서도 그중 후미진 상수리나무골에 외돌아앉은 옴팡간이 윤만이네 집이었다. 추녀 끝이 헛간이요 상수리나무 해묵은 그루터기와 바위 잔등이 장독대인, 토방이란 것도 요강이나 올려놓으면 어울릴까 고무신 한 켤레 벗어놓기도 거북한 엇비슷한 둔덕으로 툇마루 한쪽 없이 방 두 칸만 달랑한 오막살이였다. 안방은 노부모와 두 여동생들로 들벅댔고 윗방은 윤만이 삼형제가 베개 벨 자리도 없게 쓰고 있었는데, 뉘 집 골방 한 칸 빌려 쓸 수 있을 힘이 없는 처지던 거였다. 설령 뉘 집 행랑방 한 칸이 나 있다 할지라도 신접살림을 낼만한 형편이 못 되기도 했지만.

—「추야장」, 전집 4, pp.17~18.

'타고나길 애초 아무것도 없게 태어난' 윤만으로선 능애가 임신을 했어도 신방을 차릴 만한 방 한 칸 마련하지 못한다. 능애 또한 방 하나 딸린 움집 신세를 면하지 못한다. 이러한 '집없음', '땅없음'으로 대변되는 극심한 가난은 「암소」의 박선출·신실 연인, 「김탁보전」의 탁보와 역말댁 부부 등도 마찬가지이다.

이러한 농(어)민의 '집없음', '땅없음'은 일차적으로 전통적 의미의 '지주/소작 관계'에서 기인한다. 「추야장」의 '모래미 앞자락 개펄 소금밭'은 거의가 '장만덕'의 소유이다. 농(어)민들은 품을 팔지 않고는 '빨

랫비누' 한 장 사 쓸 수 없는 형편이다. 이러한 '가난하고 답답한' 현실적 농촌은 이들을 '타관'으로 내몬다. 이에 '집없음', '땅없음'의 모티프는 전통적 농촌공동체를 그 내부에서부터 붕괴시키는 요인이 무엇인지를 보여주는 지표로 기능한다.

농(어)촌공동체를 해체시키는 외부적 요인으로는 서구적 의미의 근대화 기획을 들 수 있다. 이러한 농(어)촌 근대화 정책은 농(어)민들을 소외시키며 전개되었는데, 여기에서 농(어)민과 정부 간의 대립이 발생한다.

> 농협에서 나오는 농약은 농약도 아니었다. 제구실을 못하니 약이라기보다는 병에 가까운 것이랄 거였다. 관청에서 하는 일치고 제때에 제대로 돌아가며 제구실하게 시행한 건 선거 운동 한 가지라고 해도 그다지 지나친 말은 아닐 거였다. 농협을 통해서 농약 사다 쓸 수 있는 사람은 으레 따로 정해져 있게 마련이었고, 박서방 같이 소위 빽이란 게 없는 농민은 애초부터 그림의 떡이던 것이다. 뿐만 아니라 박서방 같은 무지랭이 농사꾼 손으로까지 들어온 농약이라면 쓰잘데 없는 폐물이게 마련인 것이었다. 때가 늦어 쓸 수 없을 거였고, 때 놓친 약은 뿌려봤자 오히려 역효과만 내고 말 게 분명한 거였다.
>
> ―「그때는 옛날」, 전집 3, p.182.

위 인용문은 농민의 '관에 대한 뿌리 깊은 불신'을 잘 드러내 준다. 농민들의 권익을 대변해야 할 농협이 제구실을 못하는 실상은 농정의 부조리(근대화의 허상)를 잘 드러내 준다. 특히 약과 병(病) 사이의 관계가 전도된 현상은 산업화의 논리에 지배되는 농협의 모습을 그대로 보여준다.

이러한 대립은 표준어와 방언, 문어체과 구어체의 대비 등 표현 방식의 차원으로 변주되기도 한다. 이는 지배층과 피지배층의 대립을 언어들 사이의 경계를 통해 표출함으로써 둘의 관련성을 드러내려는 전략의 일환이다. 이러한 컨텍스트 속에서는 지배 이데올로기의 언어가 항시 공세적이며, 농민의 언어는 자기 방어적인 형태로 진행된다. 동시에 지배이데올로기의 언어는 '확대/과장'의 화법이며, 농민의 언어는 '우회/인용'의 화법에 의해 운용된다.[13]

"아이그매."
"선상님."
"살려줘유."
이런 소리가 들리며 갈머리 사람들이 소금 그릇을 들고 갈팡질팡하는 게 보였던 것이다.
"이거 봐요. 이럴 줄 몰랐어?"

—「김탁보전」, 전집 1, p.187.

통통…… 역말댁은 엉겁결에 무거운 광주리를 변소 바닥에 내려 놓으며,
"있슈…… 시방 들었시유……" 대답부터 하고 나서 변소 문고리를 단단히 잡아당긴다.
"다 아니께 순순히 나오쇼. 나와요……" 징수원은 웃음을 참으며 계속 문을 흔든다. 역말댁은 기침을 하거나 끙 소리를 내지 못하고, 말로 대꾸한 게 잘못이었다고 후회하면서,
"아뉴, 나는 소금 장수가 아녀유, 시방 뒤봐유……" 해버린다.
"이 아주머니가 시방 누굴 조롱허나?" 징수원이 왈칵 여는 힘에, 역말댁은 문고리를 쥔 채 밖으로 딸려나온다.

—「김탁보전」, 전집 1, pp.189~190.

---

13) 한수영, 「말을 찾아서」, 『문학동네』, 2000년 가을, p.365 참조.

위의 인용은 「김탁보전」의 갈머리 소금 장수와 장세 징수원 간의 대화이다. 소금장수들은 방언을 통해 부드러움과 애원의 정조를 전달하고 있으며, 장세 징수원은 표준어에 가까운 언어를 사용하여 위압적인 논리를 강요한다. 이러한 방언과 표준어의 대비는 농(어)촌과 도시, 전통공동체와 근대화 기획의 대립으로 확장되며, 농(어)민들의 이해와 요구를 대변하지 못하는 산업화 정책의 허구성을 일상의 차원에서 생생하게 전달하는 한 예이다.

'편의상 황구만을 갑이라 칭하고 박선출을 을이라 칭한다'로 시작된 계약 내용은 이런 것이었다.

1. 을이 대여한 원금 8만 원은 일단 고리채 신고를 했으므로 법률상의 효력을 발휘한다.

2. 을은 원금의 이자 절반에 해당하는 금액에 대해서만 채권을 주장한다. 단 이자의 절반에 해당하는 금액은 4만 3천 원으로 하며 갑은 그 금액에 해당하는 유우(幼牛)를 구입 사육한다. 동시에 갑은 사육물이(이하 사육물이라 칭한다) 성숙할 때까지 사육비의 부담 및 유고시에 책임을 진다.

3. 사육물이 성장할 때까지는 갑과 을의 공동 소유로 하되 적기에 매매하여야 하며 그 수익금은 일절 을의 채권으로 계산한다.

4. 3의 경우 수익금에서 을이 주장한 이자의 채권 4만 3천 원을 계산한 잔액은 을의 원금 8만 원 중에서 공제하여야 한다. 고로 원금 중 잔금에 대하여서만 갑과 을은 채권과 채무의 법률적인 보호를 받는다.

5. 본 계약의 시행 도중 사육물(소)에 대한 사고의 책임은 일절 갑에게 있으며 유고시엔 본 계약을 무효로 한다.

6. 사육물을 사육하는 동안 갑은 필요한 때에는 농사 및 기타의 작업에 사역시킬 수 있다.

7. 본 계약서는 작성한 날로부터 유효하며 두 통을 작성하여 갑과 을이 한

통씩 보관한다.

〔…중략…〕

무슨 소리냐 하면 소를 길러 팔아서 이자의 절반과 원금의 일부를 받자는
것이며 그 나머지만을 고리채 정리라는 법적인 보호하에 준다는 것이었다.
그리고 그러는 동안에 소가 죽거나 도둑을 맞게 되면 그 계약은 무효가 되
고 다시 원점으로 돌아가기로 한 거였다.

—「암소」, 전집 3, pp.126~127.

인용문 「암소」에서 드러나는 공문서의 격식은 정부의 농경 정책과
동궤에 놓인다. 논리적이고 분석적인 법칙에 의존하는 근대 언어의 속
성은 삶과 사건의 비결정적이고 유동적인 가능성을 포착하지 못한다.
몇 줄로 쉽게 요약할 수 있는 내용을 격식에 맞추어 표현함으로써 농
민들에게는 오히려 낯설게 다가온다. 이는 표준어와 방언, 문어체와
구어체의 관계와 유사하다. 이 작품에서 생동감이나 현장감이 현저하
게 떨어지는 공문서의 격식은 농민들의 현실과 괴리된 국가 시책의 허
구성을 상징하는 장치로 기능한다. 이러한 지배적 이념이 강요하는 의
미의 고정성에 반발하여 작가는 구체적이고 비공식적인 원심력이 작
용하는 언어를 대비시키는 것이다.

공문서의 격식은 미하일 바흐찐(Mikhail Bakhtin)의 용어를 빌린다
면 '단일언어'에 가깝다. 그에 의하면 단일언어란 언어의 통합과 집중
이라는 역사적 과정의 추상화된 표현, 즉 언어에 존재하는 구심적 힘
들의 표현이다. 표준어(correct language)가 대표하는 통일성이 바로
그것이다. 단일언어란 본질적으로 이미 주어진 어떤 것이라기보다는
상정된 어떤 것으로서, 그 언어학적 진화과정의 계기마다 언어적 다양
성의 현실에 대립한다. 그러나 이러한 단일언어 속에 구현되어 있는
언어의 구심적 힘들은 어디까지나 언어적 다양성의 한가운데에서 작

용하고 있는 것이다. 이러한 분화와 다양성은 일단 구체적인 모습을 갖추게 되면 언어의 삶 속에서 불변하는 상수(常數)로 남아 있는 것이 아니라 역동성을 보장하는 힘이 된다. 언어의 이념적 중심화 및 통일과 더불어 탈중심화와 분열의 과정이 끊임없이 진행되는 것이다. 담론의 주체가 행하는 모든 구체적인 발언은 구심적 힘들과 원심적 힘들이 동시에 작용을 가하는 한 지점이다.[14] 따라서 표준어와 방언, 문어체와 구어체의 대비는 '일반언어(langue)'처럼 익명적이고 사회적이면서도, 다른 한편 '개별발언(parole)'처럼 구체적이고 특수한 내용과 액센트를 가지는, 대화적인 언어의 다양성을 보여준다. 이문구는 일반언어와 개별발언이 충돌하는 지점을 가시화하고, 원심적 언어의 에너지를 활성화함으로써 구심적 언어의 허구성을 폭로하고 농촌 현실을 역동적으로 보여준다.

한편, 농(어)민들은 가난과 근대화의 이중적 고통 때문에 농(어)촌에 정착하지 못하고 도시를 동경함으로써 농(어)촌에서의 가난을 탈피하려고 한다.

'한 달이면 되니께……'

그녀는 거듭 다짐했다. 한 달이란 기간도 전에 없이 분명하고 엄숙한 기간으로 느껴지고 있었다. 한 달 뒤엔 어쨌든 떠나볼 작정이었으니까. 모래미를 떠나야만 자기 자신이 어떤 모습의 인간인가도 터득할 수 있으며, 자기가 살아온 지난날들, 그리고 앞길의 가치도 대강은 알아낼 수 있으리라 싶었다. 그녀는 자기 자신의 값어치부터 에누리없이 알아둬야만 앞날의 방향과 목적도 굳게 다질 수 있을 성싶었다. 그런 연후라야 산 듯이 살 것이

---

14) Bakhtin, M., 전승희·서경희·박유미 역, 『장편소설과 민중 언어』, 창작과비평사, 1998, pp.76~82 : Bakhtin, M., Holquist, M. trans., ed., *The Dialogic Imagination*, University of Texas Press, 1981, pp.260~275 참조.

며, 세상살이가 얼마나 고달프되 때론 즐거운 것인가, 겸해서 보람과 희망, 또한 과거의 과오까지도 발견하면 좀더 새로운 생활을 찾아낼 수 있으리라고 그녀는 굳게 믿은 것이다.

—「추야장」, 전집 4, pp.33~34.

그러나 이러한 동경은 막연한 희망의 형태로 드러난다. 고향 마을인 '모래미'를 '어쨌든 떠나볼' 결심을 한 능애는 도시에서의 '새로운 생활'에 대한 추상적인 믿음과 기대에 들떠 있다. 그녀가 도시를 막연히 동경한다는 사실은 근대화 기획의 본질을 충분히 인식하고 있지 못함을 의미한다. 이렇듯, 도시는 농(어)민들에게 '타자성'으로서 인식된다. '타자성'으로서의 도시는 서구적 의미의 근대에 대한 이들의 인식을 보여주는 지표가 된다. 농민들은 도시적 삶을 동경하지만, 일상적 삶(생활) 속에서 근대화 기획의 허구성을 본능적으로 감지한다. 이러한 의식과 본능 사이의 균열은 근대화 기획에 대한 '모방과 저항'이라는 양가적(兩價的) 태도를 형성함으로써 농민들의 정체성을 유동적인 상태로 유지시킨다. 유동적인 정체성은 근대 동일성 담론의 경계를 부유하며 안주와 탈주를 반복하는 계기를 마련한다.

2) 다성적 주체와 유동적 정체성

서구 중심의 근대화 기획에 의해 해체되는 농촌에는 의식과 본능, 모방과 저항이라는 양가적 태도를 지닌 주체들이 등장하고 있다. 이들의 설정은 지배자와 종속민, 동양과 서양, 도시와 농촌, 정부와 농민의 이분법을 유동적인 상태로 만든다는 점에서 주목을 요한다. 양자 중 어느 한 쪽의 삶에만 익숙한 이들은 타자를 인정하지 않고, 자아에 대한 고정된 이념만을 고집한다는 점에서 독백적 주체라 할 수 있다. 이에 반해 '다성적 주체'는 지금까지 수동적으로만 인식되었던 희생자로서의 모습을 탈피하고, 농촌공동체의 삶과 근대적 양식을 동시적으로 체현하는 능동적 행위자로 기능하면서 다양하고 중첩된 의미의 맥락을 제공한다. 단일한 의미를 지향하는 근대 담론을 불안정하게 하는 이들은 관(정부)과 농(어)민의 중간에 위치한 인물이며 지배자와 피지배자의 대립을 넘어선 '제3의 시각'에 대한 지향을 보여준다.[15]

「해벽」의 조등만, 「암소」의 황구만, 「김탁보전」의 김탁보 등이 이러한 유형에 해당한다. 「해벽」은 산업화의 과정에서 몰락해 가는 어촌의 변모를 본격적으로 다루고 있는 중편 소설이다. 조등만이라는 인물의 시점에서 전개되는 이 작품은, '사포곶'이라는 마을을 배경으로 미군기지가 들어서고 간척사업이 진행되면서 전통적인 공동체가 붕괴되는 과정을 충격적으로 형상화하고 있다. 이 작품에서 주목해야 할 부분은 정부의 근대화 정책에 반발하는 인물인 조등만의 계급적 성격이다. 그는 삼대째 이 마을에서 살아온 토박이며, 전근대적인 어업 방식을 근대적으로 개조하려 한 토착 부르주아 출신이다. 선산을 팔아 어업학교를 건립하는 등 마을을 위해 헌신하는 인물이기도 하다. 그는 정부와 불화하지만, 눈앞의 이익에 연연하는 어민들과도 대립한다. 조등만은 서구적 근대화 추진 세력과 이에 소외되는 어민 사이에 끼인 존재이다.

---

15) "이제까지 제국주의 연구는 식민주의자와 종속민 사이의 복잡한 다양성과 상호작용을 제국주의의 지배자와 식민지 종속민, 동양과 서양, 문명인과 원시인, 과학적인 것과 미신적인 것 등의 이분법적 논리로 환원시켜 왔다. 그런데 이것은 탈식민이론가들이 그처럼 비판해온 제국주의자들의 잘못과 흡사하다고 비판받고 있는 것이다. [… 중략…] 종속민에 대한 식민주의자의 태도에는 동화와 배제라는 두 가지 방법과 요소들이 동시에 존재하였으며, 종속민에게서도 마찬가지로 식민주의자에 대한 저항과 함께 그들을 모방하려는 모습이 발견된다는 것이다. [… 중략…] 이러한 연구 경향은 제국의 시대를 살아온 지배자와 피지배민을 보다 동등한 관계에 위치시키고, 식민지 주민들을 일방적으로 종속되고 지배된 사람들이 아니라 보다 적극적인 '행위자'로 되살리려는 의도에서 나온 것이다." (박지향, 『제국주의—신화와 현실』, 서울대학교 출판부, 2000, p.9)

농촌 근대화란 거국적인 명제를 내세우고 추진하는 일에 어민 구실도 제대로 못해본 채 갯물만 헛물켜듯이 켜온 몇몇 어민들의 절규란 결국 자신들의 무능과 소외감만을 재확인시켜줄 뿐, 아무런 보람도 구경하지 못하리라고 일깨워주지 않을 수 없던 거였다. 이날 입때껏 정부 덕을 입어 산 적이 한 번이나 있었던가를 되묻지 않을 수 없었고 어느 기관이 무슨 일을 하든 모른 척해야 한다. 우리는 다만 우리 손으로 자식을 낳아 길렀듯, 우리에게 돌아오는 세월을 우리 힘으로 맞아야 하리라고 설득하지 않곤 견디지 못하겠던 거였다. 조는 정말 진심으로 설득하고 싶었다. 우리는 바다만 믿고 살아왔던 것, 쌀과 의복을 바다에서 건져 먹은 것이라고 일렀고 비록 개펄은 잃었을지언정 아직도 하늘보다 더 넓은 바다가 남아 있음을 상기시켰던 거였다. 물론 바다에서 먹고 살자던 고달픔이 두세 갑절로 늘며 따라서 생활고가 가중될 건 당연한 이치요 제격에 맞아떨어진 결말이라고 할 수밖엔 없었다. 그러나 그럴수록 좌절을 해선 안 된다고 조는 누누이 당부해야 했고 또한 자기가 그 본때를 본 보이기로 솔선해 나서고자 했던 것이다.

—「해벽」, 전집 4, p.124.

나는 사포곶 사람이다. 예서 자랐고 예서 늙어 묻힐 사람이다. 사포곶의 흥망성쇠가 살갗에 새겨진 사람이다. 나는 사포곶을 지켜왔고 내 고향임을 명심했다. 아무도 나를 함부로 다뤄선 안 된다. 바다, 그렇지 저 바다와 하늘만이 나를 웃기고 울릴 수 있을 뿐이다……

—「해벽」, 전집 4, p.119.

조등만은 부정적 근대화에 저항하면서 우리의 현실에 맞는 바람직한 근대화를 지향한다. 또한 그는 '사포곶의 흥망성쇠가 살갗에 새겨진' 토박이라는 점에서 농(어)민들의 입장을 대변하는 인물이다. 조등만은 어촌의 근대화를 지향한다는 점에서는 서구적 의미의 근대를 '모방'하고 있으며, 토착적 삶의 방식을 체현하면서 부정적 근대화를 비판하고 있다는 점에서는 서구 중심의 근대에 '저항'하고 있기도 하다. 이러한 '모방'과 '저항'의 양가적 위치는 서구 중심의 근대화 기획과 눈앞에 보이는 이익에 연연하는 농(어)민의 이기심을 양비론적(兩批論的) 관점에서 상대화하는 계기를 마련한다. 그는 전통 공동체의 삶의 방식을 바탕으로 근대적 어업 방식을 수용하고 있다는 점에서 주체적 근대화의 한 예를 보여주고 있다.

「암소」는 정부 주도의 근대화 정책에 희생되는 영세 농민과 머슴의 이야기이다. 황구만의 집에서 머슴을 살던 박선출은 4년간 일해준 새경을 주인에게 맡기고 입대한다. 나중에 이자까지 쳐서 받기로 한 것이다. 그런데 황씨는 이 돈으로 직조 공장을 운영하다가 급속한 근대화의 물결에 적응하지 못하고 도산한다. 이 돈 때문에 발생하는 갈등이 작품의 표면적인 줄거리를 형성한다.

하여간 새 정부의 방침에 따라 황씨는 농어촌 고리채 정리 기간 동안 열 번 생각한 나머지로 한 번 신고를 해버린 것이었고, 따라서 선출이는 유일한, 아니 인생의 전부이다 싶던 머슴살이 사 년 새경을 공중에다 띄운 꼴이 돼버린 거였다.

— 「암소」, 전집 3, p.122.

황씨는 영세 농민들을 돕기 위한 정부의 '농어촌 고리채 정리 사업'을 교묘하게 이용하여 돈 갚기를 미루고, 선출은 돈을 돌려 받기 위해 안간힘을 쓴다. 작가는 이 둘에게 시점을 고루 분배하면서 이야기를 전개함으로써 서로의 입장을 충분히 납득시킨다. 황구만은 농촌에서 분수를 지키며 살아온 평범한 농민이라는 점에서 전통적 삶의 방식을 체현한 인물이다. 근대화 기획은 이러한 황구만의 소박한 삶조차 용납

하지 않는다. 이 점에서 그 또한 근대화의 희생양이다. '암소'를 배경으로 전개되는 표면적인 갈등을 넘어서 농민들과 정부 주도의 근대화 정책이 빚어내는 이면적 갈등이 이 작품의 핵심이다.

암소의 죽음이라는 다소 해학적으로 처리된 결말은 황구만과 박선출 사이의 대립이 본질적이지 않음을 보여주는 예이다. 이 작품의 표면적인 갈등을 형성하는 황구만과 박선출의 관계에서 눈여겨보아야 할 부분은 박선출에 대한 황구만의 태도이다. 그가 박선출의 처지를 충분히 이해하고 공감한다는 사실은 근대화 기획에 '저항'하는 공동체적 삶에 바탕한 '대화적인 연대성'을 보여준다.[16] 그러나 동시에 황구만은 공장을 운영하다가 실패하고, 정부의 '농어촌 고리채 정리 사업'을 교묘하게 이용하여 경제적 위기를 극복하려 한다. 이러한 태도는 그가 정부 주도의 근대화 정책을 '모방'하고 있음을 보여준다. 근대화 기획에 저항하는 동시에 그것을 모방하는 황구만의 위치는 근대화 기획의 동일성 담론을 상대화하는 계기를 마련한다. 황구만이 정부(동일화의 주체)와 박선출(반동일화의 주체) 사이의 경계에 서 있는 인물이기 때문이다.

「김탁보전」의 탁보 또한 근대 자본의 논리를 벗어나는 잉여적 인물[17]이라는 점에서 주목을 요한다. 그는 "염전에 가 소금을 받아다가 읍내

---

16) 자아를 구성하는 것이 타자라는 사실, 자기 안의 타자, 자아의 이질혼재성에 대한 무관심이나 집중력이 없는 연대성을 자기애적 연대성이라고 한다면, 분열된 자아를 견지하는 일, 자기 안의 낯선 이국으로 내려가는 일, 그리하여 자신의 욕구와 타인의 욕망을 구분할 수 있는 능력, 인식론적 편견이 존재를 구성하고 있다는 깨달음을, 인간성의 보편성이라는 형이상학적 허구를 철폐하고 타자의 고통에 대한 감수성을 증대시키는 연대성을 대화적인 연대성이라고 부를 수 있다(권덕하, 앞의 책, pp.114~115 참조).

17) 우리의 전래적 농촌에서는 '효율'과 무관한 '잉여' 또한 존중되었다. 그러나 이러한 잉여의 몫이 도시에서는 없다. 당장 일하지 않으면 생존의 위협을 받게 되며, 일자리가 없는 사람은 범죄자나 타락자로 단죄된다. 농촌에서의 '잉여'는 도시에서는 '비효율'로 단죄된다. 인정을 기반으로 하는 농촌 사회의 윤리와는 전연 판이하게, 효율만으로 인간을 가늠하는 도시의 논리는 냉혹하며 반인간적이다(김만수, 「잉여와 효율 사이의 거리」, 『만고강산』, 솔, 1998, pp.327~329 참조). 이문구의 소설은 이러한 잉여적인 부분에 주목함으로써 근대 동일성 담론의 허구성을 비판한다. 탁보와 같은 인물, 탈논리적인 플롯 그리고 만연체의 문장 등은 그 대표적인 예라고 할 수 있다.

에 내다 잔돈을 뜯어먹고 사는" 농(어)민에게는 "어딜 가나 불청객이요 눈치꾸러기"이다. 동시에 탁보는 여유롭고 한가한 농촌공동체적 삶의 산물이라는 점에서 근대화 기획을 벗어나는 '타자'에 해당한다.

탁보가 집을 나와 신작로가의 주막집 마당에 이르니, 강서기 마누라가 그 앞을 지나가는데, 그녀가 인 광주리에 술병 모가지 두 개가 보인다. 그녀는 논으로 내가는 길이었다.

"첫 잔은 여기 있구먼." 탁보는 슬며시 그녀 뒤를 따라 나선다. 강서기네 논엔 김매는 품앗이꾼으로 허옜다. 그새 장마가 지지 않았더라면 두레가 나도 푸짐하게 났을 거였다.

곁두리가 오기를 기다리느라고 일하는 손들이 퍽 느리다. 이제 한바탕 먹고 쉬다 보면 한 열시가 될 것이다. 한 시간쯤 풍덩거리면 점심 시간, 반찬이 좋으니 그르니 하며 두드려 먹고 한숨 자고 나면 서너시나 될 것이다. 조금 흥덩거리고 나면 다시 오후의 쉴 참, 그때 또 곁두리를 마시고 먹는다. 담배 한 대 피우고 나서 논에 들어서면 이제 해가 서산에 저물기 마련이다. 거기다가 담배 한 갑씩을 거저 준다. 춘섭이가 노동을 해먹어도 서울이 낫다며 올라갔다 한 달도 안 되어 도로 내려와 호밋자루를 쥔 것도 그럴 만한 일이다.

탁보는 거기서 쌀 섞인 밥 한 사발과 막걸리 한 대접을 얻어먹는다. "탁보 팔자가 상팔자여." "아무렴." 일꾼들은 정말 탁보가 부러운 눈치다. 담배까지 한 대 얻어 피우고 나온 탁보는, 정자나무 그늘에 벌어진 장기판에서 훈수 좀 해주다가 장꾼들 틈에 끼어 장으로 향한다.

—「김탁보전」, 전집 1, pp.184~185.

위의 인용에서 드러나듯 잉여적 인물인 탁보의 삶은 농민들의 넉넉한 인심에 의해 유지된다. 이웃의 삶을 책임지는 공동체적 삶의 양식은 '효율/비효율'의 잣대로 잉여적 요소를 단죄하는 근대의 이분법적 논리를 상대화하는 기능을 한다.

탁보는 근대화 기획에 동화되지 않지만, 그렇다고 해서 이에 반발하는 농(어)민들에게 귀속되는 인물도 아니다. 그는 서구 중심의 근대화 기획 바깥에 한 발을 두고, 나머지 한 발은 농(어)민들의 공동체적 삶에 두고 있다. 이러한 탁보의 잉여적 위치는 근대화 기획이나 농촌공동체적 삶이 제공할 수 없는 것들을 보게 함으로써 고정된 이미지에 저항한다. 근대화 기획이나 농촌공동체적 삶은 서로 다른 시각의 잉여(탁보)를 통해 유동적인 정체성을 갖게 되는 것이다. 탁보는 도시와 농(어)촌의 경계(잉여)에 놓임으로써 근대 이데올로기를 '타자화'할 수 있는 자리를 마련한다.[18]

'조등만', '황구만', '김탁보' 등은 서구와 전통, 도시와 농(어)촌의 경계에 놓인 인물들이다. 경계선의 시공(時空)은 이분항 중 어느 하나를 특권화하고 나머지를 배제하는 근대 동일성 담론의 원리를 유동적인 상태로 만든다. 특히, 이들은 서구 중심의 근대화 담론이 만들어낸 이미지와는 달리 이질적인 타자의 이미지를 함축함으로써, 이러한 모순과 불일치를 단일한 이미지로 봉합하려는 근대의 신화를 탈신화화하는 데 기여하고 있다. 이 점에서 이들을 탈식민적 상황을 반영하는 인물로 볼 수 있다.

이러한 농촌(전통)/도시(서구)의 삶을 동시적으로 체험하는 주체가 농(어)민들과 직접적인 소통의 계기나 대화적 상황을 마련하지 못하고 느슨하게 설정된 점은 한계로 지적할 수 있다. 「해벽」의 조등만은 농(어)민들과 소통의 계기를 마련하지 못하고 있으며, 「암소」의 황구만

---

18) '털북숭이 곰 한 마리'로 비유된 탁보는 '원초적 생명력'을 상징하는 인물로 볼 수 있다. 이러한 설정은 「암소」, 「추야장」 등에서 보이는 '원초적 생명력으로서의 성(性)'과 긴밀한 연관을 가지며 자본의 논리가 타자화한 인간의 순수한 본성을 환기시킨다.

역시 선출과 실천적인 유대를 갖지 못하고 있다. 「김탁보전」의 탁보 또한 농(어)민들과 느슨한 관계를 유지하고 있을 뿐이다.

이러한 등장인물들의 탈식민 상황에 대한 인식은 서구적 의미의 근대화에 대항하는 실천적 담론을 창출하는 데에까지 이르지 못하고 있다. 다만, 근대 이념과 같이 체계화된 인식틀이 삶을 획일화하거나 왜곡할 우려가 있다는 사실을 환기하는 데 머무르고 있다. 새로운 공동체에 대한 염원은 이들의 의식 속에 잠재적 가능성으로만 존재하고 있다. 이러한 잠재적 가능성은 '돌아가야만 하는 동시에 지금 이곳에는 존재하지 않는' 농촌공동체의 현실적 운명을 상징하는 지표가 된다.

3) 농촌공동체의 양가적 운명

붕괴되는 공동체 속에서 농(어)민들은 농(어)촌에 정착하려고 안간힘을 쓴다. 가족을 이루려는 안간힘은 농촌에 뿌리를 내리려는 욕망이며, 사라진 공동체를 회복하려는 절박한 염원이라는 점에서 '현실적 농촌'과 '회복해야 할 공동체' 사이를 매개한다. 이러한 인물들의 염원은 생리적인 현상이나 본능에 기반한 농(어)촌공동체의 흔적을 간직하고 있다는 점에서 근대 이전의 사유라 할 수 있으며, 이를 좌절시키는 현실에 대한 비판으로 기능하고 있다는 점에서는 근대와 그 이후 사유의 성격을 띤다.

'가족 이루기'의 염원은 부정적 근대화의 논리를 넘어선 건강한 성(性)을 대변하는 인물들을 통해 구체적으로 제시된다. 「암소」의 박선출과 신실, 방개와 점촌댁의 섹스, 「추야장」의 이별을 앞둔 능애와 윤만의 마지막 섹스는 자연과 하나된 원초적 생명력을 상징함으로써 현실적 고뇌를 넘어서는 기능을 하고 있다.

윤만이 그녀에게 몸을 요구할 때마다 한 번도 마다 않고 대어주던 것만으로도 윤만은 스스로 그렇게 믿을 수 있었다. 윤만이 그녀와 더불어 한 몸이 대 즐길 수 있던 장소는 대개 그녀가 살고 있는 움이었고 그나마도 차례가 안 닿을 땐 흔히 하늘과 땅과 대지의 충만한 숨결을 한껏 차지할 수 있는 한데이곤 했다. 대낮에도 쥐구멍처럼 침침한 그네네 방은, 그와 그녀가 피부로 뿜어내는 애정의 열기가 가득 차곤 해 보금자리로선 안성맞춤인 곳이었다. 갈대밭이나 방파제 둑, 논두렁 같은 한데선 대자연의 모든 생령들로부터 그때마다 은밀한 축복이 감싸주는 것 같아 또한 그런대로 흡족한 시간을 누릴 수 있었다. 그것은 다시 발할 나위 없이 기쁨이며 즐거움이었다. 그러나 윤만은 결코 자기 자신의 그녀에 대한 행위를 향락이라고 여기진 않았다. 의무 이행 같았고 달리는, 의무이기 전에 이미 생활화된 느낌이었던 것이다.

— 「추야장」, 전집 4, pp.16~17.

'대낮에도 쥐구멍처럼 침침한 그네네 방'은 마치 어머니의 자궁을 연상시키는 공간이며, '한데'는 '하늘과 땅과 대지의 충만한 숨결'을 차지할 수 있는 공간이다. 폐쇄된 공간과 개방된 공간을 번갈아 가며 행하는 이들의 정사는 서로의 내면을 깊게 결속시키는 동시에 확장시켜 준다고 할 수 있다. 이들의 삶에서 섹스는 현실의 고단함을 잊게 해주는 유일한 '기쁨이며 즐거움'이다.

사람이 싫고 무능하고와는 관심 없이 피차 알몸뚱이로 확인하려 했던 짓만은 미진함이 없어야 되겠던 것이다.

— 「추야장」, 전집 4, p.39.

이들의 정사는 가난이라는 현실을 넘어서는 계기가 되지만, 또한 그러한 현실적 조건 때문에 지속되지 못한다. 그것은 가난의 굴레를 벗어 던지지 못하는 윤만의 무능함을 포용하는 동시에 원치 않은 임신으로 인해 능애를 떠날 수밖에 없게 만든 원인이기도 하다. 원치 않은 임신은 새로운 생명 탄생의 기쁨(생명력)이 현실적 조건 때문에 억압되는 상황을 반영한다. 이러한 성(性)의 양가성은 근대화로 인해 붕괴되었지만, 그럼에도 불구하고 이들의 삶을 지배하고 있는 '농(어)촌공동체'의 운명을 암시한다. 따라서 농(어)촌공동체는 현실적 삶의 조건에서 볼 때, 잠재적이면서도 중층적인 모습으로 존재할 수밖에 없다. 농(어)촌공동체적 삶이 희망과 절망이 뒤얽힌 모습으로 표출되는 이유도 여기에 있다. 이러한 절망과 희망, 현재와 과거의 긴장은 좌절과 해학, 악담과 푸념, 비극과 포용 등의 혼종으로 표출된다.

탁보는 비로소 깡통에 돈이 들었나 보다고 짐작한다.
"내번저둬, 월마 안 되는 거니께."
"내버려두다니? 올해 장마져 꼬추 숭년 들은 중 모르남?"
"기냥 둬, 헛디디면 뒷간에 빠진단 말여."
"빠지면 미역감지."
탁보는 주춤주춤 내려간다. 흙탕물이 소용돌이치면서 솥을 개울로 떠내려보낸다.
"술이 웬순디, 대관절 워째서 그렇게 퍼먹는 거유? 술에 집 떠내려보낸 사람은 당신뿐일 거여. 증말 술이 좋아서 먹는 거유, 버릇으로 그저 먹는 거유?" 역말댁은 이 계제에 탁보가 정신 좀 차리려나 싶어 물어보는 눈치다.
"누가 술이 좋아서 먹가디? 돈이 좋니께 먹지."
탁보는 능청을 떨며 깡통에 손을 뻗친다.
"아이고오 저 웬수…… 그 깡통 통째루 들구 주막에 가서 몸이나 녹이슈, 나는 말순네 집에 가 밥이나 한술 읃어먹을 테니께."

역말댁은 고쟁이를 짜고, 탁보는 깡통을 열어본다.

—「김탁보전」, 전집 1, p.196.

장마에 집이 떠내려가는 절박한 상황에서 탁보와 역말댁이 주고받는
여유로운 대화는 서로의 마음을 따스하게 감싸준다. '헛디디면 뒷간에
빠진'다는 역말댁의 염려에 '빠지면 미역감지'라고 되받는 탁보의 능
청은 절망적인 상황을 해학적으로 변형시킨다. 또한 술을 웬수라고 생
각하던 역말댁이 깡통 속에 든 돈으로 주막에 가서 몸을 녹이라고 말
하는 대목은 탁보에 대한 그녀의 훈훈한 애정을 보여준다.

「김탁보전」의 이러한 결말은 「암소」에서 황구만과 박선출의 갈등이
해소되는 장면과 유사하다. 박선출의 꿈과 황구만의 욕심이 복합적으
로 얽혀 있는 '암소'는 술을 먹고 날뛰다가 결국 죽고 만다. 이러한 해
학적 결말은 이들의 대립을 적대적인 관계로 인식하지 않고 골계적으
로 해소하려는 공동체적 지향의 소산[19]이다.

그녀는 밤낮없이 자신을 꾸짖으며 오금을 박았는데 그러다 보면 윤만이
도 물어뜯지 않곤 배길수 없겠어서
"지지리도 못난 자슥…… 원 넘만은 못해두 옷 벗고 잘 만헌 골방 한구석
은 차례받었으야 허잖여…… 오줌 한 동이 찌었어 거뤄 먹을 땅 한 뙈기도
읎이…… 그렇크럼 천일염 가마라도 긁어 먹게 염전 한 다랭이라도 이뤄놓
던지, 늘펀헌 갯바닥 쳐다보메 살은 것이 눈깔 삐뚠 가재미 한 두룸 못 엮게

---

19) 해학은 왜곡된 환경에서 고통받는 인물을 동정한다. 그것은 잘못된 환경(상황)을 희화화하면
서 근본적인 잘못이 없는 인물에게 공감한다. 비록 부정적 환경의 논리에 적극적으로 맞서지
는 못하지만 그 스스로가 모순된 환경의 피해자이며 내면에는 타락하지 않은 순박함을 지니고
있다. 이러한 순박함에 대한 공감은 고통스러운 상황을 견뎌내며, 전복시키는 활력이 된다(나
병철, 『소설의 이해』, 문예출판사, 1998, pp.300~301 참조.)
탁보, 역말댁, 황구만, 박선출 등의 인물에 대한 독자의 공감은 이러한 해학적 요소 때문에 발
생한다.

뎀마 한쪽도 없고…… 입새 먹새는 넨장헐 문경새재 걸어차게 큰 놈의 집구석이서 해오래비 밑 셋을 잔돈 한푼 못 벌메 주뎅이가 쇠부랄만한 애새끼덜만 우무르르…… 그중 것이 또 맏아들이여, 평생 염간으루…… 소금밭 머슴으로 갠수나 마시구 살거라……"

답답해 그렇게 푸닥거리하다 보면 끝에 가선 으레 악담으로 변해 버리곤 하는 푸념이었는데 요즘은 거의 날마다 한두 차례씩은 지껄여댔던 것 같았다.

— 「추야장」, 전집 4, p.27.

위의 인용은 윤만의 장래에 대한 능애의 하소연이다. 자신의 신세 한탄에서 시작한 이야기는 윤만에 대한 악담으로 이어지고 다시 현실에 대한 푸념으로 되돌아온다. 이러한 하소연은 '눈깔 삐뜬 가재미 한 두름', '입새 먹새는 넨장헐 문경새재', '밑 셋을 잔돈', '주뎅이가 쇠부랄만한 애새끼들' 등과 같은 농경 사회에 보존되어 온 생활지식과 관용적 표현에 의해 해학적인 성격을 획득한다. 가난으로 인해 조여졌던 능애의 절망적 한(恨)이 비유적 육담을 통해 스르르 풀리는 것이다. 이러한 '조임'과 '풀림'의 변증법은 윤만에 대한 이해로 승화된다.

부지런하고 고지식하기로 일러온 그에게 가난의 죄를 몽땅 뒤집어씌운 건 좀 미안하기도 했다. 그러나 윤만이도 한갓 남의 염전 머슴으로서만 싹 수 있는 자기에게서 떠난 사실을 한(恨)으로 삼는다거나 저주와 증오만 할 것 같진 않았다. 저도 사내라면 이해할 수 있으리라 싶은 거였다. 먼 훗날에 가서라도 복을 받게 될 사람이 있다면 윤만이 또한 그 축에서 빠지진 않을 거였다. 있으면 있는 대로, 없을 건 없는 채로 하늘에서 탄 분수를 지키며 제 양심껏 텁텁하게 살아갈 사람이니까.

— 「추야장」, 전집 4, pp.48~49.

능애가 떠나면서 보여주는 윤만에 대한 애정과 이해는 가난으로 인해 농(어)촌을 버려야만 하는 자신의 절망적 상황과 윤만의 처지를 훈훈한 인정으로 감싸는 아름다운 모습이다.

이렇듯 농촌을 배경으로 한 이문구의 소설은 극한적 대립을 피해간다. 이는 도시와 농촌의 이분법적 사유를 극복하려는 시도의 일환이며, '현실적 농촌'과 '회복해야 할 농촌공동체' 사이의 거리를 인정하고 그 접점에서 부정적 현실을 극복할 수 있는 지혜를 찾으려는 의도이다. 이러한 의도는 더불어 살아가는 삶, 자연과 하나된 삶의 소중함을 환기함으로써 이와 대조되는 부정적 근대화의 부도덕성을 고발하는 계기를 마련하고 있으며, 동시에 새로운 공동체에 대한 설익은 전망을 경계하고 있다는 점에서 탈식민주의적 성격을 지닌다.

2. 근대적 제도의 규율과 탈향의 서사

1) 근대 제도의 규율이 지배하는 도시

절대적 가난이 지배하는 농(어)촌을 떠난 이문구 소설의 주인공(화자)들은 새롭게 도시에서의 삶을 시작한다. 농(어)촌에서 도시적 삶을 동경했듯이, 도시에서도 이들은 농(어)촌의 삶을 '타자성'으로서 각인하고 있다.[20] 그러므로 이들의 '탈향과 방황'은 외부의 세계를 향하는 길이면서, 동시에 자신의 내부로 침잠하는 길이기도 하다. 도시에서의 삶은 자기 안에 도사리고 있는 타자, 즉 농촌공동체의 의미를 확인하는 과정이기도 하다는 점에서 자아와 타자의 경계를 함께 응시하는 이

20) 이춘섭은 이문구 초기 소설의 도시를 '확대된 농촌으로서의 도시'로까지 보았다(이춘섭, 앞의 글, pp.26~37 참조).

중의 시선을 요구한다.

한편, 도시에서의 삶 또한 지긋지긋한 가난의 멍에를 벗겨주지는 못한다. 도시에 정착하려는 이들의 꿈은 가족을 이루려는 의지로 표출된다. 이러한 의지는 농촌을 다룬 작품에서 나타난 '집없음', '땅없음'의 모티프와 관련하여 이해할 수 있다. 그러나 이 또한 여의치 않다. 이들은 전통공동체가 붕괴되는 과정에서 자기 본래의 세계를 박탈당했을 뿐 아니라 새로운 환경에도 정착하지 못하는 상황에 처한 것이다. 이러한 진퇴양난의 상황에서 고향을 떠난 사람들은 당연히 '정착(가족)'에 대한 애착을 보일 수밖에 없다.

고향에 머리 풀어준 여편네가 있고 사립문 지킬 자식 보아 땅뙈기라도 두어, 농약대나 비료값이 아쉬워 며칠씩 머물다 푼전이라도 집어넣게 되자 떠나는 사람들이야 편지 한 자를 하려도 잠 쫓다가 종이나 버리기 일쑤지만, 두만이나 덕칠이말고도 이미 별명에 본명을 먹힌 함경도 아바이 최판식 영감, 의정부가 고향이라는 양곤조 김민득 영감, 언동이 느려 서산 엿가래로 불리는 강자근식이 같은 떠돌이에겐, 잠복마저 박해 풋새벽의 선잠밖에 차례 오지 않는 거였다. 그러던 터에 덕칠에게 혼담이 생기니 누구라도 관심 안 가려야 안 갈 수 없는 게, 우리같이 드센 팔자라도 언젠가 임자가 나서리라는 바람, 그리고 우선은 화젯거리가 생겨 두만이 줄거워했던 것이다

—「몽금포타령」, 전집 1, pp.304~305.

도시에서의 주인공들은 정처 없는 떠돌이들이다. 부랑노동자들인 이들은 작업장의 임시 합숙소[21]에서 먹고 잔다. 공사가 끝나면 다시 일자리를 찾아 떠나야 할 형편이다. 이처럼 부유하는 삶은 집(정착)에 대한

---

21) 「금모랫빛」의 표현을 빌리자면, '허접스럽고 지질한 옴팡간'이다.

강한 집착을 유발하고, 이것이 가족 이루기에 대한 염원으로 나타난다. 이러한 모티프는 도시를 배경으로 한 초기소설에서 가장 빈번하게 드러난다. 그러나 냉혹한 도시의 법칙(산업화의 논리)은 이들의 꿈을 산산조각 나게 한다.

「백결」의 조춘달 영감은 혼자 산다. 그는 젊은 시절 성불구가 되어 결혼과 가정에 대한 꿈을 잊어버린 지 오래다. 그러던 중 옥화라는 여자를 양녀로 입양한다. 옥화의 가출로 다시 혼자 살게 된 그는 우연히 종우를 만나게 되고 우여곡절 끝에 그와 함께 살게 된다. 이러한 조춘달 영감의 행위는 가족을 이루려는 염원과 좌절을 잘 보여준다. 종우는 옥화의 딸임이 밝혀진다. 옥화는 미국으로 떠나고 종우는 결국 죽음을 맞이한다. 이러한 과정을 통해 조춘달 영감의 소박한 꿈은 짓밟힌다. 조춘달 영감의 소박한 휴머니즘의 이면에는 가족을 이루려는 염원이 가로 놓여 있는 것이다.

「야훼의 무곡」은 가족 이루기의 꿈이 폭력배의 의리로 왜곡되어 나타나는 양상을 보여준다. 「생존허가원」의 김우길, 「두더지」의 명우와 영옥의 계약 관계, 「지혈」의 김찬섭 등도 가족 이루기의 지난함을 보여주는 예이다. 가족 이루기에 실패함으로써 도시에 정착하지 못하고 떠도는 인물들은 부랑노동자, 범죄자, 사기꾼, 일수꾼 등의 삶을 살아간다.

가족 이루기의 염원은 고향에 대한 그리움과 연결된다. 가족에 대한 이들의 집착은 잃어버린 공동체(고향)에 대한 염원이다. 고향을 떠올려 보기도 하지만 고향 또한 이들에게 안식을 주지 못한다. 앞에서 살펴보았듯이 농촌 또한 산업화의 논리에 의해 이미 붕괴되었기 때문이다.

덕칠은 불현 듯 향수에 젖기 시작한다. 달이 나올 때마다 그 넓은 잎새로

감추고 뵈주지 않으려던, 순금이네 울타리 밖 돼지우리 곁의 오동나무 밑으로 달려간 것이다. 순금이…… 잡을 년. 덕칠은 속이 좀 후련해질까 하여 그녀 욕을 거듭 뇌까려본다…… 올 가을엔 세상없어도 내려가야지. 그가 지난 봄 고향땅 등지던 날은 어제 낮처럼 선명한 기억으로 간직해오고 있다. 세월은 한 번 가면 그만이라지만, 좋았던 시절에나 해당되는 말일 뿐, 아팠던 과거는 순식간에 되돌아오는 거였다. 그녀는 떠나기 전전날, 서울 가 있을 땐 다른 건 다 못해도 서 돈쭝 정도의 금가락지만은 꼭 해다 주마고, 약혼을 그때 가 하잔 말에 굳은 대답까지 해놓고는, 이튿날 최창기가 나무라러 가는 산에 송홧가루 훑는다고 핑계 대어 따라가 몸 대줬다는, 그랬다더라는 소문이 날 짓을 해버렸던 거였다. 〔…중략…〕 염통으로 맺은 약속을 치마끈으로 풀어버리다니…… 말뚝을 박아둘 년. 솜털이 가시면서 짝사랑해온 순금이를 창기녀석한테 빼앗긴 생각은, 하면 할수록 지금도 속이 끓는다. 본디 그년과 창기와는 주고받는 사이란 풍문이 파다하긴 했지만. 돈이 미국이지. 〔…중략…〕 안정을 해야지. 터를 잡아 진드근히 눌러 배겨야 한다.

—「몽금포타령」, 전집 1, pp.312~313.

덕칠에게 고향은 안온함과 배신의 양가적 공간이다. 가난이라는 내부적 요인과 근대화 기획이라는 외부적 요인에 의해 현실적 농촌이 붕괴되었기 때문이다. 고향은 '순금이', '달', '오동나무' 등 향수의 대상들이 존재하는 '올 가을엔 세상없어도 내려가야' 할 공간이기도 하지만 가난과 도시화 때문에 연인 '순금이'를 '창기'에게 빼앗긴 증오의 공간이기도 하다. 이렇듯 고향이 양가적 의미를 갖는다는 것은 지금까지 이문구 소설을 '농촌공동체에 대한 그리움'으로 본 일면적 평가를 지양할 수 있는 계기가 된다. 덕칠이 회상하는 농촌은 '붕괴되는 농촌'과 '회복하여야 할 농촌'의 경계 지점에서 역동적인 의미망을 형성하기 때문이다.

이러한 고향에 대한 기억은 '돈'과 '안정(정착)'에 대한 강한 집착을 유발한다. 그러나 도시에서의 삶은 정착에 대한 가느다란 희망마저도 좌절시킨다.

> 물빛도 발견할 수가 없었다. 물너울이 이는 것도 아니고 소용돌이가 보이지도 않았다. 논두렁이나 밭이랑이 흘러가는 것 같았다. 드넓은 벌판이 흘러간다 싶기도 했다. 물론 서까래가 흘러가고 초가 지붕 용마루도 떠내려가고 있긴 했다. 돼지우리가 송두리째 흘러가기도 했고, 우람한 바위가 둥실거리나 싶어 자세히 바라보면 두 아름도 넘을 나무 절구통이거나 매통이가 떠내려가고 있기도 했다. 기름챗날, 지게, 궤짝, 쟁기…… 잠깐 동안만 건져 모아도 초가삼간을 짓고 남아 쉽잖게 살림 낼 수 있을 세간들이 줄달아 흘러가는 거였다. 허나 그런 것들은 만성의 눈에 들어오지 않았다…… 뭣이 흘러가는 건지 알고픈 흥미도 없었고, 아깝다거나 건져냈으면 하는 욕심도 가셔버린 거였다. 그는 언제까지나 흘러가는 대지를 무심히 전송하며 앉아 있었고, 시간이 다르게 잠겨드는 강둑의 잡초들을 구경할 따름이었다.
> ──「금모랫빛」, 전집 4, p.173.

홍수에 쓸려 가는 물건들은 고향을 상징하는 도구들이다. 가족에 대한 염원을 표상하는 구체적 세간들(서까래, 초가지붕, 용마루, 돼지우리, 절구통, 매통이, 개름챗날, 지게, 궤짝, 쟁기 등)에서부터 농촌공동체(고향, 자연)를 상징하는 '논두렁', '밭이랑', '드넓은 벌판', '대지'에 이르기까지 모든 것이 거대한 물결[22]에 떠내려려간다. 이러한 상황에서 만성은 속수무책이다. 집착하거나 욕심을 낸다고 해도 소용없다는 사실을 알

---

[22] 이 작품의 '홍수'는 농촌공동체(고향)의 삶을 삼켜버리는 근대화의 물결을 상징한다. 홍수 때문에 부랑노동자들은 일자리를 잃고 삶의 터전을 상실한다. 이러한 설정은 하층민들의 삶과 무관하게 전개된 근대화 정책의 허구성을 폭로하려는 의도의 산물이다.

기 때문이다. 고향의 아늑함이나 공동체의 유대감은 이렇게 사라져 간다. 개인의 힘으로는 어쩔 수 없는 현실 앞에서 만성은 허무할 뿐이다.

만성의 허무한 처지는 도시 내부로 편입되고자 하는 욕망과 사회의 가장자리로 떠밀릴 수밖에 없는 현실 사이의 '아포리아(aporia)'에서 발생한다. 도시 공간으로의 편입 의지는 만성과 같은 인물에게 근대의 제도적 규율을 '모방'하게 한다. 그러나 모방하면 할수록 근대 제도의 규범에서 멀어질 뿐이다. 그들은 결국 근대의 규율에 나름의 방식으로 '저항'하게 된다. 이러한 저항은 스스로가 생각하는 자신에 대한 형상과 근대의 규율이 규정하여 배제하는 형상이 일치하지 않음에 대한 항의이다. 이렇듯 도시는 고향과 마찬가지로 '모방'과 '저항'의 양가적 의미를 지닌다.

명우의 생각에 자기나 그녀는 지금껏 큰 함정에 빠진 채 그 함정을 세계로 살아온 사회적인 미아이며, 그러므로 바깥 세계의 어떤 표적물에 불과한 존재였다. 함정 속의 생활은 시력의 퇴화와 동물적인 피부를 강요함으로써 바깥 세계에 대한 적응력을 제한하였다. 바깥 세계는 제도적인 생활과 틀이 분명한 의식으로 인하여 함정 속보다도 공간이 더 좁았다. 따라서 바깥 세계는 적색 지대이며, 결국 아줌마는 다시 이 함정으로 되돌아올 수밖에 없는 것이다. 바깥 세계는 지뢰밭이나 다름이 없었다. 그 지뢰는 자칫 잘못하여 건드리기만 해도 연쇄적으로 터져버릴 것이다. 경고판을 잔뜩 세웠다고 해도 진작에 시력이 쇠퇴해버린 자에게는 소용이 없다. 무릇 세상에 있는 것들은 서로가 필요한 것들끼리만 필요한 존재인 것이다. 자기나 아줌마는 함정 속에서 사는 것만이 최선이며, 이는 수정할 수 없는 명우의 한 신념이기도 하다.

—「두더지」, 전집 1, p.156.

'제도적인 생활과 틀이 분명한' 바깥 세계, 즉 근대의 규율이 지배하는 세계[23]는 소외된 하층 계급에게는 '적색지대'로 다가온다. 근대 제도의 규율은 '제도적인 생활과 틀이 분명한 의식으로 인하여' 그들을 제도의 바깥으로 떠민다. 즉, 미리 정해진 기준에 맞지 않는 사람들은 배제시키는 것이다. 근대의 규율은 '서로가 필요한 것들끼리만 필요한' '경고판'에 다름 아니다. 제도의 바깥, 즉 '함정 속'에서 생활하게 된 이들은 더욱더 제도 속에서 적응하지 못한다. 이들은 농촌의 몰락과 도시의 상승으로 대변되는 근대의 규율을 내면화하지 못하는 위치에 있기 때문이다. 이러한 악순환은 이들을 근대화의 타자로 자리매김한다.

2) 비동일화의 주체와 혼성적 교감

탈향한 농민들은 도시에서 정착하지 못하고 부유하는 노동자로 전락한다. 이들은 정치적·사회적·경제적 중심에서 점차 소외되어 간다. 그러나 이러한 소외된 삶, 즉 주변인의 삶은 부정적 근대를 넘어서는 하나의 방식을 암시한다. 현실에서 추방된 소외된 삶은 현실과의 일정한 거리감을 확보함으로써 근대의 동일성 담론을 전복하는 계기를 마련한다. 이러한 거리감은 이문구의 소설에서 종종 '주변인'의 모습을 통해 확보된다. 주변인은 사회·역사적 현실에서 비껴서 있는 인물들로서 농촌을 배경으로 한 작품에서의 '황구만', '김탁보' 등도 이와 같

---

23) "이 규율들의 효과는 참으로 역설적인 것이어서, 그것에 복종하면 할수록 복종하는 자에게 더욱 생산적인 효과를 가져다주게 됩니다. 이렇게 복종하면 할수록 더욱 유용해지는 인간형, 감시가 내면화된 인간, 스스로의 습관에 의해 복종하는 인간. 결국 지배를 내면화한 인간이야말로 신과 절대 권력의 통제가 사라진 근대의 '주인이자 생산물'이었습니다. 이들이 바로 중세적 공동체 속의 인간이 아니라 근대적 개인, 즉 '근대적 주체'였던 것입니다."(조형근, 「역사 구부리기 : 근대성에 대한 계보학적 탐색」, 서울 사회과학연구소 편, 『근대성의 경계를 찾아서』, 새길, 1997, p.31)

은 인물에 속한다.

「두더지」의 명우는 4·19 때 '데모 구경'을 갔다가 우연히 국회의원들의 편지를 주워 정치인의 비리를 폭로하게 된다. 「백의」의 '절벽이 영감 아들'도 헌책을 사러 종로에 나갔다가 시위대와 우연히 마주친다. 그는 시위대로 오인 받아 납치, 폭행을 당하고 그 후유증으로 결국 죽고 만다. 지금까지 이러한 주변인들의 모습은 '현실 인식의 부족', '현실 도피적인 모습' 등으로 평가받아 왔다. 그러나 주변인들의 모습을 통해 고발된 권력의 비리와 폭력은 지배와 피지배의 이항대립을 넘어 일상에까지 침투한 미시적 폭력을 드러낸다는 점에서 문제적이다.

윤리, 규범, 법이 지배하는 냉혹한 도시의 정글에서 '두더지'(「두더지」) 같이 살아가는 '명우'의 인생은 근대 논리의 핵심인 '시력'의 퇴화와 근대 이성의 타자인 '동물적 피부'를 상징함으로써 근대 담론을 탈주하는 징후를 보여준다. 하지만 실천적인 행위로 전화되지 못한다는 점에서 뚜렷한 한계를 드러낸다. '명우'의 항변이 공허한 메아리로 울려 퍼지는 이유도 여기에 있다. 이러한 근대의 이데올로기에 의해 배제된 '타자'들의 삶은 근대성을 추인하면서도 이를 일탈하려는 지식인들의 삶과 만나면서 근대의 동일성 담론을 상대화하는 계기를 마련한다. '타자'들의 삶은 지식인의 삶에 영향을 미침으로써 그들의 정체성을 확장시킨다.

관리자와 현장 인부의 경계선에서 갈등하는 「지혈」의 김찬섭, 『장한몽』의 김상배는 근대의 규율이 지배하는 '노가다판'의 삶을 추인하면서도 이에 대해 의심·회의함으로써 휴머니즘이 오히려 방해가 되는 산업 사회의 모순을 꼬집고 있다. 이러한 인물들은 작중 현실에 참여함과 동시에 관찰자의 입장에서 사건을 대상화하려고 노력한다는 점에서, 지배자와 피지배자 간의 극단적 대립을 완화하는 기능을 한다. 이들은 이 대립하는 공간들의 경계선에 서서 양쪽을 동시에 보면서,

자신들의 시선이 경계선의 양편을 선언적(選言的)으로 분할하는 도구가 아니라, 둘 사이를 대화적으로 연결하는 상상력의 징후임을 시사한다. 이들은 자본의 논리 속에 편입되어 있으면서도(모방), 이를 비판적으로 인식하고 있다는 점(저항)에서 탈식민주의적 관점을 획득하고 있다. '경계에 서 있는 추방자의 형상'이야말로 '근대 담론의 저편'을 사유할 수 있는 가능성을 지니고 있기 때문이다. 이들은 도시와 농촌, 세계와 고향 사이에 끼여 있는 존재라는 점에서 '비동일화의 주체'들이기도 하다.

> 어제도 성씨한테 '비생산적'이며, '전근대적 사고 방식'이라고 조롱을 받았지만 그게 오히려 뱃속이 편했다. 그 모든 게 하나하나가 패배였고 착오였다면 이제라도 자기는 본받진 못할망정 성씨나 도십장이 지시하는 것만이라도 최소한의 성의를 보였어야 옳았다. 그러나 실제로는 그러지 못했다. 무슨 대안도 없으면서 막연히 반발심이 이는 것은 어쩔 수가 없었다.
>
> ─「지혈」, 전집 1, pp.129~130.

찬섭은 '성씨같이 준공으로 신명이 나는 자'(관리자)와 '일감을 잃어 허탈에 빠지는 축들'(노동자) 사이에 끼여 있는 존재이다. "한결같은 금속성 소음이 겹치고 깨어지면서 고막을 찢어대는 동안 찬섭은 현기증 뒤에 외로움을 느끼고 있었다." 찬섭은 김춘희, 정간난의 '건강한 몸뚱이'를 쳐다만 봐도 흐뭇하다. 그는 민중의 건강한 생명력과 이윤의 논리 사이에서 갈등한다. 하층민의 건강한 생명력은 농촌공동체의 삶을 환기하는 동시에 근대화 기획의 타자로 기능한다. 그러나 자본의 논리는 벗어날 수 없는 현실적 굴레를 상징하면서 근대의 이념에 동화되기를 강요한다. 이러한 저항과 모방의 동시적 체현은 근대성의 양가성을 표상하는 지표가 된다.

『장한몽』의 김상배 또한 「지혈」의 김찬섭과 유사한 위치에 있다. 『장한몽』은 공동묘지 이장(移葬)공사를 둘러싸고 전개되는 인부들의 삶을 '대학 중퇴자'이자 '병역 미필자'인 김상배의 시각으로 포착하고 있다. 상배의 시선은 구심력으로 작용하며 다양한 이력을 지닌 인부들의 삶을 끌어 모으지만, 인부들의 개별적 삶은 이에 저항하는 원심력으로 기능하며 상배의 관점을 끊임없이 교란한다. 이러한 구성상의 긴장은 이들의 삶이 소통하는 계기를 마련한다. 등장인물들의 삶의 이력은 독자적인 삽화를 구성하며, 각각의 삽화들은 서로 연관을 지니면서 전체 작품의 구조를 형성하게 되는 것이다. 이는 사람과 사람 사이의, 그리고 그들이 이끌어온 하나의 삶과 또 다른 삶들 간의 연관성을 강조하고 이를 통해 각각의 삶이 가지는 고유한 가치를 발견할 수 있도록 관심의 시선을 최대한 확장하고자 하는 의도와 관련된 것이라 할 수 있다.[24]

상배는 「지혈」의 찬섭과 마찬가지로 작업의 책임자로서 인부들을 통제해야 하는 위치에 있다. '나약하고 우유부단한' 성격의 상배는 생존을 위한 인부들의 '야생적 기질'을 통해 새로운 인식을 얻게 된다. 인부들의 삶을 경험함으로써 자신과는 이질적인 목소리를 발견하고, 이를 통해 스스로의 정체성을 확장하게 되는 것이다. 상배에게 인부들은 양가적 존재들이다. 상배는 생존(이윤)을 위해 비열하고 부도덕한 행위를 서슴없이 행하는 인부들의 모습 이면에 천진난만함과 따스한 휴머니즘이 숨쉬고 있다는 사실을 감지한다.

본디 보통사람이었던 원래의 김상배를, 도중에서 변모한 현재의 김상배가 자신의 현실적인 갈등 속에서 자신을 혐의하고 비판해 오다가, 갑자기

---

24) 조용미, 「이문구 소설 연구 —1960~70년대 작품을 중심으로」, 연세대학교 석사학위 논문, 1998, p.32.

피차에 흉금을 터놓고 진실이 어떤 것인가를 합의한 느낌이었다. 그것은 착각이라 해도 좋았다. 앞으로 살아가야 할 방법이 무엇인가를 알게만 된다면.

—『장한몽 2』, 책세상, 1987, p.618.

이러한 발견은 '보통사람이었던 원래의 김상배'를 '변모한 현재의 김상배'로 만든다. 이 작품에서 상배와 인부들은 적대적 관계가 아니라 서로의 정체성을 확장시켜 주는 상보적 관계이다. 상배는 공동묘지 공사의 십장으로서의 위치를 반복하면서 자신과는 이질적인 민중의 존재를 발견하게 된다. 인부들과의 관계, 즉 혼성적인 교감을 통해 스스로의 정체성을 확립하게 되는 것이다. 이러한 상배의 위치는 자본의 논리 속에 편입되어 있으면서도 그에 동화될 수 없는 자리이다. 그는 급속한 산업화의 이데올로기에 '동조하거나, 저항하면서' 주체성을 확립해 간다. 이는 페쉐의 주체 구성 방식인 '비동일화'를 연상시킨다. 상배의 정체성은 근대 제도와의 이질성, 그리고 인부들과의 이질성을 통해 확장된다.

이상에서 '찬섭'과 '상배'는 서구 중심의 근대화 기획의 비판자로 기능하고 있음을 알 수 있다. 이들은 근대 이데올로기를 모방하는 동시에 저항함으로써 그것을 상대화하고 있다. '비동일화의 주체'들은 하위 계층들의 삶을 통해 정체성의 경계를 확장하고 있는데, 이러한 점이 농(어)민들과 대화적 상황을 마련하지 못했던 '조등만', '황구만', '김탁보' 등의 다성적 주체와 다른 점이다.

3) 규범 일탈과 불확실한 공동체의 흔적

'찬섭'과 '상배'와 같이 근대 논리의 경계에 선 인물들은 인부들의 삶과의 소통을 통해 자본의 논리를 일탈하기도 한다. 「지혈」에서 찬섭은 작업장에서 일하는 인부 김춘희와 정사를 나눈다. 춘희는 '일곱 살난 아들이 하나 있는' 스물여덟의 억척스런 과부다. 그녀는 친정살이를 하면서 진 빚이 이자말고도 만 원이나 된다고 금방 목메는 시늉을 하다가도, 억척스럽게 바라진 몸매와 항상 그늘이 어린 기미라곤 없게 검게 탄 얼굴로, 찬섭을 보면 하얗게 웃곤 한다. 찬섭은 그녀의 건강한 몸뚱이를 흐뭇하게 쳐다본다. 찬섭은 빚독촉에 시달리는 춘희의 딱한 사정을 듣고 빚을 대신 갚아 주기 위해 미군 부대의 물품을 훔친다.

> 그는 자기가 절도범이라고 생각하지 않았다. 초조나 불안커녕 말할 수 없는 어떤 해방감마저 느끼고 있었다. 드디어 자기는 창고에 갇혀 있던 그 상자처럼 이제껏 찌들어온 두꺼운 우리 안에서 탈피한다고 믿는 거였다. 다만 자기가 벗어났다는 그 우리가 어떤 것인지는 알지 못했다. 생리적인 감응이라고나 할까. 드넓은 대지의 뜨거운 지혈이 자기 혈맥에 수혈되었고, 전신에서 꿈틀대는 맥박도 그 까닭인 것 같은 느낌이었다. 그것은 오랜 표랑 끝에 신대륙을 발견하여 정박하는 기분이었다.
>
> —「지혈」, 전집 1, p.138.

위의 인용은 근대체제에 대한 찬섭의 저항이 '절도'라는 규범 일탈의 영역에 머물고 있음을 보여준다. '찌들어온 두꺼운 우리 안에서 탈피'했다고 생각하지만 정작 '그 우리가 어떤 것인지는' 알지 못하고 있기 때문이다. 그러나 이러한 해방감이 '수혈된 지혈', 즉 생리적인 감응과 연관된다는 점은 주목을 요한다. 이는 농촌공동체의 붕괴를 다룬 작품들에서 드러나는 원초적 생명력을 상징하는 성(性)과 동궤에 놓임으로써 공동체(본능, 본성)에 대한 흔적을 간직하고 있기 때문이다. 비록 추상적이고 자연주의적으로 표출되고 있지만 이러한 흔적이 이문구 초기 소설의 원류가 되고 있음은 부인할 수 없는 사실이다.

그러나 이러한 해방감도 순간일 뿐이다.[25] 절도를 하던 찬섭은 미군 헤롤드에게 발각된다. 우연히 이를 지켜본 정간난은 자신의 몸을 헤롤드에게 제공함으로써 찬섭을 구해준다. 찬섭이 '흐뭇해마지 않았던' 정간난의 몸뚱이는 이렇게 타협의 산물로 전락한다. 농촌을 다룬 작품들에서 보여지는 성과는 사뭇 다른 양상이다. 「추야장」 「암소」 등에서 성은 자연과 일체감을 형성하는 원초적 생명력을 상징한다는 점에서 가난한 현실을 견디는 힘으로 작용했다. 그러나 도시에서의 성은 원초적 생명력이 거세되어 자본의 논리에 포섭되는 성격을 띤다.

이상에서 '찬섭'의 근대 체제에 대한 저항이 산업화의 논리에 대한 적극적 비판의 단계에 이르지는 못하고 있음을 알 수 있다. 이들의 행동이 규범 일탈의 차원인 '생리적 감응'에 머무르고 있기 때문이다. 이러한 태도는 찬섭이 하층민들의 삶과 실천적 만남의 계기를 가지지 못하는 사실과 무관하지 않다.

찬섭의 막연한 일탈 행위는 현실의 절망을 넘어설 뚜렷한 대안을 가지지 못하고 농촌공동체에 대한 '흐릿한 기억'에 안주하려는 부랑노동자의 태도와 동궤에 놓인다. 이러한 태도는 농촌에서보다 더 흐릿하게 존재할 수밖에 없는 농촌공동체의 삶의 흔적을, 도시적 삶의 장 내에서 포착하려는 시도와 연관된다. 이는 하위계층 또한 지식인들과의 실천적 만남의 장을 형성하고 있지 못함을 의미한다.

---

25) 이는 『장한몽』의 결말 부분과 유사한 의미로 해석할 수 있다. 상배는 미실과의 대화를 통해 스스로에게 흉금을 터놓고 진실이 어떤 것인가에 대해 합의한 느낌을 갖는다. 그는 앞으로 살아가야 할 방법을 암시해 준다면 이 느낌이 '착각'이라 해도 좋다고 생각한다. 여기에서의 '착각'은 「지혈」에서의 '순간적인 해방감'과 통한다. 이후의 삶의 방식에 대한 구체적 전망이 드러나지 않기 때문이다. 이는 『장한몽』이 상배의 아들이 탄생하는 것으로 종결되는 것과 동궤에 놓인다. 미래의 삶에 대한 막연한 희망을 암시하고 있는 것으로 그치기 때문이다.

그러나 만성이 보다 더 도취할 수 있었던 것은 한없이 굽이쳐 뻗어 나간 모래톱이었다. 언제 바라봐도 삭막하기만 할 뿐으로 강물을 졸일듯한 열기만 뿜고 있긴 했지만, 돋을볕에 생기를 얻어 알알이 되살아나 움직이며 금빛으로 반짝이던 광채는 덧없고 고달프기만 했던 만성의 속절없는 심신에게 더없을 그윽한 위로를 주어온, 마음의 양식이었대도 지나친 말이랄 수 없던 것이다. 굽어보면 천리련듯 아득하기만 하던 백사장, 공허의 근원처럼 적적하기만 하던 곳이, 갑작스레 황홀함과 현기증을 이길 수 없게 하던 그 금모랫빛…… 아, 얼마나 아름다운 빛이었던가. 매번 보람은 없었어도 그때마다 생명의 절대감을 느끼며 내일의 일기(日氣)를 기대하곤 했던 만성은 다만 안타깝기만 할 따름이었다.

　　　　　　　　　　　　　　　　　　　　　─「금모랫빛」, 전집 4, p.174.

　　만성에게 '모래톱'은 일차적으로 장마가 시작되기 전 노동을 통해 밥벌이를 할 수 있었을 때의 '금빛으로 반짝이던 광채'의 이미지로 기억된다. 만성은 고달픈 노동의 일과 속에서도 '금모랫빛'을 통해 '생명의 절대감을 느끼며 내일의 일기(日氣)를 기대하곤' 했다. 거기에서 원초적 생명력의 이미지로 대변되는 농촌공동체(고향)의 흔적을 발견할 수 있었기 때문이다. 홍수로 인해 그 '금모랫빛'마저 볼 수 없게 된 만성은 이중의 재구성 과정을 통해서만 고향의 이미지에 도달할 수 있게 된다. 먼저 '공허의 근원처럼 적적'하게 하다가도 '갑작스레 황홀함과 현기증을 이길 수 없게 하던 그 금모랫빛'이 재현되어야 하고, 이를 통해 사라져 버린 농촌공동체의 흔적이 다시 추체험되어야 하기 때문이다.

　　그러나 어쩌랴. 한참 동안이나 누운 자세로 머리 속을 캐어대도 저 흙탕물에 유실되고 있는 모래톱이 금모랫빛으로 다시 반짝일 때까지 견뎌야 할 뿐이란 올가미에서 벗어날 수 없는 현실인 것을.

—「금모랫빛」, 전집 4, p.178.

'유실되고 있는 모래톱이 금모랫빛으로 다시 반짝일 때까지'라는 구절은 노동을 할 수 있는 일상적 삶에 대한 소박한 염원이라 할 수 있다. 이러한 염원이 이루어졌을 때 만성은 또다시 사라져 버린 농촌공동체(고향)의 흔적을 '금모랫빛'에서 찾을 것이다. 그는 부정적 현실을 지양(止揚)하는 새로운 희망적 공동체의 이미지를 가슴에 품고 '황홀함과 현기증'에 다시 젖어들 것이다. 이것이야말로 이문구가 농촌공동체에 집착하는 이유이기도 하다.

도시적 삶을 영위하는 주인공들에게 농촌공동체의 모습은 파편적이고 양가적인 의미로 다가온다. 이는 근대 규율의 견고함에서 기인하는데, 이문구는 이러한 뒤틀리고 왜곡된 형태의 이미지를 환기함으로써 산업화의 이데올로기를 상대화한다.[26] '비동일화'의 주체들은 자본의 논리를 추인하면서도 일탈을 꿈꾸는데, 이는 대개 근대의 지배 이데올로기에 동화될 수 없는 '타자'들의 삶을 통해 드러난다. 근대화에 소외된 '타자'들의 뒤틀리고 왜곡된 삶 이면에서 공동체적 삶의 흔적을 발견했기 때문이다. 여러 겹의 재구성 과정을 통해 포착된 파편적이고 양가적인 공동체의 이미지는 근대 동일성 담론에 바탕한 상상적 공동체를 상대화하는 데 기여함과 동시에 '전통'이라는 또 다른 동일성 담론에 이문구 소설을 가두려는 환원론적 의도를 끊임없이 지연시킨다.

---

26) 근대의 언어로 완전하게 재현되지 않는 농촌공동체의 모습은 재현된 심상과 스스로를 동일시하는 통합된 주체의 이미지에 균열을 낸다. 이는 또한 고정되고 매개적인 근대 언어에 대해 유동적이며 다원적인 대응을 하며 권위적 담론에 대한 변형과 전복의 에너지로 작용한다.

3. 도시와 농촌의 조합

1) 서정 공간으로서의 농촌

급속한 산업화로 인해 분열된 도시의 삶은 농촌공동체에 대한 기억을 일상의 그늘로 원경화한다. 농촌을 소재로 한 초기 작품에서 농촌공동체적 삶의 이미지는 붕괴되었지만 그럼에도 불구하고 농민들의 삶을 지배하는 표상으로 존재하였다. 도시를 배경으로 전개되는 작품에서의 농촌공동체적 삶의 표상은 이중의 재구성 과정을 거쳐야만 포착할 수 있는 흐릿한 이미지로 제시되었다. 도시에서 농촌을 바라보는 작품 속에 등장하는 1인칭 화자는 사회 현실과 일정한 거리감을 유지하면서 지식인의 관점에서 작중 현실을 재구성한다. 도시적 삶을 살아가는 중산층의 시각에서 농촌의 삶이 추체험되는 것이다. 물론 농촌의 삶은 이들의 정체성의 뿌리를 이룬다. 하지만 중산층 지식인의 삶은 농민이나 부랑노동자 등 하위 계층과의 직접적 소통의 장을 마련하지 못한다.

하위계층과의 소통을 통해 지식인들은 스스로의 정체성을 심문할 기회를 마련했지만, 이러한 기회가 하층민들의 정체성을 확장시킬 정도에 이르지는 못했다. 하층민의 삶과 연대하지 못한 지식인의 정체성 탐색은 필연적으로 고립화의 양상을 띨 수밖에 없다. 고립된 지식인 화자는 구체적 현실과의 일정한 거리를 유지하며 '관찰자'의 시선을 유지한다.

이러한 지식인의 시선은 삶의 치열성, 현장감을 희생시키는 대가로 균형감각을 획득한다. 절대적 가난이 지배했던 농촌의 현실이 어느덧 아름다운 서정의 공간으로 변모하게 되는 것도 이 때문이다. 이러한 서정 공간에의 동화는 농촌 현실을 일정한 거리감을 가지고 관찰한 결

과의 산물이며, 일상적 삶의 고단함을 잊게 해주는 방편으로 기능한
다.

> 이것이지…… 나는 그제서야 비로소 자연의 품에 안기었음을 깨달았고,
> 그대로 잦아들어 하나의 돌멩이가, 혹은 한 그루의 잡목이 되어졌으면 하는
> 느낌, 느낌이라기보다는 충동을 받고 있었다. 그것이 한 가닥의 쓰잘머리없
> 는 감상이란대도 좋았다. 구름 밖에서부터 바다 황토까지, 그 시공간을 가
> 득 메운 모든 것들은 내 호흡이 시원하게, 핏줄을 부드럽게, 시선이 초롱거
> 려지게 해주는 데에 인색하지 않았다. 담배는 맛이 더했으며 귀청은 오히려
> 모처럼 만나게 된 고즈넉하고 꾸밈 없고 신비스러운 소리들과 어울리느라
> 고 멍청하니 바보가 되어 있었다. 보드랍게 그리고 만지면 진액이 배어날
> 듯 살찐 잡초를 보다가 내 머리카락도 금방 그렇게 무성하게 자라고 있다는
> 착각을 했을 정도로 나는 빠져들 수 있었던 것이다.
> ―「백의」, 전집 1, p.287.

이러한 동화는 구체적인 농촌의 삶을 의식의 바깥으로 밀어낸다. 그
럼으로써 농촌은 '자연의 품'이 된다. 자연의 품에 안긴 화자는 '돌멩
이', '잡목', '잡초'와 하나가 된다. 그러나 화자도 고백하듯이 이러한
서정적 동화는 '충동', '감상', '착각'에 바탕한 인식의 발로이다. 「백
의」의 화자는 '위수령'으로 인해 타의적으로 앞당겨진 여름 방학을 맞
아 잠시라도 서울을 떠나 자연의 품으로 돌아가 쉬려는 의도로 농촌을
찾은 셈이었다. 이는 시대 현실의 '착잡한 곤경'을 회피하려는 의도를
담고 있다. 도시의 삶 또한 화자에게 구체적으로 다가오지 않는 것이
다. 결국 위 인용문에서와 같은 자연과의 동화는 도시와 농촌의 일상
적 삶을 희생시킨 대가로 얻어진 추상적인 화해인 것이다.

벌판과 들녘이 온통 고개 숙여 막 여물어감을 보자 덧없는 세월을 더불어 살아온 지나온 계절은 새삼 되새기던 우리는, 한결 숙연해지는 기분에 젖어 들며부터 드높은 하늘로 날개라도 치고픈 심정을 가눌 바 없어하고 있었다.

그저 얼핏 건성으로 보고 지나친 길만 해도, 구수하고 넉넉하기 이를 데 없는 가을이었다. 여객도 듬성드뭇하게 널리 앉은 특실 찻간에 맞바로 앉아 있으면서도, 얼마동안 우리는 서로 할말을 몰라했다. 모처럼의 싱그러운 공기에 내내 찌들고 얹힌 체증을 말끔하고 개운하게 감겨내기 바빠 그런 거였으니, 머리는 갈수록 맑아졌으며, 씻겨 후련한 몸은, 부나비에 다친 가냘픈 꽃술처럼 설레인 기분으로 하여 호숩게 수줍어짐도 숨길 수 없었다.

—「만고강산」, 전집 4, p.225.

위에 드러난 자연과의 일체감은 여행 중 차창을 통해 본 농촌 풍경의 아름다움과 다를 바가 없다. 「만고강산」의 화자는 가을 벌판과 들녘을 보며 '숙연해지는 기분에 젖어' 든다. 여기에서의 자연은 일상적 삶의 찌꺼기를 씻어 주는 정화의 공간이다. 여행은 일상의 체증을 말끔하고 개운하게 날려준다. 그러나 차창의 풍경은 구체적 농촌의 생생한 삶을 거세한 추상적 공간[27]일 뿐이다.

사회 현실과 일정한 거리감을 가지는 화자의 등장은 도시(현재)와 농촌(과거)을 이어 주는 계기를 마련한다. 이전의 작품들에서 도시와 농촌은 서로에게 막연하고 흐릿한 타자로서 기능하였다. 이러한 관계는 등장인물의 주체적(근대적) 자의식의 형성으로까지 이어지지 못했다.

이 작품들에 이르러서 도시와 농촌의 조합을 통해 표면적이기는 하지만 화자의 정체성이 획득된다. 「백의」는 이러한 도시와 농촌의 조합

---

27) 또한 농촌은 체험적 삶이 지배하는 공간이 아니라 아득한 설화의 세계가 되기도 한다. 「백의」의 화자는 '절벽이 영감' 부부의 호의에 "혹시 이 영감 내외가 열두 바퀴 재주를 넘어 인면을 쓴, 백년 묵은 불여우는 아닐까" 생각한다. 농촌과의 아득한 거리를 상정한 비유라 할 수 있다.

을 보여주는 작품이다. 이 작품은 '절벽이 영감'과 만나게 된 사연을 소개하는 프롤로그로 시작하여 이야기 중간 중간에 화자가 끼어들어 논평을 가하는 형식으로 전개된다. 화자는 '절벽이 영감'을 통해 자신의 '할아버지'를 연상함으로써 농촌공동체의 삶을 추체험한다.

> 얼마 동안인가 망각한 채 지내고 있던 우리 할아버지를 만나, 오래 간직해온 향수를 풀고 그리고 언제 어디서 태어나 어떻게 세월을 보내다 어찌된 사연이 있어 슬픔이 되어버렸는지 알아보고 싶은, 그런 의문을 처리해야겠다는 제법 긴장된 마음을 부쩌지 못해서였다.
>
> —「백의」, 전집 1, p.291.

> 이 노인에겐 내가 손자 같아서일 거라고, 다시 말해 내가 자기에게 조상을 느꼈듯이, 영감 또한 내게서 자기의 후손을 보는 게 아니냐 하고.
>
> —「백의」, 전집 1, p.293.

화자가 대학생으로 설정되었다는 점, 그리고 주변인으로 묘사되고 있다는 점 등은 농촌과의 일정한 거리감을 형성한다. 화자는 절벽이 영감을 보고 할아버지를 떠올리며 그리움에 젖는다. 절벽이 영감과의 이러한 교감을 통해 과거의 농촌공동체적 삶과 화자의 현재 삶이 소통하는 계기가 마련된다.

「백의」「낙양산책」「만고강산」「그가 말했듯」「이 풍진 세상을」등은 여행의 형식을 통해 서사가 진행되는 작품들이다. 화자에게 농촌은 더 이상 체험의 대상이 아니다. 농촌은 관찰의 대상이 될 뿐이다. 이에 농촌 현실은 화자에게 유추의 방식을 거쳐 추체험된다. 유추의 기법은 자연의 풍성함과 가난한 농민의 삶을 추상적인 이분법으로 대비시킴으로써 생생한 삶의 현장으로서의 농촌의 모습을 지워버린다.

경원은 자기의 그런 나그네 행각과 동시에 얻은 여러 느낌들을 덥석 인간
사회에서의 해방감으로 단정하고 싶은 심정이기도 했다. 그의 일상 생활이
그만큼 고달프고 피곤하며 메마른 것이었기 그랬고, 아울러 부대끼고 시달
려 만사에 지레 지쳐 뒤처지기를 버릇해온 데서 비롯된 허탈감이 멎어 오는
건지도 몰랐다.

경원의 이번 여행은 노랫가락 그대로 정처 없는 발길이었다. 물론 관광도
아니었다. 이렇다 하고 내세울 명분이 없는 무작정 하경이었으니까.

— 「낙양산책」, 전집 4, pp.236~237.

「낙양산책」은 '현재→과거→현재'의 안정된 플롯으로 전개된다. 경
원은 여행을 통해 지방 소도시의 삶을 추체험한다. 이는 대개 유추의
방식을 통해 전개된다. "토박이들은 죄 시가 변두리로 밀려나고 타고
난 전입자들이 시내의 주인 행세를" 하는 도시의 정경에서 농촌의 현
실을 추체험하고, 항구의 "손바닥만한 도다리 새끼들"을 보면서 "영세
어민들의 초라한 모습"을 유추하기도 하며, 목포의 "유달산"과 "삼학
도"의 모습을 보면서 초라한 서민들의 모습을 연상하기도 한다.

이렇듯 도시와 농촌 사이를 연결시켜 주는 기능을 하는 것이 여행[28]
이다. 도시에 정착한 화자는 농촌으로 여행을 떠난다. 이 여행에서 화
자는 과거(농촌)를 추체험하고 다시 현실로 돌아오게 된다. 따라서 작
품 속의 물리적 공간은 '도시→농촌→도시'의 순환 구조를 가지게 된
다. 이는 시간상 '현재→과거→현재'의 구조로 재구성할 수 있다. 공
간적 여행을 시간적 여행으로 치환함으로써 화자는 농촌을 정지된 과
거의 공간으로 인식한다. 과거의 공간은 농촌의 생생한 삶을 소외시킨

---

28) 이 여행은 루카치적 의미의 '영혼을 증명하기 위해 떠나는 주인공의 모험'과는 다소 거리감이
있다. 주인공의 정체성 확립의 계기가 된다는 점에서는 동일하다. 그러나 여기에서의 여행은
루카치의 그것과 비교했을 때, 현실과 일정한 거리감을 가지고 떠나는 일회적 여행이라는 점
에서 진정성이나 치열함이 현저하게 떨어진다.

추상적 공간이다.

2) 관조적 주체와 세태 풍자

농촌과 도시의 조합은 근대적 의미의 자의식을 형성하는 데 기여한다. 자의식은 사건 그 자체가 아니라 사건에 대한 경험을 기술함으로써 자아와 세계의 다층적이고 중층적인 관계를 발견하려는 의식이다. 일상적인 삶과 일정한 거리를 유지하는 것은 근대의 이중성을 포착하는 계기가 된다. 이는 이전의 등장인물들이 보여준 근대 제도에 대한 거부감, 즉 규범 일탈 차원의 범법 행위에 대한 성찰이라 할 수 있다. 그러나 이러한 자의식은 그의 작품 속에서 양면적으로 기능한다. 부조리한 근대 담론에 대한 객관적 시선은 확보되었지만, 구체적 삶에 대한 치열한 현실 인식이 희석되고 있기 때문이다.

> 가난이 지긋지긋해 상경한 대가란 게 고작 여편네 덕으로 양껏 먹고 앉아서툰 잡담으로 피곤해한다는 것도 한심스러움을 측량키 어려운 거였다. 가계부적 가난을 면해보려다가 시사(時事)의 노예로 돼버린 셈이랄까.
>
> —「다가오는 소리」, 전집 4, p.196.

윗목은 신혼 초에 월부로 들여놓은 옷장이 차지하고 있었다. 옷장의 삼분의 일은 거울로 돼 있는데 다리 안마가 시작되면 흔히 시선이 가졌고, 이어서 진기한 동작을 반복하고 있는 넋 나간 사내를 발견하게 되곤 하던 거였다. 그 거울 속의 사내는 원래 제가 독차지하고 잠잤던 아랫목을 아내한테 뺏기고 윗목으로 밀려나 웅크리고 앉아서 진기한 동작만 반복하던 거였다. 자리가 바뀐 거였다. 모든 위치가 전도돼버린 거였다. 그래도 그는 짜증을 못 내고 있었다. 다만 멍청한 낯짝 그대로 나를 마주보고 있는 거였다. 저다

지도 지지리 못난 사내가 있나 싶어 나는 어이없는 웃음을 흘려버린다.

　　　　　　　　　　　　　　　　　　—「다가오는 소리」, 전집 4, pp.214~215.

　이전의 작품들에서 등장인물들의 삶을 규정했던 '가난'이나 '가계부
적 가난' 등은 '서툰 잡담'이나 '시사(時事)의 노예' 등으로 바뀐다. 이
러한 변모는 생활의 전선에서 밀려난 스스로의 처지에 대한 환멸로 이
어진다. '가족 이루기'에 대한 염원이 현실화되었지만, 가정에까지 위풍
당당하게 관철되는 자본의 논리(근대의 이데올로기)는 화자에게 숨쉴 틈
을 주지 않는다. 자본의 논리에 의해 가정의 안온함은 붕괴되고 만다.
　이러한 자본의 논리에 대한 비판은 세태 풍자의 성격을 띠기도 한다.
「만고강산」과 「그가 말했듯」 등은 여행자의 관점에서 변모하는 농촌의
현실을 제시하고 있다.

　"오선생이나 밀레, 도데가 나타낸 것이면 저로선 일단은 승복할 수밖에
없습니다. 영원히 아름다운 것, 그 대자연을 보고, 그 대자연의 순수무결한
신비와 조화와 정취의 진국을 제대로 파악할 줄 아는 그런 사람의 심정을
미의 궁극이라고 볼 수밖에 없더군요. 전통적인 넋이란 말을 쓸 수 있다면
그 넋이 담겨 있는 작품, 문학이건 미술이건 음악이건 무릇 예술이란 것을
대하게 되면, 이른바 이론의 허구성, 사조(思潮)의 무질서, 기계 문명의 허
망됨을 깨닫게 되거든요."

　　　　　　　　　　　　　　　　　　　　　—「만고강산」, 전집 4, p.262.

　이어 전개되는 오선생과 밀레 작품의 대비는 사변적이고 추상적인
성격을 띤다. '미의 궁극', '전통적인 넋', '이론의 허구성', '사조(思潮)
의 무질서', '기계 문명의 허황됨' 등과 같은 구절은 구체적인 삶의 생
생함과 일정한 거리를 유지하는 표현들이다. "낭만과 정서가 깃들인

서구적인 전통과, 압제와 가난에 찌들어 메마르고 답답하며 각박한 유
습만을 물려받은 약소 민족의 버릇" 등과 같은 대조는 구체적인 삶과
체험 속에서 전개되는 사유가 아니라 관념적인 서양/동양의 이분법적
사유에 바탕하고 있다.

이에 주인공들의 여행은 과거로의 여행이라 할 수 있다. 이러한 과거
로의 여행은 순간적이고 일시적인 해방감을 보장할 뿐이다. 화자의 농
촌에 대한 인식이 구체적인 생활의 감각을 확보하지 못하고 추상적이
고 관념적인 성향을 지니는 이유도 이와 무관하지 않다. 이러한 사변
적이고 추상적인 성향은 현실과 일정한 거리를 유지하며 대상을 조망
하는 '관조자'의 시선을 잘 보여준다.

3) 정체성 탐색과 글쓰기에 대한 자의식

'관조자'의 시선은 '정체성 탐색'으로 귀착된다는 점에서 주목을 요
한다. 관조적 주체의 시선은 항상 현실과의 거리 설정을 바탕으로 자
신의 위치를 규정하려는 태도로 이어지기 때문이다.

> 그녀와의 여행에서 돌아오고부터 우선 잔 듯이 자본 밤이 없었기 저무는
> 날 두려워해 버릇된 지도 여러 날로 미룸된다. 불실애정 정리를 위한 탈선
> 여행이었으며 서로가 과거는 찾지 말기로 뜻이 모여져 그나마도 보람된 행
> 각이었음에 여태껏 못다 푼 무슨 터회가 있어 그럴 리도 없으련만 내리 그
> 렇던 거였다. 어쩌면 보잘것없으나마 아예 잃은 줄 안 내 분수를 새로이 챙
> 겼다 싶은 뒷맛을 다실수록 괴로울 까닭이 없는, 그런 푼수일지도 모르지마
> 는.

> ―「그가 말했듯」, 전집 4, p.271.

「그가 말했듯」은 현재와 과거가 교차하는 구조를 가지고 있다. 이는 각각 도시적 삶과 농촌공동체의 삶에 대응된다. 화자는 다른 남자와 결혼을 약속한 '이영'이라는 여자 친구와 밀월 여행을 떠난다. 그것은 과거를 지우기 위한 '불실애정' 정리를 위한 탈선여행이며, 이영과의 정사에 대한 욕망으로 가득 찬 여행이기도 하다. 그러나 역설적이게도 신자왈 선생과의 추억이 과거를 지우려는 현재의 욕망을 압도함으로써 이영과의 섹스에 대한 욕망은 충족되지 않는다.

현재의 여정은 학창 시절 수학 여행의 기억과 교차되면서 전개된다. 화자는 우연히 '신자왈' 선생을 만난다. 신자왈 선생과 술을 거나하게 먹고 들어온 화자는 "그녀와의 정사보다 훨씬 더 보람 있는 훗훗한 밤이 될 것 같"다고 생각하며 "자왈선생과 재차 대작하는 자신의 모습을 연상하"면서 혼자 잠자리에 든다. 이는 자왈 선생과의 추억이 이영에 대한 현재적 욕망보다도 우위에 있음을 암시한다. 자왈 선생을 통해 '아예 잃은 줄 안 내 분수를 새로이' 챙기게 됨으로써 현재의 삶이 성찰·반추되는 것이다. 이러한 현재와 과거의 교차는 화자의 정체성을 확립하는 중요한 계기가 된다.

액자 소설 형식은 이러한 정체성 탐색의 문제를 다룰 때 효과적인 양식이라 할 수 있다. 이야기의 담론 차원이 둘로 분화되면서 지금까지 살펴본 농(어)촌을 배경으로 한 작품들과 도시적 삶을 표출하는 작품들이 액자 형식을 통해 봉합된다. 이문구 소설의 액자 형식은 빛과 어둠, 도시와 농(어)촌, 이들의 상호 연관성을 동시적으로 표출하고 있다. 이러한 의지는 지식인의 입장에서 소외된 농민의 삶을 추체험하려는 의지의 표출이라 할 수 있다.

「백의」「이 풍진 세상을」 등은 이러한 액자 형식을 보여주는 대표적인 작품들이다. 「이 풍진 세상을」은 액자 형식이 작품 속에서 어떻게 기능하고 있는 지를 잘 보여주는 단편이다. 이 작품은 '프롤로그 — 본

이야기 — 에필로그'의 구성으로 되어 있다. 이문구 특유의 왁자한 1인 칭 사설체로 진행되는 프롤로그와 에필로그는 '본이야기'를 보완하는 기능을 한다. 즉, '본이야기'인 '소설'이 쓰여지게 된 배경과 그 과정에 대해 소상하게 밝히고 있다. '본이야기'는 시골 졸부 최일주를 골탕먹 이는 과정에 대한 기록이다. 가문의식과 족보에 연연하는 졸부 최일주 에게 화자가 계획적으로 사기 행각[29]을 벌이는 것이 주된 이야기이다. 이러한 설정은 구체적 농촌 현실과의 일정한 거리감을 전제로 한다. 화자는 이참봉과 최일주를 비교·대조함으로써 현실을 비판한다. 진짜 양반 이참봉의 가문은 몰락하여 자손이 산지기를 하고, 가짜 양반인 최일주의 가문은 부를 축적하여 떵떵거리며 사는 세태를 비판하는 것 이다. 이처럼 액자 형식은 현실과의 일정한 거리를 유지하는 장치로 기능함으로써 작품에 형식적 안정감을 부여한다.

현재/과거, 도시/농촌의 조합은 이야기에 대한 자의식으로 확장된다 는 점에서 주목을 요한다. 이는 작품 속의 화자와 작가 사이의 심리적 거리가 가까워졌음을 의미한다. 화자(인물)의 정체성 탐색은 필연적으 로 작가의 자의식을 반영하게 된다.[30] 이렇게 반영된 작가의 자의식은 글쓰기, 이야기에 대한 자의식으로 표출된다. 인물들의 정체성에 대한 탐색은 작가의식의 측면에서는 글쓰기에 대한 자의식과 동궤에 놓이 기 때문이다. 지식인 화자의 자의식은 언어유희, 표현기교, 플롯 등에 영향을 미침으로써 작품의 완성도를 구축하는 방향으로 나아간다. 이 는 사회·역사적 의미의 근대성에 대한 성찰에서 미적·형식적 실천에

---

29) 도시에 정착하지 못하고 떠도는 부랑자의 삶을 다룬 이전 작품에서의 일탈과 비교했을 때, 이 작품에서 화자의 무용담을 '풍류적 사기 행각'라고 지칭한 점은 흥미로운 일이다. 이는 초기 작품 세계의 변모를 암시한다. 살기 위해 어쩔 수 없이 행하는 비열한 사기 행각과 세태 풍자 차원에서의 사기 행각의 차이라 할 수 있다. 이는 화자가 현실과 일정한 거리감을 획득하고 있 다는 점을 암시한다.
30) 이는 작중 화자가 3인칭에서 1인칭으로 이동하고 있음과 무관하지 않다. 일반적으로 3인칭 화 자는 작중 현실을 객관적으로 제시하는 데 적합하고, 1인칭 화자는 작중 현실에 대한 자의식을 표출하는 데 효과적이다.

대한 탐색으로 관심의 영역이 심화·확장되고 있음과 무관하지 않다. 이는 서구 중심적 근대에 대한 일종의 미학적·윤리적 대응의 일환이라 할 수 있다.

이상의 작품들은 도시와 농촌을 분리/접합함으로써 현실과의 일정한 거리감을 확보하고 있다. 그러나 사회 현실에 대한 치열한 응전이라기보다는 소극적 응시에 가깝다. 이러한 시각은 액자구성, 에피소드의 연쇄, 구술언어의 사용 등 소설(이야기)에 대한 자의식으로 표출되었다. 이러한 서사 형식에 대한 자의식은 도시와 농촌의 긴장에 바탕한 주인공들의 정체성 확립을 위한 노력의 산물이라 할 수 있다.

이러한 분리(현실에 대한 거리감)에 대한 반성으로서『관촌수필』『우리 동네』연작이 탄생하게 된다. 이후 이문구의 소설은 여행이 가지는 한계를 극복하고, 농촌의 현장으로 뛰어들어 농촌공동체가 지녔던 생동감 넘치는 삶의 모습을 탐색하는 작업으로 나아간다. 이는 관찰자에서 참여자로의 이동이라 할 수 있다.

『관촌수필』에서는 구체적 체험의 세계에 바탕한 고향의 기억을 통해 다시 도시와 농촌의 결합이 시도된다. 또한『우리 동네』에서는 동시대 농촌 현실에 대한 생생한 고발을 통해 농민에게로 한 걸음 다가서려는 작가의식이 잘 드러난다.

제4장

전통적 삶의 긍정과
근대 담론 '되받아 쓰기'

제4장
전통적 삶의 긍정과 근대 담론 '되받아 쓰기'

지금까지 살펴본 이문구의 초기 작품은 '농촌→도시→농촌/도시'의 공간적 배경을 통해 화자(인물)의 정체성 탐색의 과정을 보여주었다. 또한 이러한 과정은 서사 양식에 대한 관심(이야기에 대한 자의식)을 촉발시켰다. 이는 산업화 시대에 대응하는 사회 역사적 의미의 근대성에 대한 성찰에서 미적 근대성(aesthetic modernity)[1]의 범주로 관심이 심화·확장되고 있음을 보여준다.

이러한 관심의 심화·확장은 단순한 정치적 독립만으로는 서구의 문화적 예속에서 해방될 수 없다는 탈식민주의의 관점[2]을 연상시킨다. 서구의 동일성 담론이 남긴 정신적 예속화를 극복하는 길은 일차적으로 '전통/공동체/농촌'에 대한 긍정을 통해서만 가능하다는 것이다. 『관촌수필』과 『우리 동네』는 이러한 가치들에 대한 탐색이다. 이 점에서 『관촌수필』과 『우리 동네』는 서구의 동일성 담론을 '전통/공동체/농촌'의 삶의 태도를 통해 '되받아 쓰기(write back)' 작업[3]의 일환이라할 수 있다. 작가는 농촌공동체적 삶의 양식을 해체하기보다는 오히려

그것을 인정하고 전유함으로써 근대소설을 재구성하려는 야심찬 시도
를 하고 있다. 이러한 시도는 근대 담론에 대한 이해를 전제로 하여,

1) 문학에서 구현된 근대성은 정치와 경제 그리고 사회 영역에서 근대화를 추동해 온 사회적·정치
적 근대성과 구분하여 미적 근대성이라고 부른다. 요컨대 미적 근대성은 심미적 혹은 예술적 영
역에서 발현된 근대성인 것이다. 미적 근대성은 미적 자율성이라는 근대 예술 특유의 위상 혹은
기능 방식으로 인해 대개 현실의 정치적·사회적 근대성과 길항 관계를 맺으며 그에 대해 비판적
이고 대립적인 태도를 취하게 된다. 다시 말해 미적 근대성은 당대의 근대화 현실에 대한 고유한
미적 경험이자, 근대적 현실의 온갖 부정적인 계기들에 대한 비판적이고 성찰적인 태도이며, 궁
극적으로 현실의 질곡을 넘어 참다운 인간적 미래를 지향하는 미적 기획이다(김민수, 『환멸의
세계, 매혹의 서사―한국소설과 근대성』, 거름, 2002, pp.9~12 참조).
우리의 미적 근대성 논의에서 미적 근대성에 대한 서구의 성찰이 크게 참조가 되는 것은 사실이
지만, 한국의 경우와 서구의 경우를 무조건적으로 동일시하는 태도는 지양되어야 한다. 우리의
미적 근대성은 서구 미적 근대성의 일방적인 이식이나 투영만을 통해 표출된 것이 아니라, 그것
과의 상호 작용을 통해 복합적이고 중층적인 양상을 띠고 전개되었기 때문이다.
이광호는 서구의 미적 근대성이 사회적 근대성과 대립하는 듯이 보이지만 궁극적으로는 근대의
합리적 자기 고양 전략에 대한 부차적인 현상으로 볼 수 있다고 지적하면서 이를 무비판적으로
수용하기보다는 우리의 현실을 고려한 주체적인 미적 근대성이 추구되어야 한다고 주장한다.
"근대적 현실 안의 인간 경험의 모순과 아이러니를 이해하고 그것의 문학적 양식화의 문제를 탐
구하는 데 있어 〈미적 근대성〉이라는 개념은 이제 보다 적극적으로 탐구될 필요가 있다. [···중
략···] 한국에서의 미적 근대성의 문제는 서구의 그것과는 달리 단순히 사회적 근대성에 대립되
는 수준의 것이 아니라, 서구 사회의 〈근대성/미적 근대성〉과 한국 사회의 〈결핍된 근대성〉에 복
합적으로 대응되고 이것들과 동시에 투쟁해야 하는 이중적이고 중층적인 소명을 짊어지고 있
다."(이광호, 『미적 근대성과 한국문학사』, 민음사, 2001, pp.80~86 참조)
하정일은 '미적 근대성'의 개념을 통해 모더니즘과 리얼리즘의 만남을 지향한다. "미적 근대성
은 근대문학의 보편적 특성이다. 자본주의적 근대화의 진전은 사회적 분화를 낳았고, 그 과정에
서 문학예술 또한 과학이나 도덕과는 다른 독자적 영역을 이루게 되었다. 이러한 문학예술만의
독자성, 곧 자율성이 바로 미적 근대성의 바탕이거니와 이 자율성은 자본주의가 모든 것을 지배
하는 시대로 오면서 자본주의에 대한 미적 저항의 원리가 된다. 왜냐하면 자본주의는 모든 것을
자본 논리의 지배하에 두려고 하는 데 비해 예술적 자율성의 이념은 이러한 자본 논리를 거부하
기 때문이다. 그런 점에서 자율성은 모더니즘 뿐 아니라 리얼리즘의 원리, 다시 말해 근대문학의
일반 원리가 된다. 다만 리얼리즘이 생각하는 자율성과 모더니즘이 생각하는 자율성은 다른 것
이 사실이다."(하정일, 「민족문학론의 쟁점」『20세기 한국문학의 반성과 쟁점』, 소명출판, 1999,
p.82) 그는 한국 모더니즘의 주류가 미적 자율성을 예술지상주의적 고립성으로 협소화시켰다는
점에서 서구 모더니즘의 아류에 불과하다고 지적한 후, 한국 모더니즘의 '최선의 전통', 즉 '이
상―김수영―조세희'로 이어지는 아방가르드적 전통이나 세계에 대한 비판적 성찰의 전통은 20
세기 한국문학사에서 소중한 예술적 성취라고 지적한다. 이렇게 볼 때, '근대성 비판과 진정한
근대성 지향'이라는 측면에서 리얼리즘과 모더니즘은 유사한 고민과 문제의식을 보여준다. 따라
서 해방의 근대성은 20세기 한국문학 특유의 미적 근대성을 구성하는 주요 원리인 것이다.
이문구의 소설은 전통적 서사 양식과 근대 서사 양식의 긴장을 통해 서구의 '미적 근대성'의 이
념이 제외하고, 왜곡하고, 감춘 요소에 주목한다는 점에서 주체적인 근대성을 지향하고 있다.
이러한 점에서 이문구의 소설은 이광호와 하정일이 제기한 '미적 근대성'에 대한 문제의식의
중요한 일면을 함축하고 있다.
2) 이러한 관점은 탈식민주의의 계보와 정체성에 대한 논의가 구체적 역사성을 확보하기 위해서는
도식화의 위험을 무릅쓰고서라도 '경계선 긋기'와 '자리매김'이 필요하다는 주장과 연관된다.
탈식민주의를 넓은 의미에서 식민주의에 대한 저항 담론이라 규정할 때, 그것은 어느 정도의 집
단성, 지속성, 정치성을 전제하기 때문이다. 즉, 어떤 담론적 실천이 탈식민주의로 간주되려면
이데올로기적 토대와 연대의식, 그리고 그것을 구현하는 공동체적 지향이 있어야 한다(이경원,
「탈식민주의의 계보와 정체성」, 『비평과 이론』, 2000년 가을·겨울 참조).

근대의 이분법적 인식의 틀을 해체하고 재구성하려는 노력을 통해 구체화된다.

제2기에서 이문구의 소설은 근대성에 대한 자의식을 구체적으로 표출하기 시작한다. '고향 상실의 이미지', '귀향 모티프'로 대변되는『관촌수필』의 세계는 근대소설의 전형적인 주제의식을 표출한다. 이는 근대성을 성취하는 동시에 이를 넘어서려는 기획의 일환이다. 근대성의 타자인 전근대적인 요소의 적극적인 활용으로 부정적 근대를 넘어서려는 의도인 것이다. 전통적 이야기 양식의 차용은 근대소설 양식을 타자화하려는 의도로서 과거와 현재, 농촌과 도시의 혼융·긴장을 매개로 하여 근대성에 대한 동시대적인 성찰로 나아간다.

이러한 시도는『우리 동네』에서도 계속된다.『관촌수필』이 잃어버린 낙원, 서사시의 시대를 복원하려는 의도의 산물이라면,『우리 동네』는 동시대의 문제를 형상화하는 데 주력한다. 전자가 근대 이전의 유토피아에 대한 향수를 형상화하고 있다면, 후자는 동시대의 디스토피아에 대한 절망과 분노를 표출하고 있다. 다시 말해 전자가 서구 중심의 근대화 기획에 대한 문화적 저항의 거점을 고귀한 과거에서 찾는다면, 후자는 피폐한 현재에서 찾는 셈이다. 이러한『관촌수필』과『우리 동네』의 긴장은 '통시적/공시적, 과거/현재, 깊이/넓이' 등의 대비로 변주된다.『관촌수필』과『우리 동네』는 주제의식의 차원에서는 동일한

---

3) 탈식민주의가 서구 중심적 역사와 문화의 '비틀어 읽기'와 '되받아 쓰기'를 일차적 임무로 상정하는 것은 '순수하고 오염되지 않은' 식민지 이전으로의 회귀가 불가능하기 때문이다. 지워버리고 싶은 (신)식민주의의 흔적들은 우리의 일상적 의식구조와 언어행위 속에 너무나 깊이 침투되어 있으며 심지어 탈식민주의적 '다시 읽기'와 '다시 쓰기'에도 어김없이 스며 있다. 폐기와 거부에 앞서 전유를 탈식민주의의 전략으로 생각해야 하는 이유도 여기에 있다. (신)식민주의에 오염되고 얼룩진 부분들이 모조리 삭제된 탈식민 문화는 유토피아적 상상력 속에서만 가능하다. 뿐만 아니라 혼종성은 탈식민 시대의 존재론적 현실이자 탈식민주의의 인식론적 토대이기도 하다. 모든 형태의 저항이 지배와 억압을 전제하듯이, 탈식민주의도 자생적이고 자족적인 담론이 아니라 (신)식민주의라는 선행 담론에 대한 반응이며 그것의 극복과 해체를 지향하는 역(逆) 담론이다. 말하자면 탈식민주의로서는 (신)식민주의가 투쟁의 대상인 동시에 존재의 이유인 셈이다(이경원, 「아체베와 응구기 : 영어제국주의와 탈식민적 저항의 가능성」,『안과 밖』, 2002년 상반기, pp.81~82 참조).

문제의식을 함축하지만, 이를 표출하는 방식에 있어 작가적 관심 영역이 다르다. 『관촌수필』이 '무엇을' 통해 근대의 담론을 되받아 쓸 것인가에 주목한다면, 『우리 동네』는 '어떻게' 서구의 담론을 전용할 것인가의 문제에 관심을 쏟고 있다.[4]

1. 과거 재현을 통한 농촌공동체 복원

1) '고향 상실'의 타자적 의미

소설은 근대문학의 대표적인 양식이다. 소설은 전(傳)의 형식, 드라마의 플롯, 설화의 이야기성은 물론, 편지나 일기의 양식까지를 수용하면서 형식적 자유를 누려왔다.[5] 이러한 소설의 유연성은 '근대성의 변증법'을 체현한다. 이는 근대성의 자기 부정의 원리와도 동궤에 놓인다.[6]

이러한 '자기 형식을 향한 길찾기'와 더불어 근대소설은 '주인공의 길찾기'라는 의미도 함축한다.

---

4) 이는 탈식민주의의 딜레마를 반영한다. 탈식민주의는 탈근대주의를 수용하면서 주변성은 어느 정도 극복했지만 전복성을 상실하게 되었다. 이를 이경원은 "파농의 성난 절규와 바바의 정교한 이론적 유희 사이에 놓인 괴리"로 표현하였다. 거부(당위론)가 탈식민주의의 욕망이요 의지라면, 전유(현실론)는 그것을 성취하기 위한 방편이라는 것이다(이경원, 위의 책, p.85 참조). 이러한 탈식민주의의 딜레마를 수용한다면 『관촌수필』은 당위론에 엑센트를, 『우리 동네』는 현실론에 무게 중심을 두고 있다고 할 수 있다.

5) 소설은 장르로서의 완결을 지향하지 않는다. 문학에서 가장 늦게 발생한 장르로서 소설은 시대와 공간의 차이에 따라 문학 체계가 부여하려고 했던 기존의 정체성을 스스로 허물고 다양한 변화를 겪으며 삶을 새롭게 이해할 수 있는 형식이 되어 가고 있다. 장르의 경계를 가로지르며 장르의 독백주의를 대화화하는 소설의 몸짓은, 바흐찐식으로 말하면 소설이 아닌 것으로 구성되기 때문에 소설적이다. 다른 장르들을 받아들여 자신을 구성하는 소설은 장르의 경계로 배타적 경계 수역을 규정하지 않기에 과연 문학이 무엇인가라는 근본적인 질문을 하게 만든다(권덕하, 『소설의 대화이론─콘라드와 바흐찐』, 소명출판, 2002, p.357 ; 김욱동, 『대화적 상상력─바흐친의 문학 이론』, 문학과지성사, 1988, pp.199~204 참조).

근대소설의 주인공들은 본질적으로 고아이자 실향민이다. 선험적으로 그러하다. 생활과 정서의 낯익은 통합체로서의 고향, 인륜적 관계의 선험적인 안정성이 고요하게 보존되어 있는 아버지의 집에는 소설적 인물이 존재할 수 없다. 인물이 고향을 떠나는 순간, 혹은 고향이 낯선 곳으로 인식되는 순간, 아버지가 사라지거나 아버지가 더 이상 아버지일 수 없는 순간, 소설적 주인공은 출현한다. 그는 고향으로부터 분리되어, 고통스럽거나 경이로운 눈으로 낯선 세계와 접한다. 그에게는 더 이상 고향이 존재하지 않지만 그러나 여전히 고향은 기억으로서 존재한다. 낯선 세계와 만나는 순간순간 고향은 기억되고 끝없이 반추되는 것이다. 그는 자신으로부터 멀어져간, 혹은 멀어져가야만 했던 고향의 상태를 회복하고자 열망한다. 그러나 멀어져간 고향으로 돌아갈 수 있는 길은 차단되어 있다.[7]

소설은 근대성의 운명을 가늠하는 척도가 될 수 있다. 이와 관련하여 『관촌수필』은 근대소설의 모험을 보여주는 작품이다. 이 작품의 화자는 위의 인용에서 드러나는 근대소설의 주인공의 모습과 유사하다. 『관촌수필』의 화자는 근대소설 양식에 보편적으로 드러나는 고향 상실의 체험을 지니고 있다. 따라서 이 작품에서 '관촌'은 루카치가 말한

---

6) 소설은 '타락한 시대, 타락한 방법으로 진실성을 추구'하는 양식이다. 이러한 명제는 소설과 근대 이데올로기의 상관성을 암시한다. 자본의 논리에 동화될 수밖에 없으면서, 이를 넘어서야 하는 소설의 모순된 운명은 근대 이데올로기의 허구성을 폭로하는 계기가 된다. 다음은 이와 관련된 서사적 진리의 성격을 보여주는 예이다.
   "이야기는 비전이 갖는 영원성에 대항하도록, 역사적 서술이 채용한 특수한 형식이다. [⋯중략⋯] 요컨대 이야기는 일원적인 비전의 망에 그것과 대항되는 관점, 견해, 의식을 도입하여 비전이 주장하는 청명한 아폴로적 허구를 타파하고자 한다."(Said, E., 박홍규 역, 『오리엔탈리즘』, 교보문고, 2001, p.420)
   "근대의 소산인 '국민'(nation)이 '이야기(narration)'라고 한다면, 이야기를 하는 권력, 그리고 다른 이야기의 탄생을 막는 권력은 문화와 제국주의에 매우 중요하며 그것은 양자 사이의 주된 관계를 이루고 있다."(姜尙中, 이경덕·임성모 역, 『오리엔탈리즘을 넘어서』, 이산, 1997, p.187)
   이상에서 서사(이야기)를 통한 진리란 근대 이데올로기의 허구성을 '허구성'의 형식으로 폭로하는 작업이라 할 수 있다.
7) 서영채, 『소설의 운명』, 문학동네, 1996, pp.17~18.

'서사시의 시대'[8]와 유사한 이미지를 지닌다. 즉, 『관촌수필』은 근대소설의 양식을 체현하고 있다고 할 수 있다. 이러한 근대소설 양식의 체현은 근대소설을 넘어서기 위한 발판으로서 의미를 갖는다. 이문구는 초월론적 고향 상실의 경험[9]을 전통적 서사 규범의 전용을 통해 메우려 한다. 그렇기 때문에 『관촌수필』의 '관촌'은 근대성이 실현되는 동시에 근대가 비판되는 장소가 된다.[10] 이문구의 『관촌수필』은 소설이라는 서구의 장르를 빌어 동일성 담론으로서의 소설 이데올로기를 해체하는 데 효과적으로 이용함으로써 서구 문화의 전복적 수용을 성공적으로 수행하고 있다. 즉, 근대소설 양식과 이와는 이질적인 전통적 서사 기법이 혼성적으로 교차하면서 새로운 공동체의 모델을 형상화하는 것이다.

'관촌'은 이렇게 인류 공통의 유토피아적 형상과 맞닿아 있는 공간이지만, 동시에 작가의 구체적 체험이 녹아든 공간이기도 하다. '관촌'은 신식민주의적 체제에 놓인 한국의 상황을 제유(提喩)[11]하는 이미지로 기능한다. 여행을 통해 관찰한 초기 작품의 '농촌' 공간과 비교했을

---

8) Lukcs, G., 반성완 역, 『소설의 이론』, 심설당, 1985, p.31.
9) 이는 공동체의 영역과 내면성의 영역 사이의 건너갈 수 없는 거리를 상징한다. 이문구는 이러한 절대적 거리를 수필 형식의 전용, 전(傳)의 형식 차용, 설화적 요소의 활용, 모더니즘의 부정성 수용 등을 통해 메우려 한다. 이는 전근대적 요소를 적극적으로 활용하여 근대성의 자기 고양 전략의 효소로 기능하게 함으로써 궁극적으로는 근대성을 넘어서려는 의도의 산물이다.
10) 『관촌수필』의 '관촌'은 동일성의 논리를 통해 서사시적 세계를 흡수함으로써 스스로의 정체성을 확립한 근대의 허구적 공동체와는 성격을 달리한다. 완결된 존재로서 자신의 본질과 그것이 드러난 모습이 일치하는 서사시적 주인공은 재현의 투명성을 보장하는 인간의 이미지에 부합한다. 통합된 주체, 자신이 스스로 생각하는 자신과 타인이 경험하는 자신의 일치, 개인적 이익과 공동체의 이익의 일치, 자아와 세계의 일치, 그리고 의식과 행동의 일치 등을 보여주는 서사시적 주인공은 계몽주의에서 합리주의를 거치는 근대적 기획에서 오히려 전면에 부각되었고, 자본주의와 제국주의의 가면으로 채택되었다. 따라서 이행적 관점에서 서사적, 신화적 양식은 근대성과 충돌하여 사라진 것이 아니라 근대적 기획과 결합되고 제국주의의 전체성과 영합하여 민족적 단위의 총체성을 회복시켜 줄 수 있는 이념형으로 왜곡되었다(권덕하, 앞의 책, pp.368~369 참조). '관촌'은 이러한 이념형이 억압하고 왜곡한 공동체적(서사시적) 양식의 흔적을 함축함으로써 근대의 허구적 공동체를 일탈하는 '타자성'을 획득하고 있다.
11) 미국을 중심으로 한 문화 제국의 중심부와 비교하면 한국의 제3세계적 성격은 주변부에 해당한다. 도시화에 의해 붕괴된 '관촌'(농촌)의 위상은 제국의 중심부에 의해 소외된 제3세계 국가의 모습과 대응된다.

때, '관촌'은 우선 화자의 고향이라는 점에서 구체성과 생생한 현장감
을 확보하고 있으며, 또한 '귀향'이라는 모티프가 작품의 안정된 서사
구조의 토대가 되고 있다. 이러한 '여행'에서 '귀향'으로의 변모는 주
체적인 정체성 확립의 기초가 된다. 구체성과 보편성의 교차는 탈식민
주의 담론의 일반적인 구도[12]이다. 잃어버린 고향(몸)과 이를 기억(마
음)으로 붙잡으려는 욕망 사이의 팽팽한 긴장은 『관촌수필』에 나타난
화자의 기본적 태도이다.

실향민. 나는 어느덧 실향민이 돼버리고 말았다는 느낌을 덜어버릴 수가
없었다. 고향이랬자 무덤(墓)들밖에 남겨둔 게 없던 터라 어차피 무심하게
여겨온 셈이긴 했지만, 막상 퇴락해버린 고향 풍경을 대하니, 나 자신이 그
토록 처연하고 협협하며 외로울 수가 없던 것이다.

〔… 중략 …〕 내가 뛰놀며 성장했던 옛 터전들을 두루 살피되, 그 시절의
정경과 오늘에 이른 안부를 알고 싶은 순수한 충동을 주체하지 못한 것이
계기였다. 비단 엉뚱하고 생소하게 변해버려 옛 정경, 그 태깔은 찾을 길이
없다더라도 나는 반드시 둘러보고, 변했으면 변한 모양새만이라도 다시 한
번 눈여겨둠으로써, 몸은 비록 타관을 떠돌며 세월할지라도 마음만은 고향
읽은 설움을 갖고 싶지 않았던 것인지도 모른다.

— 「일락서산」, 전집 5, pp.14~15.

'관촌'은 인류 공통의 유토피아인 동시에 우리의 전통적 농촌공동체
의 원형이다. 그곳은 돌아가야만 하는 장소인 동시에 지금 이곳에는

---

12) 탈식민주의 문학의 주된 관심은 "피지배 민족의 재현 형식과 (신)식민주의 권력의 물질적 실
천 사이에 작용하는 연관성"을 밝혀내는 것이다(Moore-Gilbert, B., 이경원 역, 『탈식민주
의! 저항에서 유희로』, 한길사, 2001, p.53 참조). 이는 구체성과 보편성의 변증법으로 표출되
는 데, 인류 보편적인 진리라는 미명 아래 억압된 주변적인 담론의 복원을 통해 구현된다. 이
러한 주변적인 담론의 복원은 보편적인 담론의 수용과 전용의 과정을 통해 성취된다.

없는, 존재하지 않는 장소이다. '관촌'의 부재는 괴로운 것이지만 한편으로는 자극적인 것이기도 하다. '관촌'의 형상은 현재의 삶을 들여다볼 수 있는 계기를 마련해 주며, 그것의 부재는 대상을 되찾으려는 욕망을 자극한다. 이처럼 농촌공동체로의 복귀를 염원하는 이문구의 태도는 근대 문명에 대한 타자성[13]의 발견으로 나아간다. 이는 서구의 근대소설 양식을 우리의 전통을 바탕으로 전유하려는 탈식민주의적 사유의 연장[14]이라 할 수 있다.

2) 전통 서사 양식을 활용한 '되받아 쓰기'

(1) 느슨한 플롯

『관촌수필』은 제목에서 드러나는 바와 같이 소설적 성격과 수필적 성격이 함께 드러나는 작품이다. 이러한 경향 때문에 이 작품은 '서사 미달의 형식', '체험 우위의 형식'이라는 평가를 받곤 하였다. 그러나 허구로서의 소설 형식과 체험으로서의 수필 형식의 긴장은 근대성의 변증법을 구현하면서도 이를 넘어서는 하나의 가능성을 보여준다. 소설과 수필의 경계를 모호하게 설정함으로써 소설 양식의 소진이라는 근대 담론의 한계를 드러내기 때문이다.

소설이 '허구'라는 자기 주장을 분명히 내세우기 위해서는, 허구로써만

---

13) 이러한 타자성은 이문구 소설에서 전통적인 가치에 대한 탐색으로 나타나는데, 신분제도가 엄격하게 유지된 '반상(班常)의 질서' 그 자체를 의미하는 것이 아니라, 신분제도가 존재한 것은 사실이지만 반상이 서로 어울려 조화로운 공동체를 이루어 살았던 삶의 지혜를 의미한다고 할 수 있다. 따라서 이러한 농촌공동체적 삶에 대한 지향은 산업화를 추구하는 근대 사회에 대한 저항기제로 작용한다.

14) 이러한 의도는 근대 동일성 서사의 억압 밑에 숨겨진 또 다른 공간, 즉 전통 서사 양식의 발굴·전용과 긴밀하게 연결된다. 이 때 서구 중심의 근대 담론을 탈중심화시키는 힘의 주체는 전통 서사 양식의 내포 독자인 민중이라 할 수 있는데, 민중적인 집단적 유대, 즉 그들의 공동체 의식이 서구 중심주의의 권력을 전복시키는 이탈의 힘인 동시에 또한 탈중심화된 통합의 힘으로 기능한다(나병철, 『근대 서사와 탈식민주의』, 문예출판사, 2001, pp.256~257 참조).

도달할 수 있는 영역이 있다는 인식이 분명해져야 했다. '사실'의 제도적 확립이 문제되는 것은 이 지점에서이다. '사실'이 공적 가치가 있는 정보의 간략·명료한 전달이라는 성격을 획득하고 신문 등의 언론 매체를 그 현실화 방책으로 확립하게 되면서, '이야기'는 점차 '사실'의 영역에서 추방되었다. 공공의 실제 생활에는 별 영향을 끼치지 못할지라도 개인의 '기억' 속에서 나름의 권위와 의미를 지니는 일이 있다는 사실이 '정보'라는 의사소통의 형식에서는 인정받을 수 없게 된 것이다. 간접화되고 공공화된 '정보'의 형식이 확립되자, 경험과 의사소통의 직접성은 그 외부에 다른 자리를 마련해야 했다. 비록 구전(口傳)을 통한 이야기체의 세계는 이미 허물어졌지만, 사실과 정보의 영역에서 배제된 서사는 독자적인 질서를 요구해 오고 있었다. 소설에서 '허구'라는 자질이 긍정적이고 적극적인 의미를 부여받은 것은 바로 이때였다. '사실'이라는 제도가 이야기의 요소를 배척했다면, 소설은 거꾸로 '사실'을 배제한다는 것을 형식의 전제로 삼음으로써 독자적인 성격을 확보할 수 있게 된 것이다.[15]

이문구는 '허구'라는 자질을 통해 자신의 정체성을 확립한 근대소설 양식에 다시 '사실'의 요소를 끌어들임으로써 이를 상대화한다. 이문구가 환기하는 '사실'의 영역은 위의 인용문에 제시된 근대의 제도화된 담론으로서의 '정보'가 아니다. 오히려 '허구'의 형식이 인공적 플롯을 통해 은폐하고 억압했던 일상적 삶의 자잘한 결을 복원하는 데 기여한다. 따라서 『관촌수필』의 수필적 요소는 허구로서의 근대소설 양식이 가진 한계를 보완하는 기능을 한다.

이렇듯 이문구 소설의 수필적 성격은 삶의 곡진함을 드러내는 형식이라는 점에서 인위적인 소설의 형식과 긴장 관계에 있다. 세련된 미

---

15) 권보드래, 『한국 근대소설의 기원』, 소명출판, 2000, pp.224~225.

적 기준에 바탕한 소설의 플롯을 상대화하는 무형식의 형식이 바로 수필적 구성을 얻게 된 것이다. '고향 상실'의 보편적 체험(소설)이 수필 형식을 통해 일상적 삶의 지극함을 얻게 되는 것이다.

> 역시 객담이지만, 지난 구월 초순 어느 날이던가, 나는 신문사 문화부의 전화를 받고 한참 동안이나 말다툼 비스름한 실랑이를 벌인 적이 있었으니, 까닭은 전화를 걸어온 그쪽 용건이 도무지 신통치 않은 데에 있었다.
> 그쪽의 용건은 그 무렵 가타부타 말썽이 들리던 영화 「대부」의 상영을 놓고, 찬성론자와 반대론자를 각각 한 사람씩 골라 그 주장하는 바를 신문에 내 놓고 견주어보기로 한바, 나는 그 영화를 상영해도 무방하다는 찬성론자가 되어, 어서 영화를 보고 찬성하는 몇 마디를 간단하게 써달라는 거였다.
> 나하고는 안면이 두터운 편이던 그 담당 기자는, 여간 끈덕지지 않고 지멸이 있기로 정평이 나 있었으므로, 그 전화도 이쪽에서 두 손 들고 져주지 않으면 끝낼 수가 없었다.
> —「공산토월」, 전집 5, p.155.

'객담'의 형식인 수필은 느슨한 구성을 특징으로 한다. 그러나 이러한 엉성한 구성 속에는 삶의 구체성이 배어 있다. 「공산토월」은 『관촌수필』 연작 중에서도 가장 인상적인 인물인 '석공'에 얽힌 이야기이다. 석공의 이야기를 하기 전에 작가는 장황하게 신변 이야기부터 시작한다. 영화 「대부」에 얽힌 이야기, 박용래 시인의 일제시대 일화, 그리고 박용래, 임강빈 씨와의 만남, 신문에서 본 소년에 대한 일화, 6·25 체험, 한남철 씨와의 만남 등등의 에피소드는 근대소설의 관점(플롯)에서는 산만하게 보일지 모르지만, 수필의 형식에서는 일상적 삶의 자잘한 결을 보여준다는 점에서 진실성을 얻는다. 이러한 객담의 형식은 삶의 결을 보여주려는 작가적 의도의 산물이라 할 수 있다.

　그 대목의 전말을 나는 '어느 날이었다'라는 상투적인 말로 서두를 삼지 않으면 안 되리라. 그것은 살아오면서 겪음한 바가 적지 않았듯, 길흉화복이건 일상의 범속한 일이었건, 삶의 과정은 무슨 조짐이나 예측이 없이 우연으로 시작되기 예사이고, 종말 역시 그렇게 맺던 것에 바탕하여 하는 말이다.
　어느 날이었다. 소나기 한 줄금 없이 찌던 그 7월. 앞서 말한 학질로 눕기 대엿새 전일 터이다.

―「행운유수」, 전집 5, p.91.

　일상적 삶은 필연적 인과 관계에 바탕한 선형적 플롯에 의해 전개되는 것이 아니라 자질구레한 에피소드의 병치, 연쇄로 구성되는 경우가 많다. 이에 '어느 날이었다'라는 상투적인 표현은 일상적 삶의 세목을 있는 그대로 보여줌으로써 리얼리티를 획득할 수 있는 것이다.[16] 이러한 리얼리티는 인공적 플롯의 이면에 가려진 일상적 삶의 세목을 재조명함으로써, 근대의 동일성 담론이 낳은 모순을 폭로하는 데 기여한다.
　서구적 의미의 소설 양식에 대한 이문구의 미학적 해체도 이와 무관하지 않다. 꽉 짜여진 플롯 중심의 소설에 반발하는 인물 중심의 느슨한 서사 구조의 차용, 사실의 전달보다는 언어의 향연을 통해 서사의 몸체를 풍요롭게 하는 구술성 등은 이에 대한 이문구의 지향을 잘 보여준다.

---

16) 가령, 일제시대 대표적인 시인이었던 한용운과 이상의 예를 들어보자. 한용운의 시에 등장하는 역설은 '모순된 시대(일제강점기)'를 '모순된 방법'으로 표현하는 것이 보다 진실한 세계 인식이라는 세계관의 발로이다. 띄어쓰기를 무시한 이상의 시 또한 이러한 인식의 연장이라 할 수 있다. 상식이 통하지 않는 시대에, 문법의 상식이라 할 수 있는 띄어쓰기를 무시한 표현은 그 시대를 가장 진실하게 드러내는 한 방법일 수 있다. 이와 마찬가지로 이문구의 상투적 표현은 진부한 일상의 결을 리얼하게 포착하는 한 방식일 수 있다.

(2) 인물 중심 서사

『관촌수필』은 인물 중심으로 이야기가 전개된다.[17] 즉, 화자가 인물들을 회상하는 방식이 서사의 중심을 이룬다. 각각의 작품은 인물들에게 바치는 이야기라 할 수 있다. 따라서 인물에 대한 고찰은 이 작품을 이해하는 열쇠가 된다.

> 석공은 신서방의 사남 오녀 가운데에서 맏아들이었다. 그가 돌에 대한 관심을 언제부터 가졌던 것인지는 어림되지 않지만, 돌에 대해 유난히 깊은 애정을 품은 듯했고, 완상하는 여유도 지니고 있었던가 보았다. 나는 석공의 그런 일면을 요즘 배부른 사람들의 수석(壽石) 취미에 견주어 본 일은 없다. 자칭 탐석가니 수석연구가니 하면서 체중 줄이기 운동 삼아, 또는 신경성 소화 불량 치료제로 돌아다니며 정원 장식용 정석(庭石) 장사에 뜻을 둔 그 사람들의 구차스러움에 비길 수는 없겠던 것이다. 〔…중략…〕 지금 생각이지만 그는 쓸모 있을 성부른 돌은 무조건 모아뒀다가 필요한 이들에게 나눠주는 재미로 돌쟁이(石公)가 됐던 것 같다.
> 그러나 나는 석공이 기려질 때마다 처마 밑에 늘어놓았던 돌들보다도 먼저 그네 집 마당이 머리 속에 펼쳐지던 게 사실이었다. 그와 함께 이윽고 나는 그 집 마당에 벌어졌던 자자분한 여러 가지 추억들을 맞이했고, 그 추억들을 순서가 뒤바뀌지 않게 만나고자 다시 한 번 어린 시절로 되돌아가 그 집의 마당 귀퉁이에 서보게 되곤 했다.
>
> —「공산토월」, 전집 5, pp.174~175.

이 작품은 현재의 화자가 과거의 인물을 회상하는 구조로 되어 있다.

---

17) 「일락서산」은 할아버지, 「행운유수」는 옹점이, 「녹수청산」은 대복이, 「공산토월」은 석공 신현석, 「관산추정」은 유복산, 「여요주서」는 신용모의 이야기이다. 이렇듯 『관촌수필』의 각 단편은 인물들에게 바치는 헌사이다.

화자는 대개 과거 인물에 대한 무한한 그리움을 가지고 있다. 인물을 통해 현재와 과거가 만나는 것이다. 이는 화자와 인물이 분리되는 동시에 집단적 유대를 통해 연결되는 방식이다. 기억되는 인물이 근대소설에 주로 등장하는 입체적 인물이 아니라 전형적 인물이라는 점에서 주목을 요한다. 이문구 소설의 인물들은 대부분 판에 박힌 듯한 모습으로 제시된다. 우리 고유의 속담이나 토속적인 농촌사회의 생활지식에 근거한 관용적 표현을 이용하여 인물을 형상화했기 때문이다.[18]

내가 서슴없이 그에게 알은체를 할 수 있었던 것은, 무엇보다도 그의 얼굴에 아직 애티가 많이 서리어 있는 덕이었지만, 여러 조상을 제 땅에 묻고 지켜온 농투성이 아들로 태어나 가업을 이어나가는 사내답게, 오랜 세월 볕에 태우고 비바람에 쐰데다 땀으로 젓 담가온 몸이 적실하면서도, 눈자위가 애리하고 볼때기에는 젖살이 남아 있었던 것이다. 나는 그것이 타고난 체질과 품성 덕이리라고 여겼다. 코흘리개 적부터 장정이 다 되도록 이웃하여 지냈던 만큼, 나는 용모의 성질을 누구보다도 잘 알았던 것이다. 어디서 무슨 일을 만나도, 그것이 남 보매는 불나게 서둘러야 될 일임에도, 그래서 어서 부딪쳐 치를 것은 치르고 보라던 재촉이 빗발치고 성화 같아도, 당사자인 그는 언제나 내전보살했으며 해찰 부릴 것 다 부리고 찾을 것 고루 챙겨 갖추는 늑장 끝에야 슬며시 집적거려 보는, 생전 늙잖을 위인이 그였던 것이다.

—「여요주서」, 전집 5, p.277.

위의 인용문은 『관촌수필』의 일곱 번째 이야기의 주인공 신용모를 소개하는 대목이다. 신용모와 같은 인물들은 오늘날 역설적으로 개성을

---

18) 전정구, 「토속어의 활용과 관용적 표현」, 『문학과 방언』, 역락, 2001, p.428.

발휘한다. 이들을 형상화하기 위해 동원된 토속어와 관용적 표현은 '토착적/전통적/농촌공동체적' 삶의 관점에서는 익숙한 것이다. 우리가 이를 낯설게 느끼는 것은 '표준어/언문일치/산업화/도시화'에 너무나 익숙해져 있기 때문이다. 따라서 이러한 표현에 의해 형상화된 인물들은 오늘날 우리의 삶을 반성적으로 성찰할 수 있는 계기를 마련한다.

『관촌수필』에 드러나는 전근대적 성향의 인물들은 현재의 세태와 대조되면서 강한 호소력을 갖는다. 즉, 현실 속에서 지워져 가는 과거와 전통의 공간을 발견하는 계기로 기능한다. 위의 인용문에서는 사용가치를 중시한 석공의 수석 취미가 교환가치에 지배되는 자본의 논리인 '정원 장식용 정석(庭石) 장사에 뜻을 둔' 구차스러움과 대비되고 있으며, '농투성이 아들로 태어나 가업을 이어나가는 사내' 신용모는 '불나게 서둘러야' 살아남을 수 있는 산업화의 현실과 대조되면서 오늘날의 세태를 비판하는 기능을 하고 있다.

"저런…… 저러니……"

놀란 것은 옹점이도 마찬가지였다. 그녀는 다시 그 사나운 입을 열었다.

"어매…… 저런 빌어를 먹다 급살맞어 뎌질 것들 봐……"

내가 보기에도 그럴 수는 없는 일이었다. 창인이는 이내 먹던 빵조각을 내팽개쳤지만, 손에는 누런 가랫덩이가 그대로 남아 있었던 것이다. 땅에다 가래침을 뱉아 던져주다니.

"생각만 해두 끔찍스럽다. 너는 절대루 저러면 못 쓴다. 맛 못 보던 게라구 저런 것 줏어먹으면 큰일 날 중 알어."

그날 옹점이는 나에게 몇 번이나 신신당부를 했는지 모른다.

"그것들이 조선 사람은 죄다 그지라구 여북이나 숭보면서 비웃었겄네. 개 헌티두 그렇게는 안 던져주겄더라. 너는 누가 주더라두 받어먹지 말으야여."

— 「행운유수」, 전집 5, pp.96~97.

「행운유수」의 옹점이는 기차를 타고 지나가면서 미군이 던져 주는 음식을 주워먹는 마을 주민들의 모습을 보고 개탄을 금치 못한다. 이때 옹점이는 의식적으로 습득된 지식에 의해서가 아니라 일상적 삶 속에서 체득한 지혜를 통해 이들의 행위를 비판하는 것이다. 전근대적이고 보편적인 삶의 지혜를 갖춘 옹점이와 같은 인물은 『관촌수필』에 등장하는 주인공들의 모습과 비슷하다. 이러한 인물들은 근대적 주체의 속물적 근성을 비판하는 계기가 된다.

김윤식은 이러한 전(傳)형식의 차용을 '전형성의 세속화(世俗化)'[19]라 칭하면서, 인간성의 가장 소중한 것 중의 하나인 어진 '덕목'을 인물을 통해 보여주겠다는 의도의 산물로 보았다. 즉, 이를 소설 형식을 물리치고 조선조 유생들의 문집(文集) 속의 '전(傳)' 형식으로의 편향성을 보여주는 예로 지적한 것이다. 김윤식은 이문구의 지향이 우상숭배에서 한 발자국도 벗어나지 못했기에, 여러 덕목의 균형감각을 유지한 『사기』의 법도에도 속하기 어려울 뿐더러, 무엇보다 근대의 산물인 소설 범주에 들기가 어렵다고 평가하였다.[20] 이러한 관점은 『관촌수필』을 근대 미달의 서사로 규정짓는 대표적인 논의에 해당한다. 그러나 인물 중심의 서사는 현재와 과거를 이어주는 기능을 함으로써 화자와 인물 사이의 유대감을 형성하고 있다는 점에서 의미를 찾아야 한다. 집단적 유대감은 근대 서사가 억압한 직접적 의사소통 방식을 환기함으로써 서구 중심의 동일성 서사와 전통 서사 양식을 대화적 맥락

---

19) 이문구의 『관촌수필』은 형식상으로 고래로부터 이어져 온 글쓰기의 한 전형인 '전(傳)'에 해당된다. 사마천의 『사기』 '열전'이 그 표준형이며 이에 이어져 씌어진 것이 우리의 『삼국사기』 '열전'이다. '열전'의 형식이란 『사기』가 표준이다. 평전의 형식이기에 열전에 등재된 인물상이란 인간성의 한 가지 특징, 가령 용(勇)·지(知)·우(愚)·악(惡)·의(義)·추(醜) 등의 대표성을 유형적으로 드러내는 글쓰기 형식이었다. 일정하고도 엄격한 평가가 전제되었음은 이런 연유이다. 이 '전(傳)' 형식이 『사기』의 권위를 업은 채 한 인간의 일대기를 그리되, 우상화하는 방식으로 변질되어간 것을 두고 김윤식은 '전형성의 세속화(世俗化)'라 부른다(김윤식, 「모란꽃 무늬와 물빛 무늬」, 『한국문학』, 2000년 여름, p.149 참조).
20) 김윤식, 위의 책, pp.149~151 참조.

으로 이끈다. 이러한 대화적 맥락은 서구적 의미의 근대성을 수용하면서도 집단적 정체성을 유지하려는 작가의식의 일면을 반영하고 있다. 다시 말해 작가는 『관촌수필』에서 근대소설의 특성인 '유형화의 거부'를 '유형화'를 통해 재전용함으로써 '낯익지만 오늘날에는 낯선' 새로운 글쓰기를 보여준다. 이에 '석공'과 '신용모' 그리고 '옹점이'와 같은 인물들은 현재와의 대비 속에서 재현됨으로써 비로소 생생한 현실감을 획득하게 되는 것이다.

근대소설의 주인공은 '초월적 기의'[21]를 내면화된 의식을 통해 회의함으로써 이에 대한 갈등과 극복 열망을 드러낸다. 이문구의 소설에는 이러한 근대소설의 주인공들과 '초월적 기의'를 구현하는 인물이 동시에 등장한다. 『관촌수필』은 근대성과 전근대성이 중층적으로 얽혀 있는 경계에서 그 간극에 주목함으로써 양자 사이를 대화적으로 연결하려는 의도를 보여준다는 점에서 동시대적 의의를 갖는다.

(3) 구술 언어

『관촌수필』에서는 전통 서사 양식의 하나인 설화의 특성이 두드러지게 나타난다. 설화가 갖는 특징은 구술성, 집단성, 현장성으로 요약될 수 있다.[22] 이러한 특징은 근대소설 양식을 상대화하는 기능을 한다. 무엇보다 설화의 화자가 이야기의 창조자가 아니라 재생산자의 성격을 지닌다는 점에 주목할 필요가 있다.

---

21) 전통 담론의 '초월적 기의'는 초월적인 힘을 가진 관념 체계를 의미한다. "그것은 불교나 유교 혹은 기독교와 같은 신앙이나 이념 체계일 수도 있고, 양반 의식이나 서민 의식과 같은 계층 의식일 수도 있으며, 아니면 민족혼이나 얼과 같은 낭만성을 띤 집단적 개념일 수도 있다. 혹은 이들이 이루어내는 복합적인 어떤 것일 수도 있고, 이들 중 아무것도 아닌 다른 무엇일 수도 있다. 그런데 다만 구체적 담론으로부터 우리가 추론해 낼 수 있는 어떤 것이다. 이와 같은 초월적 기의에 의해 만들어진 기표가 이야기의 형식을 띨 때, 우리는 그것을 전통 서사 담론이라고 한다."(송효섭, 『설화의 기호학』, 민음사, 1999, pp.290~291 참조).
이문구의 소설에서 드러나는 '초월적 기의'의 흔적은 '농촌공동체의 삶'이라 할 수 있으며, 이러한 삶을 포착하기 위해 동원된 서사 양식을 우리는 전통적 서사 양식이라 규정할 수 있다.
22) 송효섭, 「탈근대의 문화 상황과 서사 담론의 지형학」, 위의 책, p.291.

말에 의한 전달이 인간의 기억을 매개로 이루어지는 전통 담론과는 달리 근대 담론에서 발신자는 '지금' '여기'에 있는 '나'로부터 모든 것이 시작된다. 〔…중략…〕

이러한 양상을 우리는 '초월적 기의의 파괴'라는 말로 요약할 수 있다. 초월적 기의 대신 개별적 기의가 그 자리를 차지하면서 다양한 개별적 기표들을 산출하는 것이다. 이러한 기의의 근원은 결국 개별화된 자아, 개별화된 세계 혹은 개별화된 이들간의 관계이며, 이로 인해 근대 담론은 개별화된 담론의 공존으로 나타나게 된다. 이는 담론에서 개성적인 양식과 문체의 창조를 가능하게 한다.[23]

『관촌수필』의 '구술성'은 근대 서사에서 '말'의 가능성[24]을 보여준

---

23) 송효섭, 위의 책, pp.299~300.
24) 근대 서사에서 '구술성(orality)'이 차지하는 중요성은 월터 J. 옹(Walter J. Ong)의 다음 견해를 참조하면 더욱 선명해진다. "쓰기로 해서 세계는 놀랍게 달라졌지만, 그러나 그 세계 도처에서 말해지는 말은 여전히 살아 있다. 씌어진 텍스트라 하더라도 직접적이든 간접적이든 본래 언어가 사는 장소인 소리의 세계에 결부되지 않고서는 의미를 지닐 수가 없다. 텍스트를 '읽는다'는 것은 음독이든 묵독이든 간에 그 텍스트를 음성으로 옮기는 일이다. 〔…중략…〕 무릇 말에 의한 표현의 근저에는 구술성이 잠재해 있다. 그에도 불구하고 언어와 문학에 대한 과학적·문학적 연구는 최근에 이르기까지 몇 세기 동안이나 이 구술의 성격을 소홀히 해왔다. 텍스트로서 씌어진 것에 너무나 눈이 팔린 결과, 사람들은 구술의 성격에 입각해서 만들어진 작품을 쓰기에 의해서 만들어진 작품의 한 변종이거나 그렇지 않더라도 진지한 학문적 관심을 쏟을 만한 것으로 보지 않게 되었다."(Ong, W. J., 이기우·임명진 역, 『구술문화와 문자문화』, 문예출판사, 1995, pp.17~18) 월터 J. 옹의 견해에 따른다면 근대 서사의 구술성은, 말(wards)을 시각적인 장 안에 영구히 고정시켜 버리는 문자성(literacy)의 '독점적이고 제국주의적인' 성격을 폭로하는 데 기여할 수 있다.
이는 또한 언문일치의 허구성을 폭로하는 작업과 연관된다. "사실 언문일치란 무엇보다 문장 언어의 공통된 규범을 만들어야 한다는 요구이다. 말과 글의 일치는 공통 규범을 마련할 때 중요하게 고려된 사항이었지만 유일한 고려 사항은 아니었다. 청각 영상으로서의 음성과 시각 영상으로서의 문자를 일치시키겠다는 시도 자체가 근본적으로는 달성될 수 없는 것이고, 공통의 언어 규범을 만들어야 한다는 필요는 개별의 무수한 차이에 눈을 돌리는 데로 이어지기 쉽다. 실제 구어(口語)는 발화 주체와 상황에 따라 숱한 변수를 만들어 내는 만큼 이를 일일이 통제하기는 불가능하다. 그러므로 이른바 문어(文語)는 실제로는 어떤 구어(口語)도 닮지 않은 인공의 언어이다. 어떤 실재와도 같지 않다는 점에서 보편성을 주장할 수 있는 역설적인 언어인 셈이다."(권보드래, 앞의 책, p.244 참조) 따라서 공통의 언어 규범을 만들어야 한다는 시도에서 이루어진 언문일치는 일부 엘리트 계층을 제외한 다수의 민중에게 자기 표현의 길을 제한하는 결과를 초래했다. 이는 근대의 동일성 담론의 허구성을 잘 보여주는 예이다. 이에 문어(文語)에 의해 억압된 구어(口語)의 흔적을 포착하려는 시도는 제도로서의 언문일치에 바탕한 근대소설 담론의 허구성을 폭로하는 계기가 된다.

다. 구연문학은 핵심 줄거리, 핵심 이미지가 시간과 공간을 지배하는 개별 상황에 부합하면서 세련된 세부 사항들의 첨가와 삭제에 힘입어 끊임없이 모습을 달리한다. 이러한 구연문학에 필연적으로 수반되는 즉흥적, 감성적 요소들은 문자문학이 제공할 수 없는 역동적인 분위기를 생산해낸다.[25] 이에 역동적 분위기를 얻으려는 근대 구어체 소설은 화자와 독자가 분리되는 동시에 희미한 집단적 유대에 근거해 연결되는 방식을 보여준다. 공동체적 에토스가 사라진 세계 속에서 근대 담론 밖의 경험인 공동체적 삶을 끌어들임으로써, 고립된 자아의 이념에 기초한 근대 동일성 담론의 서사를 대화적 맥락으로 유도하는 것이다. 이러한 대화적 관계는 근대 서사 재현 구조의 한계를 포착하는 방향으로 나아가는데, 이는 『관촌수필』이 글쓰기를 넘어선 글쓰기 즉, 글쓰기가 소외시킨 구술 문화의 음성을 글쓰기로써 복원시키려는 작가 의식의 산물임을 보여준다.

『관촌수필』에서는 '경험화자와 서술화자의 분리/연결'[26]을 통하여 화자와 독자의 유대를 형성한다. 독자들은 경험화자의 의식을 통하여 서술화자의 과거로 이동한다. 이러한 과거로의 이동은 농촌공동체의 삶과 언어를 경험하는 계기가 된다. 어린 시절의 추억이 경험화자의 목소리로 표출됨으로써 서술화자의 의식 속에 잠재된 공동체에 대한 기억이 드러나는 것이다. 이러한 공동체의 언어는 구술성의 흔적을 가진 경우가 많다.

　그 울음 소리는 동이 부옇해가는데도 좀처럼 그치려 하지 않았다. 듣고 모른체하기도 어려운 노릇, 망설이다 말고 어머니가 문간방으로 나갔다. 지

---

25) 장태상, 「아프리카의 구연문학과 문학성」, 『내일을 여는 작가』, 1999년 겨울, p.72.
26) "경험화자는 육칠 세 전후의 어린 소년이고, 서술화자는 성인이 다 된, 즉 작가로서 입지를 세운 30세 전후의 청년이다. 이 두 서술자가 수시로 접근했다가 분리되었다 하면서 기록되어 있는 것이 이 소설이다."(김상태, 「이문구 소설의 문체」, 『작가세계』, 1992년 겨울, p.89)

금도 아쉬운 것은 그네들이 쓰던 사투리를 흉내낼 수 없음이다. 자고 새면 영감의 환갑날이라는 거였다. 환갑날 아침을 빌어다 먹게 된 기박한 신세를 생각하니 울음이 안 나오겠느냐는 것이 노파의 해명이었다.

—「화무십일」, 전집 5, pp.63~64.

서술화자의 목소리만으로는 과거의 정황을 재현하기 어렵다. '쓰기'에 의해 인공적으로 조립된 화자와 독자 사이의 객관적 거리는 파란만장한 '영감과 노파의 삶'을 구체적으로 형상화하지 못한다. '그네들이 쓰던 사투리를 흉내낼 수 없'다는 화자의 말은 발화되는 순간 사라지는 말의 흔적을 포착하려는 역설적 아포리아(aporia)[27]를 고백하는 것이기도 하다. 이러한 이유 때문에 화자가 분리되는 것이다. 서술화자와 경험화자는 하나로 통합되지 않고 독립적인 목소리를 내면서 서로가 대화적으로 교차하는 지점에 주목하게 한다.

할아버지가 나무라다 말 정도로 그녀는 무슨 노래든지 푸짐하게 불러대었고 목청도 다시없이 좋았다. 그녀가 떠벌리기를 가장 즐겨하던 노래는 내가 기억하기에 「황하다방」이었다. 아궁이 앞에 가랑이를 쩍 벌리고 않은 채 한창 신명이 나면, 삭정이 잉걸불에 통치마에서 눈내가 나는 줄도 모르고 부지깽이가 몇 동강이 나도록 부뚜막을 두들겨 장단치며 가락을 뽑아댔던 것이다.

---

27) 이러한 근대 서사의 아포리아는 구술성과 문자성의 관계에서도 그대로 표출된다. "문자성은 그 선행자인 구술성을 소멸시킴으로써 주의해서 감시하지 않으면 그러한 선행자가 있었다는 기억조차 파괴해 버린다. 그렇지만 다행히도 문자성은 무한한 적용 가능성을 지닌다. 문자성에 의해서 그 선행자에 대한 기억도 재건될 수 있기 때문이다. 문자성을 사용함으로써 전혀 문자를 알지 못했던 시대의 무수한 인간 의식을 완전하지는 못하더라도 적어도 상당한 양까지 재구성할 수 있다(완전하게까지 안 되는 이유는, 어떠한 과거이든지 간에 그 완전한 모습을 자신의 정신 속에 재구성할 정도로 지금 익숙해 있는 이 현재를 잊는다는 일이 불가능하기 때문이다)."(Ong, W. J., 이기우·임명진 역, 앞의 책, p.28)

목단꽃 붉게 피는 사라무렌 찻집에

칼피스 향기 속에 조는 꾸 — 냥……

내뿜는 담배 연기 밤은 깊어가는데

가슴에 스며든다 새빨간 귀거리

한가락 뽑고 나면 으레 하던 말이 있었다.

"아씨, 올 갈에 바심허면 오와싯쓰표 유성기 한 대만 사유. 라지요버덤 쬐
끔만 더 주먼 산대유."

— 「행운유수」, 전집 5, p.85.

위에서는 서술 부분(서술화자)과 노래/대화 부분(경험화자)의 언술이
다르게 나타난다. 당시의 정황을 생생하게 재현하는 데는 경험화자의
시점이 필요하다. 경험화자의 언술은 전통 서사의 구술성을 지니고 있
는 경우가 많기 때문이다. 서술자의 개입, 연설조 담화, 나열식 구조,
정형구의 사용 등의 구술성[28]은 청중들과의 교감을 환기하면서 농촌공
동체의 삶의 흔적을 재현하는 데 기여한다.

　근대의 중심부에서 밀려난 주변부 언어로서의 토속어는 대상의 생생
한 이미지를 직접적으로 묘사하는 데 적절하다. 표준어가 이성의 언어라
면 토속어는 감성의 언어이다. 이문구가 사용하는 토속어는 대상의 재현
차원을 넘어, 현장의 모습을 직접 체험하는 듯한 느낌을 자아낸다.[29] 이
러한 토속어는 경험화자의 언술을 빌어 토속적 농경 사회의 체험을 생생
하게 전달함으로써, 근대 언어로 재현할 수 없는 공간을 가시화하는 데

---

28) 월터 J. 옹의 견해를 참조하여 구술문화에 입각한 사고와 표현의 특징들을 나열해 보면 다음과
　같다. "종속적이라기보다는 첨가적이다, 분석적이라기보다는 집합적이다, 장황하거나 '다변
　적'이다, 보수적이거나 전통적이다, 인간의 생활세계에 밀착된다, 논쟁적인 어조가 강하다, 객
　관적 거리 유지보다는 감정이입적 혹은 참여적이다, 항상성이 있다, 추상적이라기보다는 상황
　의존적이다."(Ong. W. J., 이기우·임명진 역, 위의 책, pp.60~92 참조).

효과적으로 기능한다.

이문구 소설에 나타나는 판소리 문체를 계승한 듯 보이는 익살과 해학, 주저리주저리 엮이는 서술자의 사설, 인물의 인정미를 섬세하게 표현하는 장문, 주제를 비유적으로 구상화하는 관형어 등은 근대적 문체에 대한 강한 거부의 성격을 띤다. 이러한 문체는 논리 정연한 플롯, 서술 등으로 이루어져 있는 근대소설과는 이질적인 소설 미학을 형성한다. 이는 근대의 동일성 담론에 대한 저항(낯설게 하기)이며, 사라진 유토피아에 대한 회구를 미적 형식으로 표출한 것이다. 이문구 소설의 전통적인 서사 양식은 서구적 의미의 소설 형식에 대한 타자로 기능함으로써 근대의 동일성 담론을 자기 모순에 빠뜨린다. 전통은 서구 담론의 동일성 논리에 동화되지 않는 유동성을 지님으로써 그의 작품 속에서 역동적으로 기능한다.[30]

3) 근대 비판으로서의 전통적 서사 양식

『관촌수필』의 화자는 기억을 통해 과거의 농촌공동체, 즉 '관촌'을 재현한다. 여기에는 현실의 부정적 형상을 넘어서려는 화해의 열망이 담겨 있다. 이러한 화해의 열망은 동일성 담론의 획일적 기획을 파괴하는 '타자성(농촌, 방언, 욕설, 구어, 이야기체 등)'을 내포한다. 이문구의 서사는 근대 동일성 담론을 비판함으로써 왜곡된 근대화의 논리에

---

29) 구비 문화가 견지하고 있는 세계관의 특징 중의 하나는 현실 규정력을 가지고 발화되는 말은 그 말이 상징하는 사건이나 상태로 이내 전화될 수 있다는 믿음이다. 즉 리얼리티를 재현해 낸다는 것이 아니라 그것을 체현해 낸다는 것이다. 말이 사물, 즉 그 말이 지칭하는 대상을 창조해 낼 수 있다고 믿는 이러한 확신은 곧 언어가 진리와 리얼리티에 대한 권력을 소유하고 있다는 의미와 상통한다(Ashcroft, B. etc., 이석호 역, 『포스트콜로니얼 문학이론』, 민음사, 1996, p.138 참조).
30) 이문구의 전통적인 한국문체(조선적인 문체)를 서구식 번역 문체에 대한 저항의 형식으로 읽은 진정석의 분석은 이와 동궤에 놓인다(진정석, 「이야기체 소설의 가능성」, 『1970년대 문학 연구』, 예하, 1994, p.174 참조).

균열을 낸다. 그 틈 사이로 근대의 기획이 소외시킨 의사소통의 직접성을 회복하려는 서사적 욕망이 개입한다. 이러한 서사적 욕망은 공동체의 완전한 충족을 연기시키는 동시에 동일성 담론의 완결성을 와해하는 작용을 한다.

이문구의 서사가 모더니즘을 소외시킨 1980년대의 리얼리즘과 변별되는 지점은 바로 여기이다. 리얼리즘은 현실을 지배하는 동일성의 논리를 역이용해 부정적 현실을 비판한다. 부정적 상상력으로서의 리얼리즘은 도구적 합리성에 동화되지 않는 의사소통적 합리성을 지향한다. 이러한 지향이 현실 세계에서 실천으로 전화될 때 리얼리즘은 의사소통의 합리성을 넘어서는 차원으로 나아간다. 비동일성(他者)의 침투에 의해 동일성이 해체되는 순간 리얼리즘은 기표들의 연쇄에 의해 역사의 장과 만난다. 여기에서 리얼리즘은 동일성 논리의 이면에 숨겨진 실체를 드러내는 차원으로 고양된다.[31] 그러나 동일성 논리의 자기모순을 부정하고 순수한 동일성이 가능하다고 주장할 때 '권력에의 의지'가 작용한다. 이렇게 되면 열정에 기초한 리얼리즘의 이념적 선명성은 집착과 도취에 함몰된다. 현실 사회주의의 몰락 앞에 망연자실할 수밖에 없었던 1980년대 리얼리즘의 퇴색한 깃발은 이와 무관하지 않다.[32]

역설적이게도 이문구의 전통 지향은 모더니즘의 정신과 만난다. 미적 가상을 통하여 부정적 현실과의 화해를 추구하는 '미메시스(mimesis)'[33]의 정신은 산업화 시대 붕괴된 농촌공동체를 회복하려는

---

31) 나병철, 앞의 책, pp.125~136 참조.
32) 이러한 리얼리즘 문학의 성과와 한계는 다음의 글 속에 선명하게 드러난다.
"주체와 현실이라는 두 축을 두고, 민중과 지배세력을 곧바로 '선/악'의 표상으로 도식화했다는 점은 두고두고 민중문학적 지향들이 성찰해야 할 요소겠지만, 그것은 계급성이 인간 조건을 규정하는 배타적이고 결정적인 몫을 행사했다는 것을 꾸준히 보여주었고, 주관의 허위와 싸우면서 객관의 신화를 구성하려는 첨예한 노력을 보여준 사례로 기록될 것이다."(유성호, 「동일성의 논리와 비극성의 미학」, 『문학인』, 2002년 가을, pp.43~44.)

이문구의 서사적 욕망과 정확히 일치한다. 공동체적 유대에 바탕한 직접적 의사소통은 주체와 대상 간의 비억압적이고 화합적인 교감을 전

<hr />

33) 미메시스(mimesis)에 대한 논의는 플라톤과 아리스토텔레스에 의해 처음으로 공식화되었다. 플라톤은 시가 '모방(imitation)'이고 진짜가 아니기 때문에 진실성을 지니고 있지 않다고 말한다. 이러한 의미에서 시는 모방 혹은 미메시스이다. 그런데 아리스토텔레스는 이 모방성(mimetic quality)을 예술의 독특한 특성이라고 주장한다. 특히 그는 모방성을 시와 다른 종류의 이야기, 즉 과학 사이를 구별해 주는 특징이라고 말한다(Hough, G., 고정자 역, 『비평론』, 이화여자대학교 출판부, 1982, pp.66~67 참조).
알브레히트 벨머는 아도르노의 미메시스 개념을 다음과 같이 규정하는데 이는 아리스토텔레스의 그것과 유사하다. "미메시스란 감각적으로 수용하고, 표현하고, 의사소통하는 생명체의 행동 방식을 지칭하는 것이다. 문명화과정 속에서 미메시스적 행동방식이 정신적으로 유지되어 온 장소는 예술이다. 따라서 철학과 예술은 정신의 두 영역을 의미하며 이러한 예술과 철학 속에서 합리적 계기와 미메시스적 계기가 교류함으로써 정신은 사물화의 껍질을 파괴하는 것이다."(Wellmer, A., 이주동·안성찬 역, 『모더니즘과 포스트모더니즘의 변증법』, 녹진, p.42.)
아드르노는 대상의 완벽한 모방, 재현에서 출발하여 철학과 예술을 구분하는 개념으로 확장된 플라톤과 아리스토텔레스의 미메시스 개념을 비판적으로 수용하면서, 자아가 아무런 매개 없이 대상과 하나가 된다는 생각에 반대한다. 그는 오늘의 자연을 '상실된 자연'으로 보고 있으며, 인간화를 통해 참다운 자연을 회복해야 한다고 믿는다. 예술은 현실 속에 있으며, 현실 속에서 기능을 가질 수 있고, 그 자체 내에서 현실을 다양하게 중재한다. 그러나 동시에 예술로서의 현실이란 실제 현실과 대립하고 있다. 철학은 이러한 사실을 미학적 가상이라고 칭한다. 따라서 아도르노는 도구적 합리성에 의해 추방된 주체와 객체의 조화로운 일체감을 미적 가상(예술)을 통해 복원하려는 의도로 미메시스의 개념을 사용한다(Adorno. T.W., 김주연 역, 『아도르노의 문학이론』, 민음사, 1985, pp.80~81 참조).
한수영은 『관촌수필』에서 이러한 미메시스적 충동은 '감각적 재현'을 통해 이루어진다고 본다. '냄새', '맛', '소리' 등 후각과 미각 그리고 청각의 세계가 화자를 한층 구체적인 과거로 인도하는 통로의 구실을 한다는 것이다. 감각이란 지극히 개인적인 것이며, 감각적 전유에 의한 세계의 재현은 그 자체로 주관적일 수밖에 없다. 이러한 주관적 감각 세계는 현실에서의 소통 불가능성을 대리보상하는 세계이기도 하다. 언어적 소통의 세계를 초월해 있는 세계인 것이다(한수영, 「말을 찾아서」, 『문학동네』, 2000년 가을, pp.372~375 참조).
나병철은 미메시스를 주체와 대상 사이의 비억압적인 교감의 관계라 보면서 모더니즘의 주요 특질의 하나로 규정한다. 그에 의하면 사물화된 세계를 반복하는 음화로서의 미메시스는 주술 시대의 그것과는 달리 진정한 화해를 얻지 못한다. 다만 그 과정에서 화해에 대한 열망과 그 열망이 받아들여질 수 없다는 '부정적 인식'을 드러내게 된다. 이러한 화해의 열망(미메시스)과 부정적 인식은 동일성 세계에 동화되지 않는 모더니즘의 두 가지 진리라고 할 수 있다. 그러나 이러한 모더니즘의 두 가지 진리는 결코 내부/외부의 경계선이 해체된 제3의 공간(역사의 장)을 드러내는 데 이르지는 못한다. 그것은 모더니즘이 현실의 음화, 즉 단자화된 공간(혹은 내면 공간)을 통해 바깥을 열망하기 때문이다. 이처럼 타자와 만나는 공간을 마련하지 못한다는 점이 모더니즘의 가장 중요한 한계일 것이다. 때문에 모더니즘의 진리(미메시스, 부정적 인식)는 정치학에 연관되지 못한 채 미학적 영역에 폐쇄되고 만다(나병철, 앞의 책, pp.156~157 참조). 공동체적 유대에 바탕한 직접적 의사소통 방식을 현재적으로 전용하려는 이문구의 서사 전략은 모더니즘의 미메시스 정신을 수용하면서 이를 넘어서고 있다. 이문구가 환기하는 농촌공동체적 삶의 양식은 서구 중심의 동일성 담론을 해체하는 '타자'로 기능할 수 있다는 점에서 모더니즘의 미메시스와는 차별성을 지닌다. 그는 농촌공동체적 삶의 양식을 현재적으로 전용하려는 태도를 보여주고 있는데, 이러한 태도는 화해의 열망과 부정적 인식 그 자체에 머물러 있던 모더니즘의 시선을, 타자의 배제를 통해 정체성을 확립한 근대 동일성 담론을 전복하는 동시에 소외된 주변 문화의 재구성을 촉구하는 탈식민주의적 실천으로 이끌고 있기 때문이다.

제로 한다. 그러나 이러한 교감은 산업화 시대에는 불가능한 의사소통 방식이다. 그것은 오직 미적 가상(예술)을 통해서만 가능할 뿐이다. 모더니즘은 주객화해가 불가능한 상황에서 동일성 논리에 기반한 리얼리즘을 파괴해 가면서까지 또 다른 미학적 주객화해(미메시스)를 시도하는 예술이다. 이문구는 이러한 모더니즘의 미메시스 정신을 공동체적 삶의 양식을 통해 전용함으로써 유동적이고 개방적인 의미를 부여한다.[34]

『관촌수필』은 현실의 일부를 이루고 있는 농촌공동체의 흔적을 포착함으로써 부정적 현실을 비판함과 동시에 과거와 현재를 연결시키고 있다. 이문구의『관촌수필』이 탈식민주의 문학으로의 위상을 획득하고 있는 이유는 그의 작품 속에 혼종되어 있는 근대적, 전통적 서사 양식이 왜곡된 근대 동일성 담론에 대항하는 미학적 형식으로 긴장관계를 유지하고 있기 때문이다.

농촌 공동체의 삶은 서구 중심의 근대화의 보완물이자 타자로서 여전히 유효한 삶의 형태이다. 경직되어 있는 것은 원형적인 농촌공동체 그 자체가 아니라 봉건적 관습에 얽매인 억압적인 유교 전통이다.

이문구는 서구 중심의 부정적 근대화에 대한 비판으로 농촌공동체적 삶의 양식을 제시하였다. 이때의 농촌은 근대화론의 유토피아에서 벗

---

34) 구자황은 『관촌수필』에는 두 개의 '고향'이 팽팽하게 맞서고 있다고 주장한다. 하나는 화자의 기억 속에 남아 있는 충족과 조화의 고향이고, 나머지 하나는 화자가 현실로 맞닥뜨린 결핍과 파괴의 고향이다. 이것은 전통과 근대, 공동사회와 이익사회, 농촌공동체와 자본주의적 근대의 대립이다(구자황, 「이문구 소설연구―구술적 서사전통과 변용을 중심으로」, 성균관대학교 박사학위논문, 2002, p.85 참조). 그는 이문구가 환기하는 '관촌'의 의미를 부재의 공간, 상실의 공간을 확인하는 과정이라고 결론짓는다. 이는 부정적 현실에 대한 비판으로서의 '관촌'의 의미를 부각시키는 것이다. 이렇게 될 때 '관촌'은 '삶의 본원적 가치'를 간직했던 추상적·관념적 공간으로 전락하며, 『관촌수필』의 주제의식은 불변의 가치에 대한 추구가 된다. 본고에서 주목하는 점은 화자의 기억 행위(미메시스)가 가진 의미이다. 기억 행위를 통해 화자는 전통과 근대, 공동사회와 이익사회, 농촌공동체와 자본주의적 근대의 이분법을 넘어서려는 탈식민주의적 실천을 수행하는 것이다. 이러한 시도는 '관촌'을 다시 되찾아야 할 순수한 전통적 공동체라는 환원주의적 관점에서 구출한다. '관촌'은 표현을 압도하는 대상, 재현불가능의 대상, 즉 현재적으로 전용되어야 할 공간으로 남음으로써 미결정적이고 개방적인 의미를 부여받는 것이다.

어난 탈유토피아적 '고향'이다. 『관촌수필』에서 이문구가 추구해온 농촌 현실의 복원은 근대의 문제를 우리의 근원적 공간에서 제기하는 것이며, 우리에게 있어 근대 극복의 과제는 농촌공동체에 대한 구체적 천착 없이는 이루어질 수 없다는 사실을 말해 준다. 이는 서구와는 다른 우리의 근대에 대한 탐색으로 이어진다. 서구적 담론을 비판 공격함으로써 상대화하려는 전략은 서구와의 비동일성과 차이에 주목함으로써 전통에 대한 관심을 불러일으킨다.

이문구는 『관촌수필』에서 왜곡된 근대화에 대한 반발로 공동체적 삶에 대한 지극한 그리움을 제시하고 있다. 근대화는 저급한 생산력의 농촌공동체를 붕괴시키고 도시적 삶의 풍요로움을 선사한다. 이것은 시대적 흐름이요, 역사의 필연이라 할 수 있다. 그러나 근대화 자체가 파행적으로 전개된 사회에서 표출되는 공동체적 삶에 대한 향수는 개발논리가 최우선시되는 근대화 기획의 동일성 담론을 해체하는 '타자'로 기능할 수 있다.

'관촌'에는 할아버지로 대표되는 전통 세계와 아버지로 대표되는 근대 지향의 세계가 공존한다. 주목할 점은 두 세계관이 대립하거나 갈등하지 않는다는 점이다. 오히려 서로가 통합되어 공동체적 질서를 유지하는 중요한 기반이 되고 있다. 이는 근대의 동일성 담론이 지향하는 "민족이라는 동일체감을 국가라는 테두리 안에서 조성하는 허구적 공동체"[35]와는 다르다. 할아버지는 마을의 정신적 지주로서, 아버지는 주민들의 권익을 옹호했던 실천적 행동인으로서 마을 사람들의 존경과 사랑을 받고 있다.[36] 화자의 기억 속 '관촌'은 전통적 유교 질서와 진보적 이념이 어우러진 조화로운 공간으로 존재한다. 이러한 공간은 근대의 상상적 공동체와는 이질적인 공동체, 즉 전근대성과 근대성이 조화롭게 공존하는 공동체의 모습을 보여준다.

그러나 이러한 공간은 6·25 전쟁, 서구 중심의 산업화, 미군의 진주와 같은 외부의 폭력에 의해 해체됨으로써 현실 속에는 존재할 수 없는 유토피아로 변모한다. 화자의 내면에만 존재하는 아름다운 고향이 되어버린 것이다. 이문구는 기억이라는 형식을 통해 '관촌'을 재구성함으로써 현실의 부정성을 넘어 공동체적 질서와 화해를 시도한다. '미적 가상'(서사 형식)을 통해 현실의 부정성을 넘어서려는 이문구의 지향은 이상/현실, 이야기/소설, 감성/이성 등의 긴장으로 확장되어 문학의 본질과 존재방식에 대한 탐구로 이어진다.

이문구는 소설의 시대에 전통적인 이야기체를 고수한다. 의사소통의 직접성에 의존하는 이야기체는 근대적 삶의 전개에 따라 몰락의 길을 걷게 된다. 그러나 이러한 지향이 근대적 삶의 부정성, 즉 소외와 분열을 극복하려는 부정적 인식의 미학적 계기로 작동할 때, 강력한 정서적 파급력을 일으킬 수 있다.

서구인들을 지배하고 있는 역사적·문화적 패러다임이 다른 문화권에 그대로 적용될 때 비로소 그 패러다임의 한계가 드러날 수 있다. 이문구 소설에 나타난 전통적 서사 규범은 서구의 문화 중심주의가 낳은 세계관과 지배담론에 의해 굴절된 우리 문화와 의식을 유추하는 기회를 제공한다. 이러한 시도는 중심에 의해 소외된 주변 문화를 전경화함으로써, 타자를 배제하는 (신)식민주의적 담론의 허구성을 폭로하는 방향으로 나아간다는 점에서 '탈식민성'[37]의 개념과 연결된다.

35) 임현진, 「사회과학에서의 근대성 논의─'근대화 프로젝트'를 중심으로」, 역사문제연구소편, 『한국의 '근대'와 '근대성' 비판』, 역사비평사, 1996, p.192.
    이는 근대 이성이 신격화한 국가, 민족에 대한 담론을 말한다. 민족과 국가에 대한 신성한 이데올로기가 사실은 근대에 의해 조작된 허구적 산물이라는 인식과 함께 이에 대한 비판이 전개되었다. 이는 근대 서사의 '계몽의 기획'이 봉착한 한계와 연관된다. 즉, "지금까지의 제도화된 합리적인 지식의 형태 그 자체가 불확실성의 시련을 견디지 못하게 된 것이다. 〔…중략…〕 이처럼 분극화된 사태는 명백하게 근대적인 지식과 사고의 '패권적인 동일성'(윌리엄 코널리)의 필연성이 붕괴되어 그 우연성이 모습을 드러내 가고 있는 것과 밀접한 관계가 있다." 이러한 논의의 중심에 "이성의 범주나 진리의 기준은 결코 필연적인 것이 아니며 오히려 그것들이 생성되는 데에는 힘의 우연적인 개입과 다른 가능성의 자의적인 절단이 영향을 미치고 있다"는 푸코의 주장이 있다(姜尙中, 이경덕·임성모 역, 앞의 책, pp.55~56 참조).
36) 이춘섭, 「이문구 농민소설 연구」, 경희대학교 석사학위 논문, 2000, pp.39~40 참조.

2. 문화 충돌의 장으로서의 농촌 형상화

1) 소비 문화의 침투와 농민의 양면성

잊혀져 가는 농촌 공동체의 흔적을 구술에 바탕한 이야기체로 재현하려는 의도는 공동체적 유대를 회복하려는 의지의 표출이다. 잊혀져 가는 과거는 『우리 동네』에서 현재적으로 부활한다. 서구 문화의 타자의 위치에 머물러 있던 농민은 역사의 주체로 복귀하기 위해 지식인의 시선(서술화자)을 밀어낸다.

『관촌수필』에서의 '경험화자'는 성장하여 『우리 동네』의 농민으로 등장한다. 이는 '경험화자'가 성장하여 소설가가 된 전기적 사실과는 다르다. 이러한 설정은 지식인으로서의 모습을 농민들의 삶을 통해 성찰해보려는 의도를 내포하고 있다. 실제로 이문구는 농촌에 내려가 농민들과 생활하면서 이 작품의 창작 모티프를 얻었다고 한다.[38]

과거로의 여행(귀향)이 동시대 농촌의 일상적 삶으로 정착한 것이다. 이는 과거로 향한 퇴행적 시간성이 복수적이고 공시적인 공간성[39]으로 전화한 것으로서 전통적 농촌공동체적 삶을 현재의 구체적 농촌 속에 재배치하려는 의도의 산물이다. 이같은 시도는 서구 중심의 근대화 기획에 바탕한 허구적 공동체를 전복하고 이와는 다른 새로운 공동체를 지향한다는 점에서 탈식민주의적 성격을 지닌다.

---

37) 이러한 '탈식민성'은 왜곡된 근대성의 이중적 문제를 안고 있는데, 제국주의의 역사적 경험이 시사하듯 서양이 걸어간 길 자체가 최선일 수는 없다는 사실과 역사와 문화 전통이 다른 우리에게 그 길이 맞지 않는 것일 수도 있다는 점이 그것이다(박철화, 「문학의 상대성, 한국문학의 새로운 미학」, 앞의 책, p.70 참조).

38) 이문구는 1977년 5월 경기도 화성군 향남면 행정리 205번지, 소위 발안 쇠면 부락으로 이거한다. 농민들과 어울려 생활했던 이 경험은 당시 상업주의와 소비문화에 침식당하는 농촌현실을 파악하는 데 큰 도움이 되었다. 1980년 다시 서울로 돌아오기까지 약 3년 동안 농민의 생활 양식 그대로 살면서 얻은 이 체험이 『우리 동네』 연작의 창작 모티프가 되었다(송희복, 「남의 하늘에 붙어 산 삶의 뜻」, 앞의 책, pp.32~33 참조).

산업화 시대 농민은 철저히 양가적이다. 그들은 왜곡된 산업화의 희생양이기도 하지만 산업화에 저항하는 주체이기도 하다. 산업화의 논리는 농민들에게 근대의 제도나 문화를 내면화할 것을 요구한다. 농민들은 근대적 제도나 문화를 내면화하는 과정에서 그것을 변형시키고 재구성한다. 이러한 변형과 재구성은 근대화의 논리를 불안정하게 하는 저항의 의미를 지닌다. 농민의 불완전한 동일성은 근대의 지배 이데올로기를 분열시키고, 근대가 배제했던 타자들의 존재를 환기시킴으로써 스스로의 정체성을 재구성하게 한다.

"꿍― 아무리 연기 변하듯 하는 세상이기루……"

전에는 먹던 김치 짠지에 진냉국만 끓여 놓고도 부를 만한 이면 나이 없이 부를 수 있었고, 투가리에 우거지 지져 간장 곁에 놓고, 바래기에 시래기 무쳐 장아찌 앞에 올린 상을 받더라도 허물한 적이 없었으나, 시절도 시절 같잖던 것이 어느새 옛말하게 바뀌어 버린 거였다.

사람들은 미역국에 고깃점만 드물어도 눈치 보며 수저를 넣었고, 동태 찌개도 물태로 끓인 게 아니면 쳐다보기를 꺼렸으며, 반드시 울긋불긋한 과일 접시가 보여야만 남을 부르려고 차린 줄로 여겼다.

―「우리 동네 李氏」, 전집 7, p.104.

『관촌수필』이 과거의 공동체적 삶에 대한 아련한 향수에 바탕한다

39) "포스트 콜로니얼한 문학이론은 과거로부터의 해방을 희원하는 단계에서 나타나는 현재의 갈등뿐만 아니라 시간을 공간으로 전환하는 문제를 다루며, 대다수의 포스트 콜로니얼한 문학들이 그러하듯, 미래를 구성하려는 시도를 수행하고 있다. 포스트 콜로니얼한 세계에서는 파괴적인 문화적 충돌의 근간이 되는 각 문화간의 차별성을 동등한 조건으로 인정한다." (Ashcroft, B. etc., 이석호 역, 앞의 책, p.63).
산업화 시대 농촌 공간은 도시와는 이질적인 다양한 문화가 충돌하는 경합의 장이다. 전통적 농촌공동체의 삶과 근대 담론에 지배되는 도시 문화, 그리고 도시 문화에 침윤된 현실적 농촌의 삶 등의 이질적인 문화가 중첩된 이 공간은 단선적인 인식을 지양하고 '겹시선'을 요구한다. 이러한 '겹시선'은 '비동시적인 것의 동시성'으로 표출되는 중첩된 시간성을 복수적인 공시적 공간성으로 전화시킴으로써 근대의 동일성 담론을 탈주한다.

면, 『우리 동네』에서는 과거의 삶이 변모하는 농촌 세태를 보여주는 밑그림이 된다. 이는 『관촌수필』에서 제시한 농촌공동체에 대한 그리움이 지배 이데올로기의 일부로 흡수될 가능성에 대한 각성에서 비롯되는 듯하다. 『우리 동네』에서의 작가적 관심은 사라져 가는 공동체에 대한 향수에 머무르지 않고, 공동체적 세계관을 축출하고 스스로의 가치관을 유지하려는 근대의 허구적 이데올로기에 대한 비판으로 확장되고 있다. 『우리 동네』는 '관촌'이 가졌던 서사시적 총체성이 해체되고, 외면적 인간과 내면적 인간 사이의 분열이 가시화되는 과정을 생생하게 보여준다. 이러한 과정은 거대 서사의 균열을 낳고, 근대 동일성 담론으로 농민의 삶을 통합하려는 선형적 서사 구조를 와해시킨다.

한편, 산업화의 논리와 소비 문화의 침투로 인해 농촌의 인심이나 입맛은 급격하게 변모한다. 「우리 동네 李氏」는 이러한 변모에 주체적·능동적으로 대응하려는 모습을 보여주고 있다는 점에서 주목을 요한다.

그러면서도 그는 뭇사람들과 어겹되어 갯물 민물 없이 함께 후덩거리기는 싫었다. 거탈은 타도난 대로 질그릇일 수밖에 없을망정 속으로는 정신을 차려가며 살고자 했고, 자기의 그런 태도를 남 앞에 내비추고 싶기도 했다. 하지만 마땅한 방법이 없었다. 배움이나 견문마저 남보다 좁아 색다름을 강조해 보려 해도 그럴 건더기가 없던 것이다.

그럼에도 불구하고 그는 틈틈이 연구를 거듭했으며 마침내 한 가지 방법을 짜내기에 이르렀다. 자기의 이씨 성을 리씨로 고친 게 그것이다.

〔…중략…〕 "원래가 오얏리짜닝께, 나는 원래대루 부르겠다 이거라."

그러나 아내와 어린것들에게까지 본심을 감출 수는 없었다.

"늬들이나 늬 어매는 나를 넘들허구 똑같이 치는 모양인디, 나는 원래가 그렇지 않다. 시방 구신이 옆에 있지만, 나는 내 양심 내 정신으루, 내 줏대 내 나름으로 살자는 사람이다. 지금까장 이리 가두 홍, 전주 가두 홍, 허매

살어왔지만 두구 봐라, 아무리 농토백이루 살어두 혈 말은 허매 살테니. 그
렇게 늬들두 오늘버틈은 공책이나 시험지에 이름을 쓸 때두 꼭 리만순 리만
실 이렇게 쓰구, 명찰두 당장에 새루 써 달아라"

—「우리 동네 李氏」, 전집 7, pp.106~107.

이씨는 산업화의 논리에 무비판적으로 따르는 '뭇사람들'과는 다르
게 '내 양심 내 정신으루, 내 줏대 내 나름으로' 살자고 다짐하면서
'이씨 성을 리씨'로 고친다. 원래대로 고치겠다는 것이다. 이는 그에게
주체성을 지키는 일이 된다. 그러나 이러한 의지는 잘 지켜지지 않는
다. 그는 밀주 단속을 나온 단속반원에게 자기는 '저 건너 사는 이씨'
라고 거짓말을 한다. "남과 달리 원리원칙대로 행세해야 올바로 사는
길이라며 손수 갈아달은 문패를 스스로 떼어버린 셈이었다." 이러한
이씨의 모습은 현실과 괴리된 주체성의 허위성을 잘 보여준다. "오늘
만 해도 자고나서 일변 지금까지 남과 다를 것 없는 짓만 골라한 꼴"이
된 것이다. 순수하고 순결한 전통(원칙)은 어디에도 존재하지 않는다.
"세상 풍속이 이미 그쪽으로 기울은 이상, 자기 혼자서만 외면하기도
수월한 일"이 아니기 때문이다.
  이러한 이씨의 모습은 전통적인 원칙을 고수하는 행위와 구체적인
현실 사이의 혼종을 통해서만이 진정한 정체성을 확보할 수 있다는 사
실을 보여준다. '원칙'과 '전통'은 이씨에게 초극과 해체의 대상임과
동시에 저항의 근거이자 전략이 되는 것이다. '원칙'과 '전통'을 고수
하려는 의지는 그 자체만으로는 산업화 논리의 허구성을 비판적으로
인식하는 계기가 될 수 없다. 그것은 그 자체로 현재의 삶에 영향을 끼
치지 않기 때문이다. '원칙'과 '전통'은 부정적 현실에 대한 비판의 기
능을 함축할 때만 현재적 의미를 갖는다.
  실제 이씨는 문패를 바꾸어 단 후, 원리 원칙을 무시하는 정부의 농

경 정책을 강도 높게 비판한다. 이러한 비판은 스스로의 행위를 반성적으로 성찰하는 과정, 즉 현실과 동떨어진 '원칙'과 '전통'의 허구성을 인식하는 과정을 거쳐 주체성을 확립하는 계기를 마련한다. 이씨는 '반동일화의 주체'에서 '비동일화의 주체'로 변모하는 모습을 보여준다.

산업화 시대의 농민은 정부의 농경 정책뿐만 아니라 인접한 주변의 농민들에게도 맞서 자신의 정체성을 확립해야 한다.

> 남의 농사를 얻어 짓지 않으면 양식도 못하던 영세 농민들이 이제는 오히려 대농에게 배메기로 땅뙈기를 내주고 있었다. 없는 집이 있는 집에 땅을 빌려주고 반타작을 하면 그만큼 이로움이 있기 때문이었다. 그것은 영세한 농민일수록 그러하였다. 영농비 뒷갈망이 없는데다 간신히 수확을 하더라도 생산비가 안 나오는 탓이었다. 그러므로 그런 사람들은 스스로 농사지을 만큼 마련이 있는 집에 땅을 맡기고 자기네가 의지할 곳은 나가서 달리 찾으려고 하였다. 아무 끄나불이 없이 한데로 떠돌며 막일을 하더라도, 주저앉아 농토나 지키기보다는 낫다고 치던 것이다. 〔…중략…〕
> 가진 것이 없어 남만큼 설겆이를 못해 주니 노는 기계가 보여도 경비가 커서 못 부르고, 사람과 비료를 제때에 못 대니 같은 땅의 소출이라도 남의 것만 같지 못했다.
>
> —「우리 동네 姜氏」, 전집 7, pp.285~286.

위의 인용문에는 붕괴되는 농촌의 현실이 초기 작품에 비해 구체적이고도 생생하게 드러나 있다. 산업화의 논리가 농촌 현실에까지 침투하면서 농민은 '영세농민'과 '대농'으로 분화된다. 이들의 관계는 전통적인 농촌에서의 지주와 소작인의 관계와는 사뭇 다르다. 영세농민은 생산비도 나오지 않는 농사를 대농에게 맡겨두고 '한데로 떠돌며 막일'을 찾아 나선다. 한줌의 땅을 가지는 것이 소원이었던 과거 소작인들의 모습을 상기했을 때, 자신의 땅을 가진 영세농민들이 스스로 땅을 버린다는 설정은 붕괴되는 농촌의 실태를 적실하게 보여준다.

경제적 요소로 인해 해체되는 농촌의 모습과 더불어 소비 문화의 유입으로 인한 공동체적 문화의 붕괴는 더욱 심각하다. 농촌은 도시 문화가 허구적으로 조작한 과거에 대한 향수(욕망)를 메워줄 대상화된 '타자(the others)'로 존재한다. 이문구의 『우리 동네』는 왜곡된 도시의 소비 문화가 창출한 도시/농촌의 이항대립적 구조를 해체시키고자 하는 투쟁의 장이다. 농민들은 도시인과 철저하게 구분되는 타자이며, 그 경계는 계급이나 인종, 민족의 구분만큼이나 뚜렷하다. 농촌을 소재로 한 무수한 이미지들은 도시의 과거에 대한 향수(욕망)를 구성한다. 도시인의 정체성은 바로 이러한 농민들과의 구분을 통해서 형성되는 것이다. 문제는 대중매체를 통해 재생산되는 농촌에 대한 이미지나 이데올로기가 비단 도시인들뿐만 아니라 농민의 정체성 형성에도 큰 영향을 미친다는 것이다.[40] 이미지 왜곡의 문제 이전에 농민들은 정체감을 갖는 데 필요한 문화적 조건이 도시인에 비해 현저하게 결핍되어 있다. 설상가상으로 농촌은 과장되고 틀에 박힌 왜곡된 이미지로 형상화됨으로써 농민들은 자기 정체성과 관련하여 일종의 콤플렉스를 가질 수밖에 없게 된다. 이러한 콤플렉스는 농민들의 무의식에까지 영향을 미쳐 그들의 삶의 방식 자체를 변모시키기에 이른다. 다음은 도시에서 유입된 소비 문화의 폐해를 잘 보여주는 대목이다.

TV를 들여놓고부터 아이들은 숙제나 간신히 때울 뿐 장난 삼아 책자 한 장 들여다보는 법이 없었고, 전 같으면 저녁 숟갈 놓기 바쁘게 쓰러지고 샛

40) 전규찬, 『포스트 시대의 문화정치』, 커뮤니케이션북스, 1998, pp.84~86 참조.

별 있어 일어나곤 하던 아내마저 연속극에 팔려, 밤이 이슥토록 전기를 닳리며 앉았다가 한나절은 되어야 꿈지럭거렸다. 그것은 온 동네 집집이 그 모양이어서 하루 품을 식전에 절반이나 삶던 엊그제가 아득한 옛날 같았다. 〔…중략…〕 화면에 담기는 풍물들도 이렇게 사는 사람들하곤 아무 관계가 없어 보이기 때문이었다.

—「우리 동네 黃氏-으악새 우는 사연」, 전집 7, pp.46~47.

아내는 밤늦게까지 텔레비전 연속극을 시청하다가 '한나절'이 되어서야 일어난다. 농촌 아낙들의 오전 일과가 사라져 버린 것이다. '화면에 담기는 풍물'들은 농민의 삶을 피폐화시키는 산업화의 논리를 그대로 답습한다. 결국 농민들의 언어는 도시인의 언어를 고스란히 닮아간다. 이렇듯 '테레비'는 농민들에게 '공해'와 같다. 상대적 박탈감을 유발시켜 농촌 문화를 붕괴시키는 요인이 되기 때문이다.

"물건뿐이담유. 내 말이 저기헌 것이, 요새 테레비 한가지만 여겨보라구. 활동사진이구 굿이구 간에 여편네들이 저기헐 게 있다? 자식들이 한 가지나 배울 게 있다? 공해가 벨 것 아닌 겨. 사람 사는 디 이롭잖은 건 죄 공해거든. 일 년 열두 달 테레비 모셔봤자 눈깔에 생혈이나 오르지 소용 있담? 여편네 밤마다 마실 댕기메 넘으 테레비 앞에 턱살 쳐들구 사는 꼴 안보 자구, 숭년 곡석 돈 사가며 들여놓구 인저는 후회가 막급일세. 신문을 보자면 열통이 터지구, 무슨 들어볼 만한 소식이나 옰으까 허구 워쩌다가 틀어보면 네미— 사람이 얼마가 죽구 얼마가 도적질했다는 얘기뿐이지, 연속극인지 급살인지는 늙은이구 밤청이구 몽땅 한 자리에 넜놓구 앉은 디서 허구헌 날 놉 아니면 품앗이구, 홀앗이 아니면 생멕이 천지니, 경향간에 공해버텀 평준화 돼가지구설랑……"

—「우리 동네 黃氏—으악새 우는 사연」, 전집 7, p.76.

'테레비'의 화면이 도시 중심의 획일적 이미지들로 채워지면서, 농촌의 이미지는 상대적으로 줄어든다. 이러한 상태에서 농민들의 이미지가 재현될 경우, 그 '촌스러움'은 왜곡되고 과장된 이미지가 되기 쉽다. 그리하여 '평준화' 취향의 도시인들은 농촌에 대한 기존 신념을 재차 확인하고, 농민들은 왜곡된 자기 이미지에 대해 어색함을 느끼고 기피하는 일종의 자기 혐오적 반응을 보이게 되는 것이다.[41]

이러한 농촌(농민)의 조작된 이미지를 극복하기 위해 이문구는 '낯익게 하기'의 기법[42]을 이용한다. 농촌은 평범한 농민들이 공동체적 삶을 영위하는 일상의 자연으로 구성된다. 대중 매체가 생산하는 전원적이고 목가적인 이미지를 벗겨버리고 그 이면에 생생하게 존재하는 일상 생활의 구체적 경험을 제시하는 것이다. 이를 위해 작가는 근대 동일성 서사의 양식을 변형·전치시킨다. 이러한 작가 의식은 '서구/도시/대중매체'가 제시하는 이미지를 '되받아쓰는 행위'에 해당한다고 할 수 있다.

2) 근대 동일성 서사의 변형과 전치

(1) 연작 형식의 순환성

연작 소설은 여러 편의 독립된 삽화들을 모아 하나의 이야기로 엮어내는 소설 형식이다. 1970년대 중반부터 인간의 삶은 사회적 현실과 동시적으로 파악되며, 그 사회적 관계가 중요시되기 시작했다. 이와 더불어 삶에 대한 총체적인 인식과 탐구는 단편소설이 추구해온 단일

---

41) 전규찬, 위의 책, pp.85~86 참조.
42) 이문구는 산업화의 과정에서 붕괴되는 농촌의 실상을 『우리 동네』를 통해 생생하게 보여준다. 이러한 농촌의 세태는 전원적이고 목가적인 농촌 이미지에 젖어 있는 도시인의 입장에서는 낯설게 느껴지지만, 농촌에서 일상적 삶을 영위하는 농민에게는 낯익은 모습이다. 이렇듯 '낯익게 하기' 기법은 근대화의 과정에서 도시인에 의해 부여된 농촌의 왜곡된 이미지를 농민의 입장에서 전용하려는 작가의식을 반영하고 있다.

성이나 단편성만으로는 충족되기 어렵다는 사실도 인식되기에 이른 다.[43]

이처럼 연작 소설은 산업화 시대에 대응하고자 한 작가의식의 산물 이다. 『관촌수필』 연작은 과거의 기억을 삽화의 형식으로 재현하는 데 주력한다. 각각의 독립된 이야기들이 '관촌'이라는 공간을 향해 결집 되고 있다. 여러 인물에 대한 에피소드는 각각 완결된 형태를 취하면 서도, 서사시의 공간인 '관촌'에 대한 기억(총체성)으로 수렴된다. 이러 한 형식은 사라진 농촌공동체에 대한 아련한 향수를 부분과 전체의 균 형을 통해 형상화하려는 의도를 드러낸다. 이에 『관촌수필』의 연작 형 식은 과거를 향해 있다고 할 수 있다.

반면, 『우리 동네』는 상황과 주제를 반복하면서 총체적인 문제의식 에 도달하도록 하는 기법을 차용하고 있다. 상황과 주제의 단계적인 발전을 찾아볼 수 없는 이 작품의 연작성은 주체적인 자기 발전을 실 현하기 어려운 상황에 처해 있는 오늘의 농촌 현실을 구현하는 데 효 과적으로 기능하고 있다.[44]

이러한 『우리 동네』의 연작 형식은 자본주의 사회의 일상성을 형상화 (낯익게 하기)하는 데 기여한다. 일상적 삶은 "자본주의적 삶의 '변화'를 가장 잘 보여주는 곳이면서 동시에 자본주의의 '변하지 않는 부분'(사회 관계)을 가장 잘 은폐하고 있는 드러내기와 감추기, 자유와 억압의 이중 기제가 작동하고 있는 영역"[45]이다. 연작 소설은 이러한 일상적 삶의 형 식을 반복하면서 체계화를 거부한다.

그러나 동시에 현대적 일상의 삶은 극히 모순적이어서 손쉬운 체계화를

---

43) 권영민, 『한국현대문학사』, 민음사, 1993, pp.329~331 참조.
44) 권영민, 위의 책, p.334 참조.
45) 도정일, 「문화, 이데올로기, 일상의 삶」, 『시인은 숲으로 가지 못한다』, 민음사, 1994, p.292.

거부한다. 일상은 그것이 생산하는 욕구를 충족시킴으로써 만족을 공급하지만 동시에 박탈감과 결핍감을 발생시킨다. 그것은 깊고 모호한 불만, 알수 없는 불안을 끊임없이 공급한다. 이 박탈감, 결핍의식, 불만 때문에 일상은 지금의 현실과는 다른 어떤 것, 지금의 삶과는 다른 어떤 삶의 가능성에 대한 그리움과 열망을 탄생시킨다. 일상의 반복성조차도 그 속에 '차이'의 요소를 지니고 있다. 장막과도 같이 일상은 감추면서 드러낸다. 불만을 감추면서 동시에 드러내고, 만족을 보여주면서 동시에 박탈을 드러낸다. 이점에서 일상의 이 모순성은 무엇보다도 자본주의 세계의 변한 것과 변하지 않는 것을 그 모호성 속에 드러내고 감추는 영역이며, 변하지 않은 현실과 변화에 대한 갈망을 동시에 지니고 있는 공간이다. 그러므로 거기에는 현실/가능성/불가능성이라는 삼각구조적 분석이 적용될 수 있고 긍정/부정/변화라는 변증법적 운동이 일어날 수 있는 장소이다. 거기에는 변화를 향한 가능성이 배태되어 있고 이 가능성 때문에 현대적 일상은 자본주의적 생산관계에 철저히 장악되어 있으면서도 그 식민상태를 깨고 나갈 수 있는 잠재력을 내포하고 있다.[46]

근대적 삶의 일상을 반복하면서 '변화에 대한 갈망'을 보여주는 연작 형식은 전근대적 요소와의 만남을 통해 근대의 동일성 담론을 이탈한다. 연작 형식은 근대 서사의 선조적 시간성[47]을 거부한다. 연작 형식의 순환성은 전통 서사의 순환적 시간관에 대응된다. 이문구의 『우리 동네』는 근대의 시계적 시간을 상대화하고 '천체의 순환적 운동에서 발견되는 리듬'인 '순환적이고 반복적인 시간'을 기억한다. 근대 동일성 담론을 반복하면서 그 바깥으로 이탈하려는 역동적 힘은 근대의 선조적 시간성을 구부리는 순환적 시간성의 에너지에서 분출된다.

---

46) 도정일, 위의 책, pp.309~310.

"내가 헐라는 말은 저기여. 벨것이 아니라, 하늘을 쳐다보구 땅만 믿구 사는 우리찌리는 여전히 경우가 있구, 이웃도 있구, 우정두 있구, 이런 것 저런 것 다 분별이 있는디, 직업이 사람을 상대루 허는 직업은 우리가 마소나 들풀이나 돌멩이 같은 다른 저기들과 다름읎이 뵈는 모양여. 우리가 있음으로 해서 각기 직업두 생긴 겐디, 그 직업을 한번 붙잡았다 허면 우선 인심부터 내버리구 저기허더란 말여. 직업을 권세루 알기루 말헐 것 같으면 하늘을 입구 흙을 먹는 우리네 위에 올러슬 것이 읎을 텐디두…… 그러나 우리를 업신여긴 것치구 오래 안 가데. 나는 배움이 읎어서 지난 역사를 저기헐 수는 읎지만 아마 사람 위에 올러스려구 버둥댄 것치구 저기헌 적이 읎을 겨. 그랬으니께 오늘날에 우리가 있는 게구, 우리는 또 자식들이 사는 걸 저기허면서 저기허는 게구……"

—「우리 동네 黃氏—으악새 우는 사연」, 전집 7, p.87.

'하늘을 쳐다보구 땅만 믿구 사는' 농민들의 생활습관과 체험에 바탕한 순환적인 시간성은 연작 형식의 순환성과 맞물리면서 '하늘을 입구 흙을 먹'고 사는 농민들 위에 군림하는 '사람을 상대루 하는 직업'이 판치는 근대의 일상적 삶이 은폐한 '깊고 모호한 불만, 알 수 없는 불안'을 끊임없이 재현한다. 농민들의 불만이나 불안은 비록 '저기', '저기들', '저기허더란', '저기헐', '저기헌', '저기허면서 저기허는' 등

---

47) 근대 동일성 서사의 선조적 시간성은 근대의 선형적 시간 의식에 바탕하고 있다. "근대의 시간이 시계의 발전과 보급을 통해 형성되었다는 것은 널리 알려진 사실이다. 〔…중략…〕 시계의 보급은 시간에 대한 관념을 크게 변형시킨다. 고대에 시간은 천체의 순환적 운동에서 발견되는 리듬이었고, 따라서 순환적이고 반복적인 시간 개념을 갖고 있었다. 기독교는 이러한 시간 개념을 바꾸어 놓았는데, 최후의 심판이라는 종말을 설정한 이상 이제 시간은 더 이상 순환적일 수 없었고, 분명한 종말을 갖는 만큼 시작도 갖는 선형적 시간으로 바뀌었다. 하지만 그것은 종교적 시간이기에 시간의 각 부분은 결코 동질적이지 않았다. 시계는 이러한 직선적인 시간을 무한히 등분될 수 있는 것으로 만들었고, 그 결과 각각의 등분된 시간은 원판 사이의 숫자 간 거리로 표시되는 동질적 양이 되었다."(이진경, 『근대적 시·공간의 탄생』, 푸른숲, 1997, pp.47~48)

의 추상적인 지시어로 표출되고 있지만, 이러한 농민들의 항변은 근대 서사의 선조적 시간성을 변형·전치시키며 순환적이고 반복적인 시간성의 소중함을 환기하는 데 기여한다.

(2) 교감과 관계의 언어

'타자성'이란 서구 중심의 문화에 의해 표상될 수 없는 것들에 부여된 속성을 말한다. 이러한 타자성의 공간은 근대 동일성 담론의 제도와 규약의 내부에 있으면서도 이에 동화될 수 없는 공간, 즉 근대와 그 반성 능력을 심의할 수 있는 공간을 가시화한다. 그럼으로써 '타자'의 배제를 통해 스스로의 정체성을 확립한 근대의 이항 대립 체계를 해체하는데 기여한다.

'타자'란 무엇인가, 그것은 어떤 담론과 제도적 실천의 작용을 통해서 날조되는가, 또한 '타자'와의 관계의존성 속에서 구축되는 이데올로기란 무엇인가. [···중략···] 그것은 구체적으로 말해서 제국 중심적인 문화의 표상과 주변적이고 탈중심적인 문화의 표상 사이의 관계를 묻는 것이다.[48]

이문구의 『우리 동네』는 서구 문화(소비 문화)와 전통 문화 사이의 관계를 '타자성'의 개념을 통해 심문한다. 『우리 동네』는 농촌 내부에 이질적인 문화가 침투함으로써 농촌공동체가 해체되는 과정을 구체적으로 형상화하고 있다. 농촌공동체가 해체되는 과정에 대한 형상화는 박제화된 전통 문화를 해체하는 작업과 서구 중심의 산업화를 통해 확산되는 소비 문화를 비판하는 작업을 동시에 요구한다. 즉, 『우리 동네』는 농민의 시선으로 전통 공동체의 문화와 서구 문화를 동시에 해체함

---

48) 姜尚中, 이경덕·임성모 역, 앞의 책, p.14.

으로써 농민들이 타자성의 주체로 거듭나는 과정을 보여준다.

　그렇지만 장은 걱정을 깊게 하지 않았다. 무릇 묵은 집을 헐고 새집을 짓기에 즈음하여 반드시 겪지 않으면 안 될 것이 한차례 몸살일진대, 비록 땅을 가져간 돈일지언정 이십 년씩 삼십 년씩 핍박하던 가난의 횡포가 모처럼 눅으면서 돈맛을 가르친 것이 사실이고 보면, 잠시 사개가 헐거워진 듯한 정도는 당연한 생리로 여김이 마땅하겠단 것이다. 그것이 작은 흠집을 덧내어 아침내 오래가는 흉터로 남게 하지 않을 슬기이며, 아낙네로 하여금 참고 삼가는 본성을 되살리도록 거들어 스스로 분수를 알게 하는 가장 무던한 방법이요 요령이 아닐까 싶었다. 슬기어매를 팔아가며 온천에 다녀오마고 아내가 식전부터 여탐을 할 때, 그녀의 직성이 풀리도록 하는 대로 하게 장이 눈감아준 것도 같은 생각에서였다.

―「우리 동네 張氏」, 전집 7, p.339.

　"온천장호텔은 워디 두구 여기 계셨어? 모셔다 주겠다는 자가용이 옳었구면?"

　장의 삐진 말에도 아내는 커피잔에 설탕을 퍼붓느라고 다른 정신이 없고, 대신 슬기어매가 웃으며 대꾸했다.

　"갈까말까 허다가 슬퍼지려구 해서 집어쳤이유. 이이나 내나 온천물 백날 뒤집어써봤자 농사꾼 여편네 땟물 빠질 것두 아니구…… 천동옥에 가서서 즘심이나 사셔유. 결혼식 구경 대신 양요리 관광이나 허구 집에 들어가기루 합의했으니께유."

　"그러구 보니 슬기엄니두 많이 근대화되셨네유."

　하고 장은 껄껄 웃었다.

―「우리 동네 張氏」, 전집 7, p.343.

「우리 동네 張氏」는 서구 중심의 근대화로 인해 변모하는 농촌/농민의 모습을 구체적으로 형상화하고 있는 작품이다. 농민들과 무관한 개발은 천동읍내를 술렁거리게 한다. '사십만평짜리 공업단지'가 들어선다는 소문은 땅값을 치솟게 한다. 이에 '복덕방은 사흘에 하나 꼴로 늘어 어느덧 마흔일곱 군데나 헤아리게 되었다.' 이러한 농촌의 변모를 장씨는 '묵은 집을 헐고 새집을 짓기에 즈음하여 반드시 겪지 않으면 안 될' '한차례 몸살'에 비유한다. '비록 땅을 가져간 돈일지언정 이십 년씩 삼십 년씩 핍박하던 가난의 횡포가 모처럼 눅으면서 돈맛을 가르친 것'이 사실이기 때문이다. '소'와 같이 일해도 벗어나기 힘든 '족보 있는 가난'에서 농민들을 일시적으로 해방시켜 주었기 때문이다. 이러한 장씨의 여유에는 '못자리에 던진 볍씨가 뒤주 것이 되려면' '여든 여덟 번이나 손이 가야' 하는 농사 짓기의 어려움을 포용하는 따스함이 배어 있다. 이는 농사 자체를 거부하는 태도가 아니라 재래적 농사, 즉 가난을 재생산하던 과거의 농사 방식을 벗어나려는 의지의 표현이라는 점에서 박제화된 전통 해체의 일환이라 할 수 있다. 그가 농민들과 무관한 근대화의 물결에 휩쓸리는 아내나 '슬기어매'의 모습을 이해하게 되는 것도 이와 무관하지 않다. 이러한 장씨의 모습은 '온천물 백날 뒤집어써봤자 농사꾼 여편네 땟물 빠질 것두' 아니라는 '슬기어매'의 각성을 가져오게 한다. '결혼식 구경 대신 양요리 관광이나 허구 집에 들어가기루 합의' 했다는 '슬기어매'의 말은 서구 중심의 근대화 기획을 주체적으로 전용하는 태도라 할 수 있다. 이러한 '장씨'와 '아내/슬기어매'의 소통은 전통과 서구의 이항대립 체계를 형성하지 않고, 오히려 그것을 무화시키는 방향으로 진행됨으로써 주체적인 정체성 형성 과정을 보여준다.

『관촌수필』의 경우처럼 사라져버린 유토피아적 공간을 재현하는 것이 이상화될 때, 서구 중심의 근대화 기획이 창출한 이분법적 세계관이 역전된 형태로 재생될 위험이 있다.[49] 그러나 이문구의『우리 동네』는 서구의 근대화 기획이 강요하는 문화와 이 문화에 의해 주변화된 문화의 동시적 전용을 통해 우리 문화의 정체성을 탐색하고 있다는 점에서 이를 넘어선다.『우리 동네』는 서구 문화와 전통 문화 사이를 가로지르며 상호 침투하는 문화 영역에 관심을 갖는다. 이를 포착하려는 '겹시선'이『우리 동네』를 관통하고 있다. 전통 문화(이질성)는 과거에서 현재로 이동함으로써 서구적 의미의 근대를 상대화하는 더욱 강력한 힘을 얻는다. 더 나아가 전통 문화는 서구의 문화와 혼종되면서 새로운 문화를 지향한다. 이는 전근대적 초월성을 넘어서는 동시에 근대의 부정적 측면을 해체하는 작업의 연장이며, 신화화된 농촌공동체를 구체적 역사 내에 다시 위치지으려는 작업의 일환이다. 이처럼『우리 동네』의 문제의식은 과거에서 벗어나 지금 바로 이곳의 현실에서 시작하자는 것이다.

농촌 공동체의 삶이 근대 언어(담론)에 의해 희미하게 지워졌다고 한다면, 그 흔적을 포착하고 현재적으로 되살리는 일이야말로 그 삶이 가진 생동감과 잠재력을 확인하는 길이 된다. 이문구는 생활사(일상사)의 흔적을 완전히 지워버리는 강력한 분리성, 명료함에 대항한다.『우리 동네』에서는 일상 생활에 눈을 돌리면서 서구적 근대화 기획의 폐해에 주목하고 있다.『관촌수필』에서는 공동체적 삶의 양식이 경험화자에 의해 구현됨으로써 과거의 영역에 머물며, 현재와의 직접적 소통의 길을 마련하지 못하였다. 그러나『우리 동네』에서는 동시대를 살아가는 농민들에 의해 공동체적 삶의 양식이 표출됨으로써 현재진행형

---

49) 이러한 위험은 민족의 형성에서 과거의 복원이 가진 이중적 의미를 탐색한 고부응의 논의와 연결된다. 그에 의하면 과거의 재현은 제국주의와 같은 외부의 위협에 대해 그 해당 민족의 정체성을 확인하고 존재 의의를 주장하는 것이기도 하지만, 그렇게 복원되는 전통문화가 지배 계층의 가치를 옹호하는 것이 되었을 때, 주변부에 위치하는 집단의 정체성을 오히려 억압하는 작용을 할 수도 있다는 것이다(고부응,「문화와 민족 정체성」,『비평과 이론』, 2000년 가을 · 겨울, p.111 참조).

이 된다. 생활사의 공간에서 과거는 현재와 소통된다. 생활사의 영역은 서구의 동일성 서사를 변형·전치시키고자 하는 작가의 의지가 반영된 공간이다. 이 공간에서 왜곡된 근대화에 소외되고 타자화된 농민들의 삶이 생생하게 되살아난다. 이러한 생활사의 공간을 탐색하는 작업은 서구 중심의 근대화에 대한 타자성으로 기능함으로써 근대의 동일성 서사가 해결할 수 없는 아포리아를 환기하는 방향으로 나아간다.

이러한 일상의 생생한 재현은 '전통적 언어의식'에 대한 탐색을 통해 성취된다. 이는 '낯익게 하기' 기법의 일종인데, 이를 통해 농촌은 평범한 농민들이 공동체적 삶을 영위하는 정다우면서도 두려운 일상의 자연으로 재구성된다. 전통적 언어의식에 대한 탐색은 근대 담론의 억압적 잔영과 이를 일탈하는 타자(농민/전통)들의 흔적을 동시에 포착하려는 의도를 담고 있다. 이를 바탕으로 재현된 농촌의 모습은 근대 이후 강화된 매개적 언어관과 의미 중심주의의 한계를 드러내는 계기를 마련한다.

우리의 전통적 언어 의식 속에선, 현장 의식과 서사 의식 사이에서 언어는 양측에 걸쳐져 있다. 그것은 근본적으로 한글이 지닌 표음성에서 기인한다. 그 표음성이 우세한 언어 의식 속에선 표음성이 현장성을 이끌고, 이런 표음적 현장성을 바탕으로 그 현실 정황을 서사(敍事)한다. 그 현장성과 서사성 사이의 '걸쳐짐' 때문에 '전통적 언어'는 정황과 의식 사이를 넘나들며 참여한다. '전통 언어'는 정황과 언어 의식 사이의 막으로 기능하지 않는다. 만약 전통 언어가 정황과 의식 사이의 막이라 한다면, 그 막은 아주 불완전한, 구멍이 숭숭 뚫린 막이다. 막의 언어 의식으로는, 즉 저 계몽적이고 합리주의적 '매개'의 언어 의식으로는, 정황과 의식, 주관과 객관 사이의 '넘나듦'('교환' 혹은 '교감' !)을 수용하지 못한다.[50]

임우기는 현장 의식과 서사 의식, 정황과 의식 사이의 '넘나듦'이 가
능한 것은 "정황이 문장의 주어"[51]를 이루기 때문이라고 보았다. 정황
은 현실이나 작가를 반영하거나 매개하는 것이 아니라, 그 자체가 살
아 있는 생명체라는 것이다. 이 경우 언어가 정황을 반영하는 것이 아
니라, 정황 자체가 역동적 에너지를 분출하며 말을 유발시킨 것이다.
정황이 주어 역할을 하는 것이므로, 문법상의 주어는 생략될 수 있고,
또한 주어는 정황에 따라 자유로이 바뀔 수 있다. 그리고 의미상의 주
어로서의 정황과 작가 사이의 교감에 치중하기 때문에 이른바 풍부한
토속어(방언)와 투박한 (긴 호흡의) 구어체가 더욱 정황과 교감에 핍진
한 문체가 된다. 이러한 이문구 문체의 특질은 시점의 전횡을 비껴가
면서 서구적 소설관(이분법적 세계관)과는 다른 차원의 세계관과 문학
관을 표현한다.[52]

　이러한 임우기의 관점을 적극적으로 수용하면서 몇 가지 문제점을
지적해 보면 다음과 같다. 먼저 임우기는 『관촌수필』을 분석하면서 위
의 결론을 이끌어내고 있는데, 『관촌수필』에서 재현된 과거의 정황은
그 자체에 머물면서 현재와 소통할 직접적 통로를 마련하고 있지 않
다. 물론 과거의 정황을 재현하려는 의도로서의 '교감과 관계의 소설

---

50) 임우기, 「'매개'의 문법에서 '교감'의 문법으로」, 『그늘에 대하여』, 강, 1996, pp.177~178.
51) 이는 음성 언어로서의 한글을 전제로 한 것이다. 개화기의 예를 들어보면, 한자와 한글이 표의
　　(表意)와 표음(表音)이라는 대립 속에서 생각되었던 당시, 음성을 그대로 기록하는 것은 표음
　　문자인 한글이 맡아야 하는 일이었다. 서술자가 정리해 놓은 내용은 국한문체로 쓸 수 있다고
　　해도, 현실의 생생한 목소리를 담아내는 일은 국문체만이 할 수 있었다. 한글이 자국의 언어이
　　자 표음 문자로서 의연하게 버티고 있는 이상, 음성을 재현하는 데 한자를 동원할 필요는 없었
　　다.
　　언어로써 현실을 보여줄 수 있다는 생각은 환상에 지나지 않는다. 언어의 작용은 모방이 아니
　　라 의미화이고, 따라서 언어로 구성되는 서사 역시 기껏해야 모방이라는 환상을 심어줄 수 있
　　을 뿐이다. 그러나 언어로 언어를 전달할 때에는 있는 그대로의 재현이 가능할 수 있다. 현실을
　　모방한다는 언어의 기능이 최대로 발휘된 경우는 대화를 직접 인용할 때이다. 이와 함께 언어
　　의 표음성을 강조하는 경우 또한 정황을 재현하는 한 예가 된다(권보드래, 앞의 책,
　　pp.169~175 참조).
52) 임우기, 앞의 책, pp.186~187 참조.53) 정화열, 박현모 역, 『몸의 정치』, 민음사, 1999, p.235
　　참조.

관'이라는 분석도 가능하겠지만, 현재와 과거 사이의 명확한 관계 설정을 바탕으로 『관촌수필』의 문체를 분석하는 것이 보다 적절할 것이다. 이와 관련하여 임우기의 논의는 『우리 동네』를 분석하는 데 더 적합하다. '관촌'에 대한 재현의 차원을 넘어 『우리 동네』는 당시의 농촌 현실을 현재진행형으로 다루고 있는 작품이다. 『우리 동네』는 『관촌수필』에서처럼 '현장 의식'과 '서사 의식' 사이의 거리(이는 과거와 현재, 경험화자와 서술화자 사이의 거리로 나타난다)를 상정하지 않고 정황과 작가 사이의 직접적 교감을 보여주고 있기 때문이다.

『관촌수필』에서의 '관촌'은 화자의 고향이다. 이러한 연유로 『관촌수필』은 구체적이고 생동감 넘치는 농촌공동체의 삶을 효과적으로 형상화할 수 있었다. 이에 비해 『우리 동네』의 '우리 동네'는 동시대의 보편적인 농촌의 모습으로 드러난다. 이는 개인적 체험에 바탕한 '관촌'이 동시대 집단적 농민의 터전으로 확산되는 모습을 반영한다. 또한 『관촌수필』은 화자의 과거에 대한 기억의 복원, 즉 사실 재현으로서의 '수필' 양식을 차용하였지만, 『우리 동네』 연작은 허구로서의 소설 형식을 취한다. 이는 『관촌수필』의 화자가 성장하여 소설가가 된 전기적 사실과 '농민'이 된 작중 현실 사이의 거리감을 보여준다. 따라서 '과거→현재', '통시적→공시적', '사실→허구', '수필→소설' 등의 변모는 근대의 동일성 서사를 상대화하고 공동체적 삶의 양식을 현재적으로 부활시키려는 작가의 의도를 드러낸다.

『관촌수필』이 기억에 의존해 "같은 구멍을 깊이 깊이 파고만 들던 수직적 사유"의 모습을 보여주었다면, 『우리 동네』는 "횡단적 연계성의 측면적 사유"의 형식을 표출한다. 이러한 공시성의 사유는 보편성(동일성)의 미궁에서 벗어나고자 하는 의도를 담고 있다.[53]

---

53) 정화열, 박현모 역, 『몸의 정치』, 민음사, 1999, p.235 참조

이렇듯, 『우리 동네』는 토속어와 한자어, 그리고 속담과 생활지식을 재조직하여 그 의미를 지금 현재의 것으로 되살려내고 있다. 이 작품은 우리 고유의 삶의 체험을 과거의 것이 아닌 오늘날의 것으로 담아내고 농민들의 정서와 감각을 현재적으로 탁월하게 형상화한 작품[54]이라는 점에서 『관촌수필』의 문제의식을 넘어선다.

3) 전통 문화와 서구 문화의 혼종

『우리 동네』에서 전통 문화와 서구 문화는 스스로가 가지고 있는 구체적이고 특수한 성격을 유지하면서, 각자의 내부와 외부에 존재하는 잉여인 '타자성'을 통해 대화적 관계를 유지한다. 이러한 대화적 관계는 자신의 정체성만을 고집하려는 주체, 특히 의식과 육체, 이론과 삶 등을 독백적 이미지로 봉합하려는 근대 언어의 이분법적 구조를 전복시키고, 이에 억눌렸던 다양한 목소리들을 회복시킨다.

중세적 사회 체계를 재생산하는 초월적 기표가 신과 연관된 유교 이념 (충, 효, 열)이라면, 근대 사회를 지배하는 초월적 기표는 화폐(자본)와 이성(도구적 이성)이다. 그런데 화폐와 이성은 유교 이념과는 달리 질적인 가치(충, 효, 열)를 만들지 못하고 양적인 가치를 증식시킬 수 있을 뿐이다. (중략) 이처럼 양적인(그리고 형식적인) 가치에 의해서 통제되는 사회 체계는 그 양적인 가치 증식(그리고 체계화)이 끝없이 확장되어야만 반복 재생산될 수 있다. 자본주의와 합리주의가 안정된 체계를 이루지 못하고 끊임없이 미끄러지는 운동 과정 속에서만 자기 자신을 유지할 수 있는 것은 그 때문이다.[55]

---

54) 전정구, 앞의 책, p.430 참조.

근대 동일성 담론의 불안정성은 '질적인 시간/시계의 시간, 망각의 시간/기억의 시간, 사투리와 개인 언어/언문일치와 표준어' 등의 긴장에서 기원한다. 이러한 대립항의 뒤의 항목을 반복하는 동시에 그로부터 이탈하는 앞의 항목을 활성화하는 것이 삶의 공간에서의 서사이다.[56] 이러한 운동 과정을 통해 근대 서사의 전근대적 요소는 자본주의의 이데올로기에 이질성(차이)으로 작용하며 탈영토화를 지향한다.『우리 동네』에서 드러나는 전근대적 요소는 이러한 점에서 『관촌수필』과 구분된다.『관촌수필』에서는 상대적으로 전자의 항목이 우세하였다. 이는 '관촌'으로 대변되는 '서사시의 시대'에 대한 그리움이 작품의 주된 정서를 이루었기 때문이었다. 이는 근대의 동일성 담론 바깥에서 우리의 현실을 바라보려는 의도의 소산이다. 그러나 『우리 동네』는 근대의 동일성 담론을 반복하면서 이를 벗어나려는 의지를 표출한다. 농촌공동체의 삶의 양식과 서구적 문화양식이 뒤섞임으로써 동시대 농촌의 삶은 주체적으로 전유된다. 이러한 전통 문화와 서구 문화가 부딪치는 제3의 공간이 바로 '우리 동네'인 것이다. 이는 이질적인 언어와 사고를 지닌 농민들의 담론이 근대 담론과 충돌하면서 서로의 경계선을 무너뜨리게 만드는 공간이기도 하다. 이러한 경계선의 공간은 근대의 매개적 언어관을 거부하며, 고정되고 초월적인 의미 작용을 무화시키고, 문명(도시)과 야만(농촌)의 이분법을 혼란에 빠뜨린다.

"노래 제목 하나는 제소리 나게 붙였네. 징글징글헌 늠의 징글벨……"
—「우리 동네 李氏」, 전집 7, p.91.

---

55) 나병철, 앞의 책, p.80.
56) 나병철, 위의 책, pp.81~83 참조.

위의 인용문은 서구의 언어를 우리의 말로 전용하는 예를 보여주고 있다. 징글벨이 '징글징글한 늠의 징글벨'로 인식됨으로써 무분별하게 수용되는 서구 문화에 대한 '타자성'을 획득하고 있다. 이러한 서구 문화에 대한 전용은 한글과 영어의 경계를 가로지르는 공간을 창출한다. 이 공간은 화자에게 그 소유권이 귀속되지 않고, 화자와 청자가 함께 공유하고 있는 사회적 조건들을 중층적으로 그리고 구성적으로 보여주는 예이다.[57]

"나 봐— 진모랭이루 솔나방 저기허러 오란디야. 저기허구 저기나 좀 챙겨."

〔… 중략 …〕

"네밋— 그 속에 더진 니미가 살어오네. 늬 할애비가 저기허네? 낮에는 더워 더워 허메 꼼짝 않구, 밤에는 테레비 서방 삼어 저기허구…… 내 이 집안 망헐 늠의 것 당장 저기허구 만다……"

—「우리 동네 黃氏—으악새 우는 사연」, 전집 7, p.46.

명료하고 분석적이며 논리적인 근대 언어의 속성이 위의 인용문에서는 '저기'라는 추상적인 지시어의 반복을 통해 전용된다. 이는 근대 언어의 문법에서 소외된 농민들의 일상적 삶을 회복하려는 의지의 일환이며, 또한 근대의 규율을 강요하는 구심적 언어에 대한 저항이기도 하다. 근대 이성을 대변하는 재현으로서의 언어 의식이, 추상적인 지시어로서도 충분한 의사소통이 가능하다는 점에 의해 전복되는 것이

---

57) 이 점에서 이문구의 소설은, 언어가 발화자의 내면의식에 귀속되는 것이라고 생각한 '개인주의적 주관주의자'들을 비판하고, 동시에 '언어는 발화자 개인을 떠나 이미 선험적으로 구조화된 실체'라고 생각했던 '추상적 객관주의자'들과 맞서, 언어야말로 '언어활동의 현실 가운데 존재하는 것'이며, 그것은 '하나의 발화 혹은 여러 발화들 속에서 수행된 언어적 상호작용'의 '사회적 사건'임을 일깨우기에 주력했던 바흐친의 언어관에 가장 부합하는 작품들이라고 할 수 있다(한수영, 앞의 책, p.362 참조).

다. 여기에서 구심적 언어의 위력에 저항하는 비공식적 언어의 원심력이 드러난다.

"그런디 교육에 들어가기 전에 지가 특별히 부탁을 드리겠습니다. 제발 퇴비 좀 부지런히 해달라 이겝니다. 위떤 동네를 가볼래두 장터만 벗어났다 허면, 질바닥으 풀에 걸려 댕길 수가 읎는 실정이더라 이 얘깁니다. 아마 여러분들두 느끼셨을 중 알구 있읍니다마는, 풀에 깸겨서 자즌거가 안 나가구 오도바이가 뒤루 가는 헹편이더라 이겝니다. 풀 버서 남 줘유? 퇴비 허면 누구 농사가 잘 되느냐 이 얘깁니다. 식전 저녁으로 두 짐쓱만 벼유. 그런디 저기, 저 구석은 뭣 땜이 일어났다 앉었다 허메 방정떠는 겨? 왜 왔다리갔다리 허구 떠드는 겨? 꼭 젊은 사람들이 말을 안 탄단 말여. 야 — 저런 싸가지 읎는 늠의 색긔…… 야늠아 말이 말 같잖여? 너만 덥네? 저늠으 색긔…… 즤애비는 저기 즘잖게 앉어 있는디 자식을 저 지랄을 혀. 이중에는 동기간이나 당내간은 물론이고 한집에서 듯쓱 싯쓱 부자지간이 교육을 받으러 나오신 분두 즉잖은 줄로 알구 있읍니다마는, 웬제구 볼 것 같으면 아버지나 윗으른은 즘잖게 시키는 대루 들으시는디, 그 자제들은 당최 말을 안타구 속을 쎅이더라 이겝니다. 교육 중에 자리 이사 댕기구, 간첩모냥 쑥떡거리고…… 야늠아, 너 시방 워디서 담배 피는 겨? 너는 또 워디 가네? 저늠의 색긔들…… 그래두 안 껴? 건방진 늠 같으니라구. 너 깨금말 양시환씨 아들이지? 올 봄에 고등핵교 졸읍헌 늠 아녀? 너지? 건방머리 시여터진 늠 같으니라구."

부면장이 한바탕 들었다 놓은 뒤에야 겨우 뭘 좀 하는 곳 같아졌다. 부면장이 얼굴을 가다듬으며 말했다.

"사실은 이 시간이 교육 시간입니다마는, 가만히 앉어서 자리 흐틀지 말구 담배들이나 피셔유. 지 자신이 교육에 대비하여 학습해둔 게 있는 것두 아니구 해서 베랑 헐 말두 읎습니다. 또 솔직히 말해서 지가 예서 뭬라구 떠들어봤자 머릿속에 담구 기억허실 분두 읎을 줄로 알구 있습니다. 그냥 앉어서 죄용히 담배나 피시며 시간을 채우시도록 허서유. 그런디 퇴비들을 쌓실 때는 몇가지 유의를 해주시라 이겝니다. 위에서 누가 원제 와서 보자구 헐는지 알 수 읎으닝께, 퇴비장 앞에는 반드시 패찰과 척봉(尺棒)을 꽂으시구, 지붕 개량허구 남은 썩은 새나 그타 여러 가지 찌그레기루 쌓신 분들은 흔해터진 풀좀 벼다가 이쁘고 날씬하게 미장을 해주서유. 정월 보름날 투가리에 시래기 무쳐 담듯 허지 마시구, 혼인 때 쓸 두붓모처럼 깨끗하게 쌓주시라 이겝니다. 퇴비가 일 핵타(18ha)당 몇키로(kg) 이상이라는 것은 잘들 아시구 기실 중 믿습니다마는, 아무쪼록 식전에 두 짐 저녁에 두 짐쓱, 반드시 비시도록 당부하는 것입니다."

그때 김은, 퇴비는 지저분할수록 거름이 짙다는 생각을 하고 있었으나, 입 밖으로는 무심히

"모냥내구 있네, 몇 평이 일 핵타른지 워치기 알어."

〔…중략…〕

"일 핵타는 삼천 평입니다. 앞으루는 이백 평이니 말가웃지기니 허구 전근대적인 단위는 사용을 삼가주셔야 되겄다 — 이겝니다."

말허리를 끊으며 김이 말했다.

"이 바닥에 핵타르를 기본 단위로 말할 만치 땅 너른 사람이 몇이나 되느냐 이게유."

부면장은 들은 척도 않고 하던 말을 계속했다.

"에, 날두 더운디, 지루허시드래두 자리 흐트리지 마시구 담배나 피시며 시서유. 저 놀미 사는 높은 양반두 승질 구만 부리시구 편히 쉬서유. 미안헙니다."

그러자 박수가 쏟아져 나왔다. 김은 그 박수의 임자가 자리라고 믿으며 속으로 웃었다.

— 「우리 동네 金氏」, 전집 7, pp.38~41.

길게 인용한 대목은 부면장 '신을종'이 민방위 교육 시간에 농민을 상대로 퇴비 쌓기를 설득하고 강요하는 장면이다. 부면장의 연설은 공적 언어(존칭)와 사적 언어(비속어)가 뒤섞여 있다. 공적 언어는 농민들에게 위계 질서를 강요하는 데 기여하고 있으며, 사적 언어는 스스로의 감정을 직설적으로 표출하는 데 사용된다. 존칭은 퇴비 쌓기를 강요하는 대목에서 사용되고, 욕설이 섞인 반말은 자신의 연설에 집중하지 않는 젊은이들을 꾸짖는 장면에서 사용된다. 이러한 공적 담화와 사적 담화가 교차하는 곳에서 '신을종'의 모순된 성격이 폭로된다. 부면장은 '교육전에 한말씀 드리겠습니다'라는 말을 두 번이나 반복함으로써 퇴비 강요가 민방위 교육이라는 상황논리와 무관함을 스스로 인정하고 있다. 따라서 퇴비 쌓기 강요는 교육과는 무관한 사적인 담화가 되는 것이다. 심지어 부면장은 '가만히 앉아서 자리 흐틀지 말구 담배들이나 피셔유'라고 말함으로써 민방위 교육이 '시간때우기'에 다름 아니라는 사실을 시인한다. 부면장의 연설은 공식적인 담화와 사적인 담화 사이에서 일관성을 결여하고 있다.[58]

부면장의 사적 언어는 자리를 옮겨 다니거나 담배를 피는 젊은이들에게 사용된다. 이들을 꾸짖는 부면장의 논리는 '저런 싸가지 없는 늠의 색기'나 '건방진 늠 같으니라구'에서 드러나듯 버릇이 없다는 식이다. 어른 앞에서 함부로 행동한다는 사실에 분노하고 있는 것이다. 심

---

58) 이러한 '신을종'의 일관적이지 못한 담화의 의미를 한수영은 날카롭게 지적하고 있다. 그에 의하면, 이러한 담화 층위의 비일관성은 그를 지배하고 있는 이데올로기의 불연속성 때문이다. 그의 발화는 표면적으로 국가권력에 의지하고 있지만, 다급한 경우에는 국가권력 대 국민이라는, '민방위 교육' 공간이 전제하고 있는 언어적 맥락보다도, 연장자(年長者) 대 연소자(年少者)라는 전통적이고 봉건적인 인간 관계에 의존한다는 점을 보여준다. 신을종의 이 담화는, 그의 정체성, 즉 민방위 교육장의 마이크 앞에 서 있는 국가 권력의 집행자라는 담화자로서의 '정체성'이 고정적이고 안정된 것이 아니며, 연령적 질서라는 봉건적 유습과, 익명성이 전혀 보장되지 않는 전통적인 농촌 사회의 공동체적 특성에 더 깊이 의존하고 있음을 폭로한다. 이러한 신을종의 일탈과 혼란은, 그 자신 반농반관(半農半官)이라는 사회적 존재의 이중성으로부터 비롯되는 혼란과, 국가권력에 의한 제도의 합법적 집행자라는 근대적 시민사회의 관료의식과, 전형적인 농경사회의 봉건적 예절 이데올로기 사이에서 방황하고 있기 때문에 나타난 것이다(한수영, 위의 책, pp.370~371 참조).

지어 그는 가정 교육의 중요성까지 강조하고 있다. 이는 연령에 따른 위계를 중시하는 봉건적 유습을 희화화하는 기능을 한다. 공적인 자리에서 이러한 욕설을 사용하는 것은 스스로의 위신 없음을 자인하는 행위이기 때문이다. 이러한 비공식적인 언어는 봉건적 관습을 희화화한다는 점에서 전통 담론을 해체하는 데 일조하고 있으며, 공식적인 담화의 허구성을 폭로하고 있다는 점에서는 권위적인 체계와 담론을 상대화하는데 기여한다.

이같은 부면장의 어투 변화는 정부 농경 정책의 대변자인 자신의 허구성을 스스로 폭로하는 계기가 된다. 이는 '평', '말가웃지기'와 '헥타(ha)'의 대비를 통해 살펴볼 수 있다. 전근대적인 토지 측정 단위인 '평', '말가웃지기'는 근대의 이름으로 거부된다. 그러나 '이 바닥에 헥타르를 기본단위로 말할만치 땅 너른 사람이 몇이나 되느냐 이게유'라고 대드는 김씨의 반발에 부면장은 할 말을 잃고 '미안헙니다'라고 사과한다. 이는 부면장 스스로가 근대화의 허울을 시인하는 꼴이다. 이후 쏟아지는 박수는 부면장과 농민들 사이의 화해를 암시한다. 이 화해는 부면장 또한 농민의 편에 서서 농경 정책의 허구성을 비판하는 기능을 하고 있음을 의미한다.[59] 부면장의 말에는 청자로서의 농민의 반응이 반영되고 굴절되어 있다. 상황에 따라 미묘하게 변형되는 말의 억양을 통해 부면장과 농민들은 대화적으로 연결[60]된다.

이러한 사적 언어와 공적 언어가 전도·중첩된 다중적 공간은 탈식

---

59) 이는 바흐젠의 카니발적 상황을 연상시킨다. 카니발적 상황은 궁극적인 대화적 형식이며, 사회의 이질혼성성이 최대한 자기 역할을 펼치는 시간과 공간이다. 엄밀한 의미에서 그것은 사회·역사적 현실을 구성하는 것은 아니고 사회를 개혁하는 수단을 도출시킬 수 있는 사회의 모델을 구현하는 것도 아니다. 카니발적 상황은 역사와 사회에 존재하는 허구적이며 연극적인 요소로 이루어지며, 사회적 현실의 위계질서를 절대화하는 권력 구조에 대해 비판적 전망을 제시한다. 그것은 사회의 기존질서를 자연스럽게 만들고 있는 사회를 의문시하는 데 필요한 우선적인 상황을 극화한다. 그것은 교조적이고 권위적인 특성을 띠고 있는 지배 체제와 담론을 희화화하고 전복한다. 카니발적 상황은 사회이론이나 새로운 형태의 정치학과 역사 이상의 다른 것을 요구하는 것 같으며, 사회의 본질이나 궁극적 방향을 미리 결정하지 않은 채 치환의 가능성을 품고 있는 유동적인 사회적 실상에 접근한다(권덕하, 앞의 책, p.337 참조).

민주의 문학이 빠지기 쉬운 민족주의의 고취나 과거에 대한 막연한 동경 등 분노나 저항, 독선에 기반한 이분법적 구도를 벗어나는 데 일조한다. 『우리 동네』에서 드러나는 서구적 근대 담론에 대한 작가의 불신감은 도시/농촌, 제1세계/제3세계, 문명/미개, 중심/주변의 이항대립적 서사를 해체하기 위한 전략의 일환이다. 작가는 『우리 동네』에서 대립하는 담론의 이데올로기 사이의 길항 그 자체를 제시하는 데 정성을 쏟고 있다.

탈식민주의 담론의 혼성성/혼종성/잡종성(hybridity) 이론은 중심과 주변의 이항대립을 해체하는 데 기여한다. 『우리 동네』에서 작가는 표면적으로 농촌공동체 문화를 고집스럽게 주장하고 있는 듯이 보인다. 하지만 그 이면에는 순수한 전통 그 자체를 평가절상하는 과거지상주의를 상대로 지속적인 투쟁을 벌이고 있는 또 다른 작가의 모습이 투영되어 있다. 과거와 현재의 시간적 수직성을 중첩된 현재의 공간적 복수성으로 전환시키는 이러한 '혼성성'에 대한 성찰은 근대 담론을 주체적으로 전용하는 탈식민주의 문학의 모범적 사례라 할 수 있다.

---

60) 이러한 부면장과 농민의 대화적 연결은 메를로—퐁티(Merleau—Ponty)의 '나란한 보편 (lateral universal)' 개념을 연상시킨다. 그에 따르면 '나란한 보편'은 객관적 학문을 추구하는 '지배적 보편(overarching universal)'과 대조되는 것으로 '타자를 통한 자아의 성찰과 자아를 통한 타자의 끊임없는 검토, 그리고 민속기술학의 경험을 통해' 얻어진 것이다. '나란한 보편'이란 '우리 자신의 것을 남의 것으로 보고, 남의 것을 우리 자신의 것으로 보는' 방법이다. 그것은 또한 남과 나를 '구분하면서 연결해 주는' 역할을 한다. '구분하면서 연결한다'는 것은 타자를 나 자신과 관련된 단순한 연장체로서 간주하지 않으며, 자아와 타자의 차이를 식별한 상태에서 연결짓는 것을 말한다. 말하자면 변형하는 행위와 변형되는 행위는 같은 과정의 두 측면이며, 상호 전환되는 과정인 것이다(정화열, 박현모 역, 앞의 책, p.219 참조).

제5장

문화론의 시각 이동과
담론의 전용

제5장

문화로의 시각 이동과 담론의 전용

『관촌수필』과『우리 동네』를 지나면서 이문구 소설의 무게중심은 일상(삶)에서 문화(언어/텍스트)로 이동한다. 그의 관심이 현실에 대한 강한 비판에서 언어/문화의 영역으로 이동한 것이다. 이는 이미 초기 소설에서 징후적으로 드러난 바 있다. 초기 소설에서는 도시와 농촌의 긴장 속에서 스스로의 정체성을 확보하려는 등장인물의 태도가 주로 나타났는데, 이는 작품의 내적 동기에 의해 추동되었다. 이러한 태도는 글쓰기에 대한 자의식으로 표출되었고『관촌수필』과『우리 동네』연작을 통해 미학적·형식적으로 수용되었다.

그러나 이문구 소설의 제3기에 해당하는『산 너머 남촌』『유자소전』『매월당 김시습』『내 몸은 너무 오래 서 있거나 걸어왔다』등의 작품에서는 작가적 관심이 '현실에서 문화'로 이동되고 있음이 뚜렷하게 드러나는데, 이는 1980년대 후반부터 본격적으로 수용되기 시작한 탈근대 담론과 무관하지 않은 듯하다.[1] 현실 사회주의의 몰락과 자본주의 세계 체제의 존속은 거대 담론의 위축을 가져왔고, 이는 문화(텍스트/

글쓰기)와 욕망에 관한 미시 담론의 확산을 야기하였다. 이러한 시대적 분위기 속에서 이문구의 소설은 '저항에서 전용으로' 방향 전환을 하게 된다.

본 장에서는 이러한 점을 고려하여 『산 너머 남촌』『매월당 김시습』 『내 몸은 너무 오래 서 있거나 걸어왔다』 등을 중심으로 이문구 소설의 제3기 작품을 분석하고자 한다.

1절에서는 『산 너머 남촌』을 중심으로 일상적 삶의 서사에서 텍스트의 서사로 변모하게 되는 과정을 고찰할 것이다. 여기에서는 현실 비판의 엄정함이 주축이 되었던 지금까지의 소설이 언어/문화에 대한 관심으로 이동되고 있음을 살펴본다. 이는 '저항에서 전용으로' 작가의 관심이 이동하고 있음에 기인한다.

2절에서는 『매월당 김시습』『내 몸은 너무 오래 서 있거나 걸어왔다』 등을 중심으로 제3기 작품을 분석한다. 이들 작품의 인물들은 이전 작품에서 보여준 '다성적 주체'와 '비동일화의 주체'들의 모습을 계승하면서, 이들과는 다른 독특한 면모, 즉 '방외인'으로서의 모습을 보여준다. 2절에서는 이들의 삶이 지향하는 이념을 고찰하면서 작가의식의 변모를 고찰할 것이다. 이어 『내 몸은 너무 오래 서 있거나 걸어왔다』에 수록되어 있는 작품 중, 『관촌수필』과 『우리동네』의 연장선에 있는 작품들은 배제하고, 새로운 경향을 보여주는 작품들을 분석할 것이다. 「장동리 싸리나무」와 「더더대를 찾아서」가 대표적인 작품인데, 이 작

---

1) 이는 자크 데리다나 미셸 푸코 같은 탈근대주의 사상가들이 근대의 신화를 해체하기 위해 도입한 '담론(discours)'의 효과와도 연관된다. 근대주의자들은 '본질' 혹은 '가정된 근본' 등을 마치 안정된 실체인 것처럼 믿고 이야기하기 때문에, 사회내 어떤 고정된 본질이 '존재'하고 이것이 권력의 채널을 연다고 말한다. 정치적 역사에 관한 탈근대주의적 접근은 전형적으로 이러한 '권력 담론들'의 궤도, 즉 특정한 사회에서 권력(그리고 권력 없음)을 산포하는 방식의 추적과 가장 많이 관련되어 진다. 이들에 의하면 사회는 담론의 통일과 파편화를 위해 경쟁하는 장으로서, 어떤 그룹에게는 권력을 포착하고 공고화하려고 경쟁하는 장소인 반면, 다른 그룹에게는 경험에 질서를 부여해 주는 권력 담론에 접근하지 못하고서, 중심에서 벗어나 변화무쌍하고 유동적인 주변부에서 살아가는 장소인 것이다(Robinson, D., 정혜욱 역, 『번역과 제국―포스트식민주의 이론 해설』, 동문선, 2002, pp.33~34 참조).

품의 화자들을 중심으로 이문구 문학의 현주소를 진단해 보고자 한다. 이문구 문학이 지향해 온 도시와 농촌 사이의 긴장이 보다 높은 경지로 승화되고 있다고 판단되기 때문이다.

1. 담론의 전용

1) 담론 차원에서의 저항

1980년대는 산업화 시대의 문학인 1970년대 문학이 두 갈래로 분화·심화된 시기[2]이다. 그 흐름의 하나는 사회 과학의 정치화에 힘입어 마르크스주의적 전망을 문학 속에 적극적으로 수용한 갈래이다. 사회 구성체에 대한 논의를 바탕으로 노동자·농민·도시빈민 등 하층민들의 연대를 통한 사회 변혁을 지향한 문학이 그것이다. 다른 하나는 문학의 자율성을 중시한 모더니즘 경향의 문학으로서 자본주의 사회의 일상성에 주목하면서 개인의 내면 세계에 몰입하거나, 다양한 형식 실험을 추구한 경향이다.

이문구는 이 둘의 경계 지점의 하나[3]일 수 있는 담론(언어/텍스트/문화)에 자신의 문학 세계를 구축한다. '담론'[4]은 시대 현실과 문학의 자율성이 만나는 접점의 하나일 수 있다. 그렇기 때문에 리얼리즘 문학

2) "80년대 한국문학에서 다루어야 할 핵심문제는 결국 진보적 민족문학과 형식주의적 문학 그리고 그 양자의 지양문제로 집약된다."(이선영, 「80년대 시의 반성―이념성과 형식성의 문제를 중심으로」, 『실천문학』, 1989년 겨울, p.110)
3) 이러한 경계 지점에 주목해야 하는 이유를 탈식민 상황에 놓인 우리의 현실과 연관하여 살펴본다면, 문화 제국주의의 물질적 침탈과 정신적 억압의 양면적 현상을 극복하려는 탈식민화의 기획도 물질적 실천과 정신적 실천이 만나는 접점에서 저항의 거점을 마련해야 한다는 논리의 연장에서 이해할 수 있다. 이러한 물질적 실천과 정신적 실천을 연결하는 삶의 형식을 우리는 '담론'이라는 용어로 규정할 수 있다. 담론은 물질(존재)과 주체(의식)를 매개하며, 이 둘의 상호작용을 통해 창출되기 때문이다.

과 모더니즘 문학은 '담론'의 공간에서 대화의 계기를 마련할 수 있다.

문화(담론)를 순수한 민중적 실천도 아닌, 그렇다고 자본의 조작적 수단도 아닌 적극적이고 국지화된 '패권 다툼의 장'으로 본다면, 문화(담론)정치는 그 안에서 이루어지는 패권 유지와 그 부정을 위한 다양한 문화적(담론적) 실천을 가리킨다.[5]

결론적으로 포스트식민주의는 한편으로는 구조와 총체성의 정치, 다른 한편으로는 파편화(fragment)의 정치 사이의 틈에 끼어 있다고 할 수 있다. 이는 포스트식민주의 이론이 맑스주의와 포스트구조주의/포스트모더니즘 사이의 틈새 어딘가에 있다는 것을 암시하는 것이다. 그러나 포스트식민주의 이론은 어떤 의미에서 경합하는 사유 체계들 사이의 상호 적대가 연출되는 다양한 담론적 장들 가운데 하나일 뿐이다. 그 자체로 본다면 포스트식민주의는 장기간 지속될 이 경합의 무대를 소위 '제3세계'로 이동시키고 있는 것이다.[6]

탈식민주의는 두 가지 철학 전통을 끌어들여 자신의 이론적 입지점을 강화해 왔다. 탈식민주의 학자에게 마르크스주의적 관점은 억압적이고 정치적이며 이데올로기적인 정권에 반대하면서 하위자를 억압하는 권력구조들을 확인해 줄 뿐만 아니라, 일관적인 '정체성의 정치학'을 형성할 수 있게 해준다. 후기 구조주의(탈근대주의)[7]적 관점은 이러

---

4) 담론(discours)은 일반적으로 언어 형태로 상징화된 언표 행위뿐만 아니라 사회 문화의 제반 내용을 기능적으로 형식화시킨 모든 요소를 포괄하는 의미로 사용된다. 권력의 외화 형태인 제도 역시 이러한 담론 체계의 한 부분이 될 수 있으며 제도에 맞서는 개인의 언술 역시 담론의 영역을 구성한다. 담론은 언어적인 것이지만, 보다 엄격하게 말하면 언어적인 것으로 보는 인간의 의식에서 비롯된 추상물이며, 이는 그것을 산출하는 인간의 주체가 그가 속한 문화적이거나 사회적인 체계 속에 존재함을 드러내는 언표로 나타난다. 이러한 담론은 한 시대의 지배적인 이념과 사회적 제약들이 무엇인가를 드러내며, 그로 인해 그 시대의 다양한 문화 현상을 일관적으로 읽을 수 있는 시각을 제공해 준다(한원균, 「한국문학의 현대성 비판」, 『비평의 거울』, 청동거울, 2002 : 송효섭, 「탈근대의 문화 상황과 서사 담론의 지형학」, 『설화의 기호학』, 민음사, 1999 : Macdonell, D., 임상훈 역, 『담론이란 무엇인가』, 한울, 1992 참조).
5) 문화(담론)연구는 여러 다양한 문화(담론), 다시 말해 다양한 삶의 방식과 의미 나타내기의 실천을 권력관계의 맥락과 관련시켜 살펴보고자 하는 지적 의지를 가리킨다(전규찬, 『포스트 시대의 문화정치』, 커뮤니케이션북스, 1997, pp.16~26 참조).
6) Gandhi, L., 이영욱 역, 『포스트식민주의란 무엇인가』, 현실문화연구, 2000, p.202.

한 정체성과 해방의 일관된 비전들이 하위자들을 안정적 과거 속으로 흡수하여, 향수적 신화들 속에서 경화할 수 있다는 점을 경계한다.[8] 특히, 1980년대 후반 현실 사회주의의 붕괴는 마르크스주의적 관점을 약화시키고 후기 구조주의(탈근대주의)적 접근 방식을 강화하는 계기가 되었다. 이는 식민주의 이후 문명과 미개, 질서와 혼돈, 통일성과 다양성 사이의 위계 질서를 무너뜨리고 다양성과 이질성을 강조하는 방향으로 나아갔다. 탈식민주의 이론은 중심과 주변 양자 모두의 정체성을 심문하는 지난한 과정에 직면하게 된 것이다. 이러한 과정을 통해 중심과 주변 모두를 포괄하면서, 동시에 두 유형 모두에 해당하지 않는 탈식민 문화의 장소를 모색해야 하는 '아포리아(aporia)'[9]에 빠지게 된다.

이문구 소설의 제3기 작품들은 이러한 탈식민주의의 딜레마를 반영한다. 여기에서는 한자문화, 한글문화 그리고 서구문화 등의 다양한 담론이 서로 경합하면서 '패권 다툼의 장'을 형성한다. 이러한 담론 충돌의 장은 사회적 지배가 유지되는 영역임과 동시에 이에 대한 저항의 움직임이 발생하는 공간이기도 하다.[10]

---

7) 후기 구조주의(post-stuctualism)는 소쉬르의 구조 언어학을 예술과 사회·문화 연구를 위한 분석적 모델로 발전시켰다. 후기 구조주의는 1960년대 프랑스에서 구조주의의 깔끔한 이분법에 의해 배제된 중간의 엄청난 복잡성을 탐구한 자크 라캉·자크 데리다·미셸 푸코·줄리아 크리스테바 등의 저작을 통해 생겨났다. 탈근대주의와 특별한 차이가 없다는 판단하에, 본 논문에서는 후기 구조주의를 탈근대주의와 동일한 의미로 사용한다.
8) Robinson, D., 정혜욱 역, 앞의 책, pp.33~34 참조.
9) 이러한 아포리아는 다음의 진술 속에 선명하게 드러난다. "탈식민 이론이 서구와 비서구의 식민주의를 매개로 한 종속관계를 탈피하고자 하는 목적에서 폭넓게 제기되고 있는 문화적 담론이라 할 수 있다면, 역설적이게도 탈식민 이론이 이론적으로 의지하고 있는 탈구조주의와 해체주의는 서구의 문화적 지배사조인 포스트모더니즘을 떠받치고 있는 이론적 토대이기도 하다." (지봉근, 「탈식민 이론과 포스트모더니즘의 협상을 통한 탈식민적 근대성 구성 문제」, 『비평과 이론』, 2002 봄/여름, p.73)
10) 탈식민주의는 식민지의 억압에서 가장 중요한 것이 바로 언어(담론)를 빼앗는 것이라고 말한다. 물론 이때의 언어에는 말과 글 외에도 교육, 문화, 문학, 커뮤니케이션, 그리고 심지어는 진실과 리얼리티까지도 포함된다. 왜냐하면 새로운 제국의 진실과 리얼리티를 창조할 수 있는 힘을 갖고 있는 '언어(담론)'는 언제나 권력과 결합하여 식민지를 억압할 당대의 지배 이데올로기를 창출해 내기 때문이다. 그러므로 언어 또는 문자의 수탈과 수호의 문제는 탈식민주의 논의에서 대단히 중요한 위치를 차지하고 있다(김성곤, 「빼앗긴 시대의 문학과 백 년 동안의 고뇌」, 『뉴미디어 시대의 문학』, 민음사, 1996, p.204~205 참조).

『우리 동네』는 부정적 근대화에 대한 강한 비판 의식을 보여줌과 동시에 변모하는 농촌 현실에 대응하는 소비 문화의 부정적 양상에 주목하였다. 이에 비해 『산 너머 남촌』은 현실 인식의 치열함이 상대적으로 떨어진다. 이 작품에서 작가가 주목하는 것은 '문화 담론'(언어/글쓰기)이기 때문이다. 『산 너머 남촌』은 『우리 동네』에서 이미 징후적으로 드러나기 시작한 '담론 차원에서의 저항'이 강화된 형태이다.[11] 물론 시대 현실에 대한 비판의 시선을 늦추지는 않았지만, 구체적인 현실 자체의 제시보다는 '담론(언어/텍스트/문화)'에 대한 관심이 좀더 부각된다.

이제 텍스트만이 서구적 지식의 나르시시즘에 파열구를 낼 수 있다. 〔…중략…〕 데리다적인 벡터를 통해 볼 때, 포스트식민주의 문학 이론이 그것의 반식민 대항 서사를 문자에서 추구하는 것은 하등 놀랍지 않다. 그러나 우리는 또한 해체 그 자체가 그 추종자들을 곤혹스럽게 하는 정치 회피의 혐의를 지니고 있다는 것에 유의할 수 있다. 〔…중략…〕

그렇다면 포스트식민주의 문학 이론은 해체로부터 모호한 유산을 상속받았다고 할 수 있다. 한편으로 그것은 글쓰기의 급진적 에너지를 수집하고 방어하는 것을 배웠다. 다른 한편으로 그것은 현실에서 위치가 주어지지 않고 충족될 수도 없는 가치를 텍스트에 부여하는 습관을 얻게 되었다.[12]

『우리 동네』와 『산 너머 남촌』의 거리를 우회해서 표현한다면, '탈식민주의의 탈근대주의화'라고 할 수 있다. 탈근대주의의 '문자/텍스트

---

11) 이는 바흐찐의 논의를 연상시킨다. 바흐찐은 권력의 논리에 의한 대립 관계는 인식론이나 미학의 문제가 아니라 이데올로기적 맥락에서 인간을 재현하고 굴절시키는 언어의 세력에 달려 있다고 본다(권덕하, 『소설의 대화이론―콘라드와 바흐찐』, 소명출판, 2002, p.46 참조).
이와 관련하여 한수영은 이문구의 소설에서 '담론의 차원에서의 저항'이 강조될 수밖에 없는 이유를 다음과 같이 설명한다. "직설적인 담화의 충돌이 물리적 현실로 옮겨갈 때 농민의 입장에서는 저항할 수 있는 아무런 힘을 지니지 못했기 때문이다. 결국 농민의 최초의 저항 공간이자 최후의 무기는 '말' 밖에 없다." (한수영, 「말을 찾아서」, 『문학동네』, 2000년 가을, p.365)
12) Gandhi, L., 이영욱 역, 앞의 책, p.194.

중심주의'는 급진적인 통찰력을 통해 근대의 신화를 상대화하는 이론적 정교함을 획득하고 있기는 하나, 근대 사회의 물적 토대, 특히 (신)제국주의의 제3세계에 대한 새로운 종속과 이에 반발하는 저항 담론에 대한 관심을 축소함으로써 실천적 한계를 노출한다.

『산 너머 남촌』에서 반복적으로 나타나는 호칭이나 어투에 대한 관심이 이를 반증한다. 호칭이나 어투에 대한 '문정'의 관심은 구체적 농촌 현실에 기반하고 있다기보다는 소비 문화의 세태를 풍자하는 데 초점을 둔다.

"말이라는 것도 교통이나 같아서 큰 길이 막히면 샛길이 더 붐비듯이, 바른말이 귀엣말이 되다 보면 곁말도 정말로 들리는 것이 세상 이치긴 하지만, 그렇다고 어른 아이도 없이 함부로 반말을 해대는 유행까지 따라줄 수는 없지 않은가." 〔…중략…〕

"거기 같은 사람이 나 같은 사람이야. 요새 테레비에 나오는 광고들 좀 보게. 입는 거나 먹는 거나 쓰는 거나 모두 어때요, 멋져요, 좋아요 해쌓는데 그게 죄다 반말인 거야. 돈 받고 광고나 뵈주는 주제에 어떻습니까, 좋습니다 하고 경어를 쓰기 싫어서 그래요 저래요 반말이나 해제끼니, 우리가 지금 광고모델들한테 아랫것 대우밖에 더 받고 있는 줄 아나?"

　　　—『산 너머 남촌』, 창작과비평사, 1990, pp.174~175, 이하 작품과 면수만 표기.

"그러니 난세가 아닌가. 전국민이 몽땅 아저씨 아주머니로 일가친척이 돼서 아주머니 아저씨 사이에 사돈을 안허나, 고소를 안허나, 웬수를 안지나…… 거기 말마따나 이름 모르면 다 아저씨 아주머니 하는 유행도 따지고 보면 가당찮다구. 친정애비도 아빠, 시애비도 아빠, 직서방더러도 아빠 하는 패륜적인 입버릇 못잖게 가소로운 노릇이거든."

　　　—『산 너머 남촌』, p.244.

"씨자는 아무한테나 붙이는 줄 아나베. 씨자야말로 높은 글자라구. 시방 두 왜 공씨 하면 공자님, 불씨하면 부처님, 기씨 하면 예수님 아니던감."

"그래도 맛은 감씨가 제일일걸……"

— 『산 너머 남촌』, p.246.

"약속이 언제 있는지는 몰라도 만나거든 나 좀 한번 보고 가라고 전하게. 말이 병이라면 말로 고쳐봐야지 어쩌겠나."

— 『산 너머 남촌』, p.294.

위에 나타난 '말', '호칭'에 대한 '문정'의 질타는 '테레비에 나오는 광고', '패륜적인 입버릇' 등 자본의 논리에 감염된 소비 문화에 대한 경고에 다름 아니다. 이는 '말이 병이라면 말로 고'치겠다는 '문정'의 의지 표현에서 드러나듯이, 담론의 차원에서 저항하겠다는 관점을 반영한다. '문정'의 현학적 태도는 아내에게까지 "한마디를 해도 글로 하지 말고 말로 좀 허슈. 겨우 입 하나 살았으면 무슨 소린지 알아나 듣게 해야지"(『산 너머 남촌』, p.18)와 같은 '통바리'를 듣는다. 현실 세태를 비판하는 문정의 이론적 준거점이 지나치게 '한학'에 치우쳐 있기 때문이다. 이러한 '문정'의 태도는 서구의 문화를 무조건적으로 따르는 천박한 사대주의에 대한 비판으로 이어지지만, 여전히 세태 풍자의 차원을 넘어서지 못한다. 이 때문에 『산 너머 남촌』은 '문화적 보수주의가 강화된 모습'으로 부정적인 평가를 받아 왔다.

이러한 점을 수용하면서, 본고에서는 지금까지 '문정'의 보수주의적 세계관에 집착함으로써 소홀하게 다루어졌던 담론의 전용 양상을 분석하고자 한다. 『산 너머 남촌』은 전통적 언어 담론과 서구적 언어 담론을 동시적으로 '전유/전용(appropriation)'[13]함으로써 독특한 탈식민주의 서사 미학을 창출하고 있기 때문이다.

2) 언술 담론의 전용 양상

(1) 한자의 전용

『산 너머 남촌』에서는 한학의 미학이 표출된 한자어와 구술 문화적 속성이 반영된 고유어/속담 그리고 서구의 문화를 반영하는 외래어가 교차하면서 팽팽한 긴장을 유지하고 있다. 이는 불변의 진리를 추구하는 무거움과 가볍고 유동적인 풍자/해학의 정신 사이의 상호 침투로 드러난다. 이러한 점에서 『산 너머 남촌』은 유교 문화와 서민 문화, 그

---

13) 탈식민주의 담론에서 언어가 수행하는 중요한 기능 중의 하나는 중심부의 언어를 용도폐기하고 그 중심부의 언어를 새로운 공간에 어울리는 담론의 형식으로 교체하는 것이다. 이는 두 가지 독특한 공정 과정을 거치는 데, 첫째, 중심부 언어의 특권을 폐기하거나 거부하는 것이고, 둘째, 중심부의 언어의 전유(전용)와 재구성, 즉 그 언어를 새로운 용례로 사용하는 방법을 확보하여 재조정함으로써 식민주의적 특권으로부터 일탈을 시도하는 것이다. 전유(전용)는 상호 이질적인 문화적 경험들을 다양한 방식으로 전달하기 위해서 언어를 하나의 도구로 차용 및 선용하는 방식을 의미한다. 전유의 과정이 생략된 폐기는 과거의 특권적인 것, 전형적인 것, 그리고 오차 없는 기술로 인정되던 것을 단순하게 도치하는 행위 그 너머의 영역으로까지 확대될 수 없다는 점에서 한계를 지닌다(Ashcroft, B. etc., 이석호 역, 『포스트콜로니얼 문학이론』, 민음사, 1996, pp.65~66 참조).
이러한 언어의 전용은, 언어가 이미 이데올로기에 의해 침윤되어 있는 이질혼성적인 갈등의 현장임을 전제로 한 전략이다. 이는 새로운 언어를 창조하는 것이 아니라, 이미 존재하는 재현 체계의 기호들을 빌려서야만 의사소통을 할 수 있다는 현실을 직시한 태도라 할 수 있다. 따라서 한자, 고유어/속담 그리고 외래어의 전용은 기존의 의미와 새롭게 전용된 의미 사이의 틈새를 만들고 있다. 언어의 전용은 이러한 텍스트 내부의 틈새들과 침묵들, 그리고 균열에 주목한다. 이는 중심부의 언어 형식과는 다른 차원의 차이, 분리 그리고 부재를 구성하는 방식을 보여줌으로써 궁극적으로는 중심부의 언어가 설정한 본질주의적 시각을 폐기함과 동시에 제국 중심주의적 사고를 해체하려는 전략에 기여한다.
정정호는 이러한 전용을 통해 생성된 틈새를 '제3의 공간'이라 규정하며 다음과 같은 의미를 부여한다. 중간지대는 억압, 착취, 차별, 배제, 소외가 없는 사이, 경계, 틈새, 변방지역이다. '사이'는 불확실성, 감성성, 탄력성, 제한성, 부분성, 애매성, 가능성이 거처하는 공간의 이분법과 이항대립을 포월하는 새로운 실험과 창조의 지대이고, 개입과 저항의 시간이며, 평등과 평화의 공간일 수 있다. 잡종성을 통해 생겨나는 중간지대인 제3의 공간은 새로운 '시작'을 위한 공간이다(정정호, 「'잡종'의 정치학과 '비교'의 윤리학」, 『세계화 시대의 비판적 페다고지』, 생각의 나무, 2001, pp.185~187 참조).
이러한 '틈새', '침묵', '균열'은 우리 민족의 정체성은 지배 계층을 옹호하는 전통 문화가 될 수도 없고 식민주의를 옹호하는 서구화된 문화물도 될 수 없다는 사실을 시사한다. 문화적 정체성의 불확실성은 채워 넣어야 할 문화의 빈 공간을 제공하고 있는 것이다. 이러한 빈 공간은 민족 문화라고 일컬어지는 지배적 문화의 정체성을 교란시키며, 동시에 문화적 빈 공간을 채워 넣어야 할 새로운 문화 공간에 대한 모색을 요청한다(고부응, 「문화와 민족 정체성」, 『비평과 이론』, 2000년 가을·겨울, pp.113~114 참조).
전통적 언어 담론과 서구적 언어 담론을 동시에 전용하려는 『산 너머 남촌』의 문제 의식은 이러한 '문화적 빈 공간'에 대한 탐색의 일환이라 할 수 있다.

리고 외래 문화가 충돌하는 장이다. 언어를 단일 강세화하려는 근대 이데올로기와 언어의 의미를 탈중심화하려는 작가의식이 상호 부딪치기 때문이다.

한자어들은 작중 분위기를 해학적으로 이끌거나 인물의 행동을 희화화하는 풍자적 효과와 관련하여 현재적으로 전용된다. 이미 굳어져 신선함이 사라진 상투적 표현들은 현재적으로 전용됨으로써 박제화된 외피를 벗고 새로운 생명력을 부여받는다. 이는 작가의 전통 문화에 대한 애착과 공동체 문화에 대한 체험에서 기인한다.

> 물론개구리(勿論皆求理 : 세상사 골고루 공부했지만)
> 언덕족지비(言德足知非 : 웅변도 인품도 별것 아니더라)
> 배초고구마(背草顧邱馬 : 언덕에 올라보던 길 돌아보니)
> 무수입사구(無水立砂鷗 : 가무는 시냇가에 기러기만 날으네)
>
> —『산 너머 남촌』 p.19.

위의 한시는 아들인 '영두'가 서울 나들이를 한다고 했을 때 떠오른, '과거에 거듭 실패한 어느 선비가 한양에서 되돌아오며 지었다는' 귀거래사이다. '개구리', '언덕', '족지비(족제비)', '배초(배추)', '고구마', '무수(무)', '입사구(잎사귀)' 등의 단어는 고유어와 한자, 방언과 표준어의 경계를 넘나들면서 웃음을 유발한다. 이러한 소리의 유사성에 바탕한 언어 유희는 '영두'의 서울 나들이가 '과거에 거듭 실패한 어느 선비'의 귀거래사와 다름없을 것이라는 사실을 암시함으로써 우울한 농촌 현실의 모습을 환기한다. 여기에서 한시의 형식이나 개별 한자의 의미는 중시되지 않는다. 소리만이 중시됨으로써 한시, 한자가 현재적으로 전용되고 있는 것이다.

이렇게 전용된 한자어들은 세태를 풍자·희화화하는 방향으로 나아

176

간다.

"그러니 요령껏 뛰어야지. 발로 뛰면 족탕, 몸으로 뛰면 욕탕, 문자로 뛰면 한탕이니까."

"개같이 벌어서 개판처럼 쓰는 사람들은 보신탕으로 뛰겠군."

"모르지. 난 복순이 덕분에 뛰고 복남이 바람에 먹는 복돌이라 경기가 과열해도 끌탕, 식어도 끌탕이니까."

—『산 너머 남촌』, p.69.

"난 승수보다 승수 엄마 땜에 그래요. 늘 보고 듣는 신문 테레비에서까지 치맛바람이 복덕방으로 불면 복부인, 골동품으로 불면 골부인, 어물전으로 불면 어부인 하면서, 막상 밭떼기하러 농촌으로 불 때는 농부인이라고 하지 않으니까 농사가 정말로 싫어진다는 거에요."

—『산 너머 남촌』, p.79.

위에서 살펴볼 수 있듯이, '족탕', '욕탕', '보신탕' 등의 한자어는 부동산 중개업자의 '한탕'주의와 대비되면서 물질만능주의 세태를 비판하는 데 기여하고, '복부인', '골부인', '어부인' 등은 '농부인'과 대비되면서 도시와 농촌 사이의 격차를 부각시키는 기능을 한다. 이러한 '우리말식 한자어·한자어식 우리말'은 고유어와 한자어, 농촌과 도시, 방언과 표준어, 과거와 현재 등의 경계를 허물면서 당시의 세태를 풍자하고 희화화하는 데 효과를 발휘한다.

이러한 언어적 차원에서의 전용은 문화적인 차원으로 확장되기도 한다. 『산 너머 남촌』은 잘못된 유교 문화적 관습이 현재까지 답습되고 있는 상황을 예리하게 풍자하기도 한다.

"온고지신(溫故知新)이란 말 아시죠? 한국사람은 누가 뭐래도 공동체적인 생활전통이 장점인데, 그걸 조직체에 대한 일체감으로 승화시켜 일사불란한 지휘체계를 구축하면 산업전선의 벽이 아무리 만리장성 같아도 문제가 없다고 보는 겁니다."

— 『산 너머 남촌』, pp.112~113.

기업들은 '서양식 교육으로 변질된 것을 한국적 체질'로 되돌려야 한다는 견강부회적인 논리로 '극기훈련'을 실시한다. 이들의 논리에 따른다면 '공동체적인 생활 전통'이 '조직체에 대한 일체감'으로 승화된다는 것이다. 기업의 이해 관계가 잠재된 공동체 의식을 자극함으로써 합리적인 총체성의 외피를 쓰고 사회 집단들을 자본의 이익에 봉사하도록 만드는 것이다. 이러한 왜곡된 공동체주의는 '영두'의 시각을 통해 반성적으로 성찰된다.

현재까지 이어지는 과거의 폐습 또한 비판의 대상이 된다.

"예전에는 누구 문인(門人) 누구 문인 하고 문벌들끼리 서원(書院)을 소굴 삼아 벼슬자리를 얻어가려고 발괄했고, 시방은 학교별로 일류니 삼류니 하고 학벌을 따져서 패거리끼리 취직이며 출세를 좌우하고 있으니, 이 역사가 말로만 발전을 했지 실지로는 그 발짝에 그 발자국이래두."

— 『산 너머 남촌』, p.121.

'서원'에서의 당파 싸움이 '학교'를 중심으로 한 학벌 싸움으로 그대로 재현되고 있다는 것이다. 이러한 주장의 이면에는 가치 있는 전통은 외면되고 오히려 버려야 할 유습이 이어지고 있는 세태에 대한 비판이 놓여 있다. 이러한 세태는 근대화로 대변되는 발전의 허구성을 잘 드러내 준다. 겉만 변하고 본질은 변하지 않은 근대 발전 논리는 과거의 인습을 그대로 답습하고 있는 것이다.

　이러한 논리는 과거의 전통 중 가치 있는 것에 대한 탐색으로 이어진다.

　　선정비 · 타루비 · 불망비 · 공덕비 · 기념비…… 대개의 비문이 허위와 다름이 없다는 증거였다. 〔…중략…〕

　　직위가 높다 하여 빗돌이 화려한 것도 아니요, 직위가 낮다하여 빗돌이 초라한 것도 아닌 비석거리의 그 늘비한 비석들은 과연 얼마나 진실성이 스며 있는 것들일까.

一『산 너머 남촌』, p.247.

　'똑같은 모양, 꼭같은 내용을 담고 있는' '선정비 · 타루비 · 불망비 · 공덕비 · 기념비' 등의 비석과는 달리 '진실성'이 담겨 있는 비문, 즉 '직위가 높다하여 빗돌이 화려한 것'도 아니고, '직위가 낮다 하여 초라한 것'도 아닌 '비석거리의 그 늘비한' 비문은 고인의 진실한 삶을 담고 있다.

　　낳아서 초야에 풀처럼 살고
　　죽어서 숲속에 풀거름이 되었다
　　지는 해 뜨는 달은 만년을 가는데
　　싹나자 시들으니 한세상 초로구나
　　사람들아 무덤에 풀 베지 마라
　　인간사 덧없음을 여기서 알리라

　이런 비문도 보았다.

　이름은 이만권(李萬權)

일생 품은 뜻 여기서 꺾이니

명은 짧고 삶은 길었네

신미에 와서 을축에 가고

쓰다가 남은 것은 여기에 묻었다

아아 스물일곱 살 젊은 넋이여

이로부터 한가히 우주로 돌아가리

―『산 너머 남촌』, p.248.

위의 비문은 고인의 삶을 진실하게 기록하고 있다. 이것이야말로 오늘날 우리가 계승해야 할 전통이라고 작가는 주장하고 있다. 이 작품을 통해 작가는 과거의 전통을 선별적으로 전용하고 이를 통해 현실의 세태를 비판하고 있다. 따라서 이문구를 '문화적 보수주의자'라고 질타하는 것은 나름의 타당성을 지니고 있다 할지라도, 일면적인 평가라고 할 수밖에 없다.

'문정'은 '벼슬아치/양반'과 '백성'이라는 이분법적 사유 또한 거부하고 있다. 그가 선 자리는 '벼슬아치나 양반들의 비행을 밝히고 나무라고 고발하고 기록했던 벼슬아치와 양반들'의 위치이다. 이러한 자리는 작가의 자리이기도 하다.

만약 갓 쓴 자를 모두 원수로 안다면 오늘날의 사람들은 다 무엇이 되겠는가. 죄다 서로서로가 원수의 후예라는 말밖에 더 될 터인가. 그리하여 속으로는 각자가 이를 갈면서도 친애하는 국민 여러분 하는 식으로 때와 장소에 맞추어 민족이 되고, 동포가 되고, 겨레가 되고, 이웃이 되고, 아저씨 아주머니가 되고, 언니 아우가 되고, 앞집 엄마 뒷집 엄마가 되어야 하겠는가.

―『산 너머 남촌』, p.261.

위의 내용은 선비 정신을 지킨 선비는 인정해 주어야 한다는 주장이다. "한뿌리에서 두 가지 열매가 열리지 않고 한 열매에 두 가지 씨앗이 있을 수 없는 것이니, 내가 혹 꽃이라면 남들도 같은 꽃일 터이요, 내가 혹 풀이라면 남들도 역시 같은 풀"(『산 너머 남촌』, p.261)이 된다는 것이다. 이러한 자리에서 '문정/작가'는 서민들과 만나는 것이다.

(2) 고유어/속담의 전용

『산 너머 남촌』에서는 고유어/속담의 현재적 전용을 통해 세태를 비판하기도 한다. 특히, 관용적 어구를 현재적으로 부활시키고 있는데, 이러한 상투적인 표현의 효과적인 전용은 텍스트에 새로운 생명력을 불어넣는다. 텍스트에 수용된 고유어/속담은 의미의 안정성을 불안하게 함으로써, 근대 언어의 정체성을 탈구축하고 대화의 세계로 이끄는 데 기여한다. 고유어/속담은 공식화된 담론의 이데올로기를 상대화하고 개인적이고 사적인 측면의 담론을 활성화함으로써 미묘하고 생명력 있는 삶의 모습을 포착한다. 이는 작가의 우리말에 대한 애착과 전통적인 농경 문화에 대한 체험에서 기인한다.

오면서 버스간에 웬 두 것이 되지 않게 씨부렁거린 소리에 진작 진력이 난 위에, 다시 봉득이 내외가 벗바리 센 중노미 거드럭대듯이 가량스럽게 씩둑거리니 영두는 더욱 어깨가 물러앉는 것처럼 피곤하였다.

안에서는 태생이 듣보기장사 푸네기라고 했으니 셈에는 쇠천 반푼을 샐 닢으로 따져도 눌러듣고 허물하지 않겠으나, 본래 어깻부들기가 바지게 멜빵에 여문 봉득이마저 어언간에 경아리가 다 된 양으로 반지빠르게 나대는 꼴은, 어정칠월 개장국에 하루 잔 막걸리 후줏국만큼이나 시금털털해서 당최 마뜩지 않을 뿐 아니라 차츰 스스럼이 자리를 잡아 길래 버성길 듯한 조짐까지 가늠이 되는 것이었다. 술도 얼마간에 맥주가 혼전인지 모르건만 서 먹하고 뜨악한 공기 탓으로 그전같이 맛깔스럽지가 않았다.

─『산 너머 남촌』, pp.73~74,

위에 인용한 부분은 서울 나들이를 하는 '영두'가 '봉득이 내외'의 모습을 보면서 피곤함을 느끼는 장면이다. 영두의 눈에는 봉득이 내외 의 모습이 '벗바리 센 중노미 거드럭대듯이 가량스럽게 씩둑거리'는 것으로 비춰진다. '벗바리', '중노미', '가량스럽게', '씩둑거리는' 등 은 익숙하지는 않으나 우리말 사전에 올라 있는 고유어이다. 그 뜻을 이해하고 나면 이러한 비유가 얼마나 생생한 현실감을 자아내고 있는 지 실감할 수 있다. '벗바리'는 '뒷배를 보아주는 사람', '중노미'는 '음 식점·여관 같은 데서 허드렛일을 하는 남자', '가량스럽게'는 '격에 맞 지 않은', '씩둑거리는'은 '부질없는 말을 수다스럽게 지껄이는'의 뜻 이다.[14] 도시 생활을 시작한 지 얼마 되지 않은 '봉득이 내외'가 농촌 에서 올라온 '영두'를 보며 하는 행동은, '뒤를 보아주는 이가 든든한 허드렛일을 하는 하인이 거들먹거리며 격에 맞지 않고 부질없는 말을 수다스럽게 지껄이는' 모습이다. 이러한 표현은 소비 문화에 침윤된 이들 부부의 삶을 적실하게 비유하고 있다. 순식간에 '경아리'가 된 이 들의 모습은 영두에게 '반지빠르게(얄밉게 반드럽다)' 느껴지며, '어정 칠월 개장국에 하루 잔 막걸리 후줏국(마음에 들지도 않고 미덥지도 않다 는 말)'만큼이나 '시금털털'하게 느껴진다. 작가는 이러한 고유어·속 담을 되살려냄으로써 생생한 현장감을 자아낸다.[15]

한편, 일상적으로 사용되는 고유어에 새로운 의미를 불어넣어 세태 를 풍자한 예도 있다.

---

14) 어휘 풀이는 '민충환 편, 『이문구 소설어 사전』, 고려대학교 민족문화연구원, 2000'을 참고했 음.

"운동장에서 악쓰는 사람 중엔 아마 뛰어야 잘산다고 믿는 이가 태반일 게다. 요새 사람들은 보통 하는 일도 으레껀 뛴다고 말하지 않더냐. 직장에 다니는 것도 뛴다, 장사를 하는 것도 뛴다, 심지어는 내외간에 잠자기를 하는 것도 뛴다…… 여북하면 뛰면서 생각하자는 말까지 다 나왔을까마는, 그렇게 앉아서도 뛰고 누워서도 뛰다 보면 운동선수가 직업으로 뛰는 것도 자기를 대신해서 뛰어주는 줄로 착각하기가 쉬운 거야. 그뿐인가. 깊이 골몰하고 연구해도 션찮을 판에 뛰면서 생각해 봐라. 모로 가도 서울만 가면 장땡이란 결론밖에 더 나오겠나…… 큰일이야. 예전 난리는 국파산하재(國破山河在)라도 됐지만 이 사천만이 몽땅 뛰어봐라, 돌팍 하나나 성히 남아나겠는가."

—『산 너머 남촌』, pp.54~55.

'남을 딛고 일어서지 않으면 남에게 밟히기가 십상'인 경쟁 사회에서는 뒤떨어지지 않기 위해 '뛰어야' 한다. '뛴다'의 사회적 의미를 '문정'은 '모로 가도 서울만 가면 장땡'이란 '인격덤핑' 현상과 연결시킨다. 이러한 의미의 전용은 물질만능의 세태를 비판·풍자하는 데 기여한다.

"애는 해비치, 쟤는 예다운, 아들은 슬미…… 아저씨, 이름들 멋있죠?"
오서방네 딸은 마치 이름에 계급이라도 붙어 있는 듯이 은근히 자세까지

---

15) 이러한 정황을 생생하게 재현하는 언어에 대한 작가의 집착이 「유자소전」에서는 '유자'라는 인물에 대한 호감으로 변주되는데, 다음의 장면에 잘 나타나 있다.
"유자는 직업적인 문필가에 못지않은 어휘 감각으로 이 나라 문단의 제가백가들과 교유를 하면서도 언제나 대화의 선도(鮮度)를 유지했거니와, 그 중에서도 보령 지방의 방언 구사에서는 그와 겨룰 만한 사람이 드물다고 해도 과언이 아니었다. [⋯중략⋯]
그러나 아무리 잊은 지가 언젠지조차 모르는 귀꿈맞은 방언이라고 해도, 그것이 유자의 입에서 흘러나올 때는 그 말이 지닌 본래의 숨결까지도 고스란히 살아 있어서 생각지도 않은 신선한 느낌마저 덤을 얹는 것이었다."(「유자소전」, 『유자소전』, 벽호, 1993, p.21. 이하 작품과 면수만 표기)

해보려는 기색이었다.

"이민을 가려나 웬 미국식이여?"

"아저씨는…… 미국식이 아니라 순 우리나라 말로 지은 거라구요. 해비치는 햇빛이 환하게 비치라는 뜻이고, 예다운은 예쁘고 아름다운이란 뜻이고, 슬미는 슬기롭고 미덥다는 뜻이에요."

문정은 어이가 없어서 웃었다. 억지도 그런 억지가 없었다. 부르기 좋고 쓰기 좋고 기억하기 좋으면 그만인 이름에까지 말장난이 들어간 사실이 한심스러웠다.

―『산 너머 남촌』, p.179.

위에서 알 수 있듯 '문정'은 우리 것을 너무 앞세우는 태도 또한 경계하고 있다. 이름이란 모름지기 '부르기 좋고 쓰기 좋고 기억하기 좋으면' 그만인데, 여기에까지 '말장난'이 들어간 사실이 한심스럽다는 입장이다. 경직된 우리말 사랑 또한 바람직하지 못하다는 것이다. 이러한 태도는 자식들보다는 부모들의 입장을 앞세우는 데서 비롯된다.

이러한 고유어·속담의 전용은 소비 문화에 대한 날카로운 비판으로 확장된다.

"거짓의 반대가 참인데, 깃 좋구 맛 좋구 근수(斤數) 많이 나가는 날짐승이 쌨는데 해필 기중 오죽잖은 새를 참새라구 부른 건 무슨 속셈인고?"

"참이다 참이다 하고 떠들어대는 것일수록 거짓이 많은 게 세상 풍속 아니던가요."

―『산 너머 남촌』, p.152.

위의 인용문에서는 '참새'라는 어휘를 통해 '거짓이 많은 세상 풍속'이 신랄하게 풍자되고 있다.

이렇듯 『산 너머 남촌』에서 보여지는 고유어/속담의 현재적 전용은 생생한 묘사에도 기여하지만, 세태를 비판하는 방향으로 나아가기도 한다. 전통적인 농경 문화의 체험에 바탕하여 고유어/속담을 재생시키는 작업은 부박하고 경박한 현실 세태에 대한 '농민적 저항'이라고 할 수 있다. 이러한 '농민적 저항'은 '문정'의 시각을 매개로 '선비 정신'과 만난다. 이는 '한자문화/한글문화', '양반문화/서민문화'가 만나는 계기를 마련한다.

"그러니까 내 말은, 요새 사람들이 옛날 선비들의 반만 닮아도 문화인이라고 할 수가 있다는 얘기야."
"세상이 얼마나 바뀌었는데요? 하루가 다르게 세상이 변하는 건 앉아서 테레비만 봐도 다 아신다면서 그러세요?"
윤양은 번번히 어깃장을 놓으면서 앙알거렸다. 촌늙은이 하나쯤은 문제없이 구겨놓을 수 있다는 듯이 자신만만한 표정이었다.
"아무리 하면 된다 하면 된다 해싸도 해서는 안될 것이 있듯이, 세상이 변하네 변하네 해도 안 변하는 게 따로 있으니까 그게 뭔가만 알면 되는 거야."
"그 뭔가가 뭔데요?"
문정은 윤양이 어기대는 바람에 체신머리없이 열을 내었다.
"체동이지. 예전 선비들도 매양 하던 걱정이 체통이 스느냐 안 스느냐 하는 거였으니까…… 그러니 문화인은 아무나 되는 게 아니라는 얘기여. 체통이 스려면 첫째로……"

—『산 너머 남촌』, pp.186~187.

위의 인용문은 '문정'과 '윤양'의 대화이다. '문정'은 자신의 입장에서 '선비'의 현재성을 강변하고, '윤양'은 세상이 바뀌었다는 자신의

논리를 주장한다. 이 둘의 대화는 서로 대립하고 있는 듯하지만 사실
은 서로의 입장을 반성적으로 성찰하는 계기를 마련한다. '문정'은 '체
신머리없이'라는 표현을 통해 자신의 논리가 무리가 있음을 스스로 폭
로하고, 또 작가의 목소리를 통해 이를 '궤변'이라고 인정한다. 한편,
'윤양'은 '문정'을 멋을 아는 사람이라고 평가하면서 호감을 갖는다.
'아저씨 나름의 주의(主義)', 즉 정신적인 여유/주체성이 있는 '멋쟁
이'라는 것이다.

　이러한 소통이야말로 『산 너머 남촌』을 떠받치고 있는 원동력이다.
'영두'의 시선을 통해 '중산층'의 개념을 현대적으로 전용하고 있는 다
음 대목의 이면에는 '문정'의 '선비정신'이 가로놓여 있다. 다시 말해
서 '문정'과 '영두' 사이의 소통이 전제되어야만 이러한 태도가 가능하
다는 것이다.

　　비록 의식주에 급하지 않고 아이들이 대학을 나올 여유가 넉넉하더라도
　그것이 중산층의 구색을 채우는 밀도는 기껏해야 경제적인 안정이 전부가
　아니요, 늙마에 옹색하지 아니할 전망에도 의심이 붙을 데가 없어야 할 것
　이었다. 경위에 어둡지 않아서 여론을 일으키는 데에 말발이 서야 할 것이
　며 주어진 역량과 분수에 유감이 없어야 할뿐더러, 이루어진 일에 남이 알
　아줌과 아울러 보람이 나타나지 않아서도 아니 될 것이었다. 그리고 그것이
　궁극적으로 남의 도움이 아쉬운 이들에게 반드시 이바지하는 바가 되어야
　만 비로소 중산층의 여건이 여문 것으로 어림할 수가 있을 것이다.
　　　　　　　　　　　　　　　　　　　　　　　　—『산 너머 남촌』, p.85.

　『산 너머 남촌』은 한자어와 고유어/속담의 현재적 전용을 통해 당대
의 경박한 소비 문화를 풍자하고 있는 작품이다. 이러한 풍자는 유교
문화와 서민 문화, 한자어와 고유어 등이 만나는 자리를 마련하는데,

그것은 우리의 전통 담론을 전용하는 태도의 일환이라고 할 수 있다.

(3) 외래어의 전용

『산 너머 남촌』은 '한자어/고유어'의 전용과 동시에 '외래어/외래 문화'에 대한 전용에도 적극적이다. 전통 문화는 외래 문화와의 관계 속에서 자신의 현실을 드러낼 수 있기 때문이다. '문정'의 눈을 통해 서구 문화에 대한 '신(新)사대주의'적 세태가 신랄하게 비판된다. 이러한 태도는 먼저 언어에서 두드러지게 표출된다. 일상이 이데올로기에 의해 식민화되고 있음을 보여주는 가장 여실한 증거로서 '말'보다 더 확실한 공간을 찾기 어렵기 때문이다.[16)]

"코피로 올릴까요?"

"뒤로 젖혀져도 코피를 보는 사람이니 같은 값이면 커어피로 놓으시지."

—『산 너머 남촌』, p.23.

다방 마담은 'coffee'를 '코피'로 발음한다. 이에 대해 '문정'은 '뒤로 젖혀져도 코피를 보는 사람'이라고 자신을 소개하면서 '커어피'로 고쳐 발음한다. 이는 'coffee'에 대한 '문정'의 불신감을 드러내준다. '뒤로 넘어져도 코가 깨진다'라는 속담을 연상하며, '코피'를 통해 재수 없는 경우를 떠올린 것이다. 그렇다고 'coffee'로 대변되는 다방을 거부할 수도 없는 일이다. 다방은 '마을꾼', '말벗'들과 '문정'이 유일하게 소일하는 마을방이며, 신문이나 방송 등의 공식화된 이야기와 다른 민간에 돌아다니는 말을 수집할 수 있는 언어 집적소이기 때문이다. 이에 '문정'은 'coffee'를 자신만의 언어인 '커어피'로 전용함으로써,

---

16) 한수영, 앞의 책, p.364 참조.

다방을 이야기꾼들의 공간으로 전화시키는 것이다.

다음은 왜곡된 언어 전용의 세태를 풍자하는 예이다.

봉득이가 새로 박았다고 내민 명함의 상호는 사께오 부동산이었다.

"사께오가 어디 말이우?"

영두가 명함을 받아 지갑에 끼우며 물었다.

"사겠어요를 세련되게 줄인 거잖아. 일제라면 전기밥솥만 최고로 치는 게 아니라 말까지도 덮어놓고 따라가는 판인데 복덕방 간판이라고 일제 뺑끼 칠을 안할 수 있어? 요새는 뛰어도 문자로 뛰어야 한다구."

—『산 너머 남촌』, p.68.

'사께오'는 '사겠어요'라는 고유어의 줄임말이다. 그러나 이 말의 어감은 일본어를 연상시킨다. 일본 제품에 대한 무조건적인 맹신의 풍조 속에서 복덕방 간판까지 '일제 뺑키칠'을 한 것이다. 고유어의 어감을 애써 희석시키고 일본어의 어감을 살리려는 '봉득이'의 모습은 부박한 상업주의가 판치는 세태에 대한 희화화이다. 이러한 세태는 본고장인 일본에서도 갖고 노는 사람이 없고 구경하기조차 힘든 화투를 지금까지도 대중 오락으로 즐기는 우리 모습에 대한 질타에서 극에 달한다.

다음의 인용문은 한발 더 나아가 이름에까지 외래어가 침윤된 모습을 보여준다.

"신건이라니까 그래. 키신저모양 중년부터 크게 되고, 레이건에서 건짜까지 여봐라 하며 살으라고, 키신저에서 신자를 따고 레이건에서 건짜를 떼서 신건이…… 쯧, 일러주면 뭘해 만날 들을 때뿐인걸."

—『산 너머 남촌』, p.82.

188

'키신저'에서 '신'자를, '레이건'에서 '건'자를 따서 '신건'이라고 이름짓는 세태는 다소 과장되었지만, 물질과 돈, 권력을 신봉하는 소비문화의 폐해를 적나라하게 보여주는 예이다.

이러한 언어의 왜곡은 문화의 영역으로 확장된다.

　"미국 것이나 불란서 것이나 독일 것이 한 말은 아무리 오래된 말이라도 비철이라고는 하지 않을걸세. 그건 자네만 그런다는 게 아니야. 애비 잘 만난 덕에 높은 학교를 나왔다고 껍죽대는 것일수록 서양 것들이 커피 한잔 마시면서 씨부렁댄 소리는 무조건 대가리에 모셔두어도 죄할애비가 수십 년을 두고 외운 말은 서양 것들의 기침소리만도 못하게 여기더라구…… 그런데 자네는 무슨 연고로 누르스름한 쪽에 들이굽지 않고 울긋불긋한 쪽으로 내굽는 겐가?"

　"공자왈 맹자왈이야 그동안 사대주의밖에 가르친 게 더 있나요."

　"서양 것들의 혀꼬부러진 소리는 그게 아니고 뭔데?"

―『산 너머 남촌』, pp.160~161.

과거의 전통을 '사대주의'로 치부하고 배척하는 모습은 또 다른 편향을 초래한다. 극과 극은 통한다는 말이 있듯이, 이러한 편향과 서구 문화를 신봉하는 태도는 동전의 양면과 같이 불가분의 관계에 있다. '문정'은 이 점을 질타하는 것이다. 우리의 전통을 선별적으로 전용했듯이, 서구의 문화 또한 선별적으로 수용해야 한다는 것이다. 이러한 태도는 주체성의 강조로 이어진다.

　"어디가 한집안 같아? 좌우간 손님으로 온 이는 손님으로 맞고, 장삿속으로 온 이는 장삿속으로 맞고, 구경꾼으로 왔으면 구경꾼으로 대하고, 지나가는 사람은 지나가는 눈으로 봐주면 그만이지, 외국인이라면 무턱대고 사

죽을 못쓰며 손님대접을 해야 할 만큼 우리가 그렇게 만만하단 말여? 팔륙
이고 팔팔이고 끽해야 두어 주일 가다가 말 운동회 때문에 몇년 몇해씩 들
썩댄다는 건 도대체 말이 아니라구. 남들더러 봐달라고 북치고 장구치는 건
예전 말로 광대고 요즘말로 연기잔데, 그래 있는 것 없는 것 몽땅 털어서 전
국민이 연기자로 나스자는 얘기여? 아무리 공자님이 외국인이고 부처님이
외국인이고 예수님이 외국인이라도 그렇지, 외국인이라면 덮어놓고 깜박
죽는 거…… 이건 병통도 이만저만한 병통이 아니라구."

—『산 너머 남촌』, pp.189~190.

'손님으로 온 이는 손님으로 맞고, 장삿속으로 온 이는 장삿속으로
맞고, 구경꾼으로 왔으면 구경꾼으로 대하고, 지나가는 사람은 지나가
는 눈으로' 봐주자는 것이다. 이러한 주체적인 태도는 외래 문화에 대
한 선별적 수용과 더불어 문화 상대주의적 태도의 중요성을 환기시킨
다.

외래 문화와 전통 문화 사이의 소통의 필요성을 강조하는 웃지 못할
다음의 에피소드는 이러한 점을 강조하는 예이다.

"첫날밤도 안 지낸 새신랑을 거꾸로 달아매고 다듬이질을 해댔으니 그건
또 얼마나 무지막지한 야만족으로 보였겠어요? 당해도 싸다구요."
"총질을 한 건 문화인이구?"

—『산 너머 남촌』, p.194.

6·25 이후 정전 협정 이전의 일이었다. 동네 혼인 잔치 첫날밤 신랑
을 거꾸로 매달아놓은 채 방망이로 발바닥을 한창 두들길 때, 지나가
던 미군이 보고 웬 사건이냐고 묻는다. 시국이 시국이니만큼 그 이방
인의 눈에는 사형(私刑)을 집행하는 것으로 보였을지도 모를 일이었

다. "짐작컨대 사형수의 형을 지금 그렇게 집행하는 것인가? 오케이. 내게 총이 있으니 간단히 처리해 주면 어떻겠는가? 오케이 오케이. 그 자리에 그렇게 달아놓고 처리해도 되겠는가? 오케이 오케이."(『산 너머 남촌』, p.193.) 문화의 차이, 그리고 소통의 부재가 낳은 오해가 결국 비극적 죽음을 부른 것이다. '야만인'과 '문화인'을 나누는 절대적 기준은 존재하지 않는다는 것이다. 위의 에피소드는 다소 과장되었지만, 서로 다른 문화 사이의 동등한 만남과 소통을 인정하는 자세야말로 외래 문화를 주체적으로 전용하는 태도라는 점을 암시한다.

『산 너머 남촌』에서는 한자어와 고유어/속담 그리고 외래어가 동시대의 농촌 현실과 교차하면서 현재적으로 전용되고 있다. 이러한 전용은 과거와 현재, 기존의 문화와 현재의 문화 그리고 전통 문화와 서구 문화가 상호 충돌하면서 혼종되는 접점을 응시하게 한다. 접점을 응시하는 태도는 이질적인 문화를 동질화하려는 근대 담론의 이데올로기를 일탈하며 탈중심화를 지향한다. 탈중심화된 시선은 각 문화들 사이의 '틈'에 주목함으로써 서로의 정체성을 확장시키는 데 기여한다.

3) 진보적 보수주의의 이념

『산 너머 남촌』의 '문정'은 '비판적인 인사이더(critical insider)'라 할 수 있다. 이들은 사회적 전통 안에 존재하되 비판적으로 존재한다. 물론 이러한 자세는 혼합되지 않은 순수한 전통이라는 개념을 거부하는 동시에, 자신이 처해 있는 입장의 모순을 체제의 문화적 역량 부족이나 지속적인 식민주의적 지배의 증표로 인정하기보다는 창조적인 잠재력의 한 증표로 끌어안음으로써만 취해질 수 있는 것이다.[17] 따라서

---

17) Ashcroft, B. etc., 이석호 역, 앞의 책, p.197 참조.

이들은 보수주의적 성향을 띠기도 한다. 하지만 이들의 보수주의는 기존의 전통을 창조적으로 전용하고, 현재적으로 부활시킨다는 점에서 '진보적 보수주의'라 할 수 있다. 전통 미학이란 것은 학문적인 연구를 통해서 재발견되거나 부활되는 것이 아니라 지속적인 쓰임을 통해서 재생 혹은 조율되는 것[18]이기 때문이다.

이러한 전통 미학이 『산 너머 남촌』의 '문정'에게는 '중용의 정신'으로 재생된다.

"자네 한자(漢字) 오만 자 중에 무슨 자가 젤 어려운 잔지 알겠나?"

의곤이는 쉽게 대답했다.

"저희 때는 학교에서 안 가르쳤어요. 아마 제 또래는 다 그럴걸요."

"배웠거나 안 배웠거나 어려운 자는 늘 어려운 법일세."

"무슨 잔데요?"

"가운뎃중(中) 잘세."

"상·중·하 할 때의 그 중자 말인가요?"

"바로 그걸세. 상도 아니고 하도 아니라서 어렵다는 얘기여."

의곤이가 모처럼 직수굿하기에 문정이 주춤하고 서서 담배를 붙여 물었다.

"중은 글자 그대로 중앙 중심 한복판…… 즉 넘치지도 않고 모자라지도 않는 알맞은 상태를 나타내는 글자지. 예전 말씀에는 사람이 희로애락을 발하지 않는 상태라고 했지만 그건 공자님도 어렵다고 하신 말씀이고…… 우리네는 그저 겨울이냐 여름이냐 하는 일도양단의 극단만 참을 수 있어도 제법 괜찮은 편이지."

—『산 너머 남촌』, p.159.

---

18) Ashcroft. B. etc., 이석호 역, 위의 책, p.199 참조.

부박한 소비 사회를 살아가는 데 있어서 '일도양단의 극단을 참을 수' 있는 '중용의 정신'은 일견 보수적으로 보이지만, 역설적으로 진보적인 의미를 획득할 수 있다. '넘치지도 모자라지도 않는 알맞은 상태'를 유지하는 일은 욕망과 이미지의 무한 질주로 대변되는 산업 사회의 모순을 넘어서는 하나의 대안이 될 수 있다. 이러한 태도는 '위로는 천시(天時)를 잃지 않고 아래로는 지리(地利)를 잃지 않으며, 그리고 중간으로는 인사(人事)를 잃지 않'는 농본적 세계관과 연결된다. 이 때문에 '부곡면 농소리 아느기' 마을의 '터주대감', '문정'의 보수적 진보주의가 빛을 발하는 것이다. '일삼아서 쉬고, 놀기 싫어서 일'하는 '문정'이지만, 이러한 계급적 조건이 오히려 부박한 도시적 삶을 냉철하게 바라볼 수 있는 기반이 된다.[19] 초기 소설에서는 도시에서 농촌을 바라보는 관찰자의 시선을 통해 거리감이 확보되었다는 점에서 도시와 농촌의 긴장감을 구체적으로 포착할 수 없었다. 그러나 '문정'은 '농본적 세계관'을 통해 도시를 바라봄으로써 이러한 균형감을 획득하고 있다. 이는 『관촌수필』과 『우리 동네』의 '농촌공동체'에 대한 탐색을 기반으로 해서 마련된 것이다.

내가 지푸라기냐? 하긴 그럴지도 모르지.

전에는 곡식을 담는 섬 잿박 가마니 오쟁이 멱서리 둥구미 같은 것도 죄다 짚으로 쳤어. 곡식을 너는 멍석 맷방석 도래방석도 짚으로 엮고, 곡식을 갈무리하는 낟가리 통가리 노적가리 새끼 매끼 밧줄 멜빵…… 가축을 치는 거적 덕석 망태 구럭 멍덕고 짚으로 뜨고…… 부엌에서 쓰는 뒤트레방석 짚방석 똬리 삼태기…… 사람이 덮고 깔고 신는 것들…… 이엉 용마름 도롱

---

19) '문정'은 자신의 정체성 자체에 회의적이지만, 그렇다고 자신의 정체성을 버리고 농민 속으로 들어가는 것도 거부한다. 그는 일방적으로 타자의 입장이 되어서 스스로를 바라보아야 한다는 관점에는 회의적인데, 그것은 타자를 지워버리는 또 다른 자기 중심적 발상을 낳을 수 있기 때문이다.

이 접사리 짚자리 베갯속 짚세기 설피 따위도 모두 짚으로 꼬고 겯고 땋고 했다구.

　그뿐인가. 사람이 태어날 때도 짚으로 깔집을 해서 새생명을 받고, 짚으로 왼새끼를 꼬아 금줄을 쳤고…… 짚은 왜기부터 검부래기까지 노는 것이 없었어. 지금은 슬레트 플라스틱 비닐이 판을 쳐서 한구석에 비맞아 썩고 있지만, 그것도 어디 그냥 거저 썩는 것인가. 모름지기 한줌의 퇴비로 땅을 가꾸는 밑거름이 될지니 그 아니 멋진 일인가. 나더러 지푸라기라구? 아마 그럴지도 몰라……

　택시는 빗속의 어둠을 가르며 달려가고 있었다.

―『산 너머 남촌』, p.296.

비록 현재는 '슬레트 플라스틱 비닐' 등에 밀려 쓸모 없는 '지푸라기'로 보일지라도, 곡식이 있는 한, 부엌이 있는 한, 사람이 태어나는 한, 농업이 있는 한, '지푸라기'는 '한줌의 퇴비로 땅을 가꾸는 밑거름'이 될 수 있다. 다만 자본의 논리가 강요하는 효용의 가치에 가려졌기 때문에 잘 드러나지 않을 뿐이다.

「유자소전」의 '유자' 또한 '지푸라기'이다.

　이기되 양심적으로 이겨야 하고 정서적으로 이겨야만 하였다.

　그가 인간적으로, 양심적으로, 정서적으로 이기는 일은 그리 어려운 일이 아니었다. 사필귀정의 원칙과 진실에 대한 신뢰에 흔들림이 없는 이상은 어려운 일이 아니었다.

―「유자소전」, p.49.

'사필귀정의 원칙과 진실에 대한 신뢰에 흔들림이 없는 이상'을 더 이상 찾아볼 수 없을 정도로 타락한 사회에서 '유자'의 삶은 보수적 진

194

보성을 획득한다. '유자'는 이를 바탕으로 '양심적'으로 '정서적'으로 부끄러움이 없는 직업 의식을 발휘한다. 그는 '인간미가 넘치는 든든한 해결사'인 것이다. 이는 '선비적인 덕량의 본보기'라 할 수 있다.

자본의 논리가 세부적 일상은 물론 무의식의 영역까지 장악하고 있는 근대 사회에서 자본의 이데올로기 자체를 거부하는 행위는 현실 도피적인 태도에 다름 아니다. '근대성'과 '탈근대성/탈식민성'의 길항 관계 또한 근대 담론의 이데올로기를 전면적으로 거부하는 것이 아니라, '근대성의 자기 고양 전략'을 수용·흡수하면서, 근대성의 부정적인 양상을 지양하려는 의지의 발현이다. 이에 '전통적 가치관과 서구적 의미의 담론을 동시에 해체·전용하려는' '문정'과 '유자'의 행위는 '근대성의 변증법을 반복하면서 이를 넘어서려는' '탈근대주의/탈식민주의'의 전망과 연결된다.

특히, 탈식민주의와 연관해서『산 너머 남촌』은 미세한 균열을 보여준다. 이 작품에서 두드러지게 표출되는 '담론(언어/문화)의 전용'에 대한 관심은 탈근대주의적 특성을 적극적으로 수용하고 있는 예에 해당한다. 중심(서구)과 주변(전통) 양자에 대한 비판적 해체를 통해 이분법적 사유를 상대화하고 있기 때문이다. 그러나 주제의식과 연관하여 '문정'의 '중용의 정신' 혹은 '보수적 진보주의' 등은 주변(전통)에 대한 강조를 통해 중심(서구)을 극복하려는 의지를 표명하고 있다. '중용의 정신', '보수적 진보주의' 등의 이념이 서구와 전통의 이분법적 사유를 해체하는 데 기여하기보다는, 여전히 민족적 전통에 대한 강박관념에 가까운 부채 의식에 사로잡혀 있는 듯이 보이기 때문이다.[20]

이문구의『매월당 김시습』과『내 몸은 너무 오래 서 있거나 걸어왔다』의 몇몇 작품은『산 너머 남촌』의 이러한 표현 방식과 주제의식 사이의 미세한 균열을 자아와 세계의 팽팽한 긴장을 통해 극복하려는 의지를 보여준다.

2. '방외인'의 서사

1) '방외인'의 삶

『매월당 김시습』의 '김시습', 「장동리 싸리나무」의 '하석귀', 그리고 「더더대를 찾아서」의 '이립' 등은 방외인(方外人)[21]이라 할 수 있다. 방외인은 현실과 이상, 자아와 세계의 점이지대를 사는 사람들이다. 이들의 의식은 스스로의 내면에서 독백적으로 생성되는 것이 아니라, 세계(타자)와의 경계선에서 발생한다. 경계인의 삶은 타자와의 경계에서 그들의 시선을 통해 스스로의 모습을 드러낸다. 이는 타자의 눈으로 자기를 볼 수 있는 가능성을 열어 놓고 있다는 점에서 근대의 동일

---

20) 이러한 형식적 측면과 내용적 측면의 미세한 분열은 '탈식민주의 이론'과 '탈식민주의 비평'의 균열을 연상시킨다. 바트 무어―길버트에 의하면, '탈식민주의 이론'은 데리다, 라캉, 푸코로 대표되는 탈근대주의의 방법론에 의존하고 있는 사이드, 스피박, 바바 등의 저작을 의미한다. 반면, '탈식민주의 비평'은 서구 바깥에서 식민통치에 저항하는 식민지 타자의 목소리로 발현되고 있으며, 제3세계 자체에서 형성된 반식민적 민족주의의 전통을 강조한다. 뒤부아, 세제르, 셍고르, 파농, 아체베, 응구기, 소잉카, 해리스, 브래스웨이트 등이 여기에 해당하는 인물들이다. 무어―길버트는 사이드의 『오리엔탈리즘』을 탈식민주의의 분기점으로 보아, 그 이전을 '탈식민주의 비평', 그 이후를 '탈식민주의 이론'으로 구분한다. 탈식민주의 비평이 제3세계의 자생적이고 주체적인 독립운동이었다면, 탈식민주의 이론은 서구 이론과 자본의 개입으로 진행되는 문화적 신탁통치이다. 무어―길버트는 탈식민주의의 토대를 탈근대주의가 아닌 제3세계의 반식민 민족주의에서 찾고 있다. 탈식민주의가 탈근대주의를 통해 이론적 정교함과 세련미를 갖춘 사실은 부정할 수 없으나, 이를 탈근대주의의 탄생으로 간주하는 것은 탈식민주의를 탈근대주의에 종속시키는 행위이기 때문이다. 반면, 탈식민주의를 뒤부아나 파농 등에서 찾게 되면, 탈식민주의의 강박관념인 지적 식민성에서 벗어날 수 있다.
탈식민주의 이론과 탈식민주의 비평의 공통점을 전략적 차원에서 찾아본다면, 두 분야 모두 인본주의라는 지배 이데올로기를 비판함으로써 서구가 역사적으로 누려온 문화적 권위를 탈중심화시키려 한다는 것이다. 무어―길버트는 이러한 관점을 부각시키면서 '제3세계의 토착주의'와 '서구의 문화다원주의' 사이의 생산적 대화를 통한 화해의 필요성을 강조한다(Moore-Gilbert, B., 이경원 역, 『탈식민주의! 저항에서 유희로』, 한길사, 2001 참조). 이러한 탈식민주의의 딜레마는 이론적 일관성과 정치적 효과 사이에서도 드러난다. 이경원은 탈식민주의가 마르크스의 '이데올로기'와 푸코의 '담론'이라는 양립되기 힘든 두 개념틀에 동시에 의존하다 보니 자기 모순적 딜레마에 빠지게 된다고 본다. 그에 의하면 탈식민주의는 유럽중심적 주체 개념이나 거대 서사를 비판하는 단계에서는 해체론적 모델을 끌어오지만, 제3세계의 역헤게모니적 실천을 위한 저항 주체를 구성하는 단계에서는 본질론적 모델에 자꾸 눈을 돌린다. 탈식민주의는 제3세계 민족주의와 제1세계 포스트모더니즘이 각각 방어와 공격의 줄다리기를 하고 있는 영역인 것이다(이경원, 「탈식민주의의 계보와 정체성」, 앞의 책, pp.24~26 참조).

성 담론과 대화적 관계에 놓인다. 방외인은 경계선에서 현실과 이상, 자아와 타자 그리고 안과 밖 사이를 대화적으로 연결하려고 한다.

초기 소설에서 드러난 '다성적 주체'나 '비동일화의 주체'와 비교했을 때, 방외인은 이들의 문제의식을 좀더 심화·확장하고 있다고 할 수 있다. 「암소」의 '황구만', 「해벽」의 '조등만', 「김탁보전」의 '김탁보' 등으로 대변되는 '다성적 주체'들은 농촌공동체와 근대화 기획의 모순된 삶을 동시에 체험하는 인물이었다. 이들은 스스로의 문제적 삶을 사회적 실천으로 진전시키지 못했다는 점에서 한계를 지닌다. 「지혈」의 '찬섭', 『장한몽』의 '상배'로 대표되는 '비동일화의 주체'는 자본의 논

---

21) 황종연에 의하면, '방외인(方外人)'은 '시대의 추세에 영합하지 않고 자기의 도덕적 신념대로 사는 사람'을 지칭한다. 그에 의하면 「백의」의 '절벽이 영감', 「해벽」의 '조등만', 「일락서산」의 '할아버지', 「공산토월」의 '석공', 『매월당 김시습』의 '김시습' 등 이문구 소설 대부분의 주인공이 방외인에 속한다. 그는 방외인의 사회적 의미를, 세상에 쓸모 없는 존재이지만, 세상의 부패하고 추악한 것을 알려주는 사람이라고 정의한다.(황종연, 「도시화·산업화시대의 방외인」, 『작가세계』, 1992년 겨울, pp.68~69 참조). 이러한 입장을 수용했을 때, 이문구 소설에서 나타나는 방외인은 세계와의 소통이나 교류를 단념, 혹은 체념한 소극적이고 수동적인 인물로 전락한다.
이에 본고에서는 '방외인'을 이상과 현실, 자아와 세계, 문명과 문화의 결절점을 사는 인물이라는 관점에서 접근한다. 이러한 관점은 다음의 논의를 수용한 결과이다.
임형택은 매월당을 '방외형(方外型)'에 속하는 인물로 보았다. 그는 조선조 사대부층을 관료로의 현달을 지향하는 '관인형(官人型)'과 강호(江湖)의 은둔을 지향하는 '처사형(處士型)'으로 구분하고, '방외형'은 관인으로 나아가는 것도 탐탁지 않지만, 처사적인 권위와 규범을 지키는 생활도 바라지 않는 특이한 존재라고 보았다. 즉, '방외형'은 부당한 사회현실에 굴종하거나 체념하지 아니하고 저항적인 자세를 취했던 것이다. 궁극적으로 중세기적 권위에 순종하기를 거부하고, 인간의 양심·자아를 지키려는 몸부림이었다고 할 수 있다. 이러한 매월당의 저항적인 삶의 자세는 공고하게 행사되는 체제하에서 그 자신을 '아웃사이더'로 살아가게 만들었던 것이다(임형택, 「매월당의 방외인적 성격과 사상」, 『한국문학사의 시각』, 창작과비평사, 1984, pp.68~69 참조).
'방외인(方外人)'은 어떤 문화의 중심권에서 벗어나 있는 공간이라는 의미의 '방외(方外)'에서 삶을 꾸려간 인물들을 지칭한다. 따라서 '방(方)'은 유·무형의 테두리 또는 규격이고 '방외(方外)'는 그것의 언저리 내지 밖을 의미한다. 방외인 문학은 방외인이 주체가 되어 이룩한 문학 활동 내지 문학 작품의 총칭이다. 윤주필은 한국의 방외인문학은 중세를 주도했던 지식인의 한 문학유파로서 취급해야 한다고 할 때 조선전기만을 부각시키는 것은 온당치 않다고 본다. 여기서 진일보하여 지식인들이 시대의 고난과 사상의 분열을 극복하고 새로운 사상을 모색하고자 할 때 방외의 정신이 광채를 발했던 자취를 한국지성사에서 통시적으로 포착해야 한다는 것이다. 특히 서구의 근대 개념으로부터 파생된 식민지 사관, 개발 독재, 좌우이념 갈등, 물신주의 등을 거부하고 명분과 기능성에 매몰되기 일쑤인 지식인의 한계를 넘어서서 실천적이고 주체적인 근대인의 길을 마련하는 데 방외 정신은 소중한 우리 지성사의 전통으로 작용했다는 것이다. 그에 의하면 방외인은 진실이 증발한 시대를 아파하며 아직은 오지 않은 시대의 가치를 소망하지만 그 무엇도 미리 전제하기를 거부하는 존재들이다(윤주필, 『한국의 방외인문학』, 집문당, 1999, pp.5~11 참조).

리가 지배하는 근대적 삶과 그 너머의 경계에서 방황하는 인물이다. 이들은 근대화 기획에 '동조하면서 저항하는' 모순된 삶의 태도를 보여준다. 공동체적 삶의 흔적을 간직한 하층민들의 삶을 통해 근대적 삶의 모순을 인식하는 계기를 마련하지만, 일시적인 일탈이나 순간적인 해방감을 느끼는 수준에 머문다.

이렇듯 전통과 서구 문화의 경계에서 길항하던 인물들은 『관촌수필』과 『우리 동네』를 거치면서 뚜렷한 전망을 획득한다. 『관촌수필』은 농촌공동체적 삶의 방식을 통해 근대적 삶의 양식을 되받아 쓰고 있으며, 『우리 동네』는 농민들의 주체적 힘을 통해 근대화 기획의 허구성과 이에 바탕한 소비 문화의 경박한 풍조를 비판하고 있다. 이문구 중기 소설의 인물들은 농촌공동체적 삶의 방식을 간직한 농민들의 언어를 통해 서구적 의미의 근대성을 전용하는 과정을 보여준다.

『산 너머 남촌』의 '문정'과 「유자소전」의 '유자'는 서구의 담론과 전통 담론을 동시에 해체·전용함으로써 새로운 공간을 마련하고 있다. 이들은 '비판적인 인사이더'의 모습을 견지하면서 '진보적 보수주의'의 이념을 표출하였다. 하지만 '진보적 보수주의'의 이념을 구체적으로 현실화하는 데까지는 이르지 못하고 있다.

이러한 과정을 거치면서 등장한 인물들이 '방외인(김시습, 하석귀, 이립 등)'이다. 특히, '김시습'의 방외인적 삶은 지금까지 이문구 소설 인물들이 보여준 문제의식을 현실과 이상, 자아와 세계의 팽팽한 긴장으로 확장·심화시키고 있다는 점에서 주목을 요한다.

김시습의 삶은 현실과 이상, 삶과 죽음, 의식과 무의식, 속세와 자연 등의 경계에 마련된다. 이러한 경계인(방외인)의 삶은 '모든 것이 뚜렷하지 않은 달빛을 가는 나그네'에 비유할 수 있다. '모든 것이 뚜렷하지 않은 가운데 그 뚜렷하지 않다는 사실 하나만이 뚜렷한 것', 그것은 아마도 '생명력'일 것이다. 이러한 역동적인 가능성에 의해 존재하는 힘, 홍몽(鴻濛) 혼돈(混沌)이야말로 생명의 잉태이며 생동의 근본이다.

가슴을 씻지는 못하더라도 그나마 가슴을 어루만져 주고 다독거려 주는 것은, 그것은 성(城)도 아니고 들도 아니고 산이었다. 또 집도 아니고 절도 아니고 길이었다. 울음도 아니고 웃음도 아니고 광기였고, 욕도 아니고 잠도 아니고 책이었고, 물도 아니고 차도 아니고 술이었고, 병도 아니고 꿈도 아니고 글이었다.

— 『매월당 김시습』, 문이당, 1992, p.63, 이하 작품과 면수만 표기.

김시습에게 이러한 생명력은 성(城)과 들의 사이인 '산', 집과 절의 사이인 '길', 울음과 웃음의 사이인 '광기', 욕과 잠의 사이인 '책', 물과 차의 사이인 '술', 병과 꿈의 사이인 '글' 등의 공간에서 나온다. 김시습은 '성(城)', '집', '울음', '욕', '물', '병' 등으로 변주되는 현실의 공간도 뿌리치지 못하고, '들', '절', '웃음', '잠', '차', '꿈' 등의 이상적 공간도 외면하지 못한다. 그는 이 두 문화의 경계선에서 양쪽을 대화적으로 연결하는데, 이러한 공간은 '사잇길', '에움길', '두름길', '후미길', '버릇길' 등으로 나타난다. 이 길은 지배 이념에서 배제된 주변으로 가는 길이며, 진보와 퇴보의 상반된 가능성이 내포된 길이기도 하다. 지름길이 있음을 알면서도 먼 길을 가는 길손, '길에서 살면서도 길에서조차 주인일 수가 없었던 덧없는 나그네'가 방외인, 김시습의 초상이다.

이러한 방외인의 모습은 그가 살았던 시대 현실과 연관하여 유·불·선의 긴장으로 표출된다.

그러므로 상왕에 대한 복상은 매월당에게도 유일한 예와 도와 분수일 터이며, 살면 사는 날까지 생활의 내용이 될 수밖에 없는 운명인 것이었다.

그렇지만 한결같이 전형성에 구애받는 퇴관들의 복상 형식을 그대로 따르기는 거북한 일이었다. 머리를 깎고 검정옷을 걸치고도 도가의 단약(丹藥)과 단전으로 하는 호흡에 솔깃하여, 왼발은 불가에 젖고 오른발은 도가에 물든 채 유가의 몸통을 가누려고 한 것도, 형식은 여유이며 육식자(肉食者·벼슬아치)들의 사무에 불과하다는 생각에서 비롯된 것이니만큼, 꼭이 퇴관들과 한 굴레를 쓰고 명분을 나누는 것만이 최선이라고 할 법은 없는 것이었다.

—『매월당 김시습』, p.250.

위의 인용문에는 세조의 '왕위 찬탈'로 인해 죽음을 당한 '단종'의 장례를 치르는 매월당의 심정이 잘 드러나 있다. 그에게 '상왕에 대한 복상'은 '유일한 예와 도와 분수'이며 '운명'이다. 이러한 김시습의 처지는 '왼발은 불가에 젖고 오른발은 도가에 물든 채 유가의 몸통을 가누려고 하는' 모습에서 적실하게 표출된다. 여기에서 '유가'는 '현실'을 상징하는 기표이고 '불가'나 '도가'는 '현실 너머', 즉 '이상'을 드러내는 지표이다. 따라서 매월당의 모습은 '현실 속에서 현실 너머를 꿈꾸는' 자의 형상이다. '현실 속에 뿌리내리려는 욕망과 타락한 현실을 일탈하려는 욕망 사이의 팽팽한 긴장'이야말로, 방외인으로서의 김시습을 규정하는 '바로미터'이다.[22]

이러한 존재와 세계, 이상과 현실 사이의 긴장은 진지한 자기 성찰에서 발원한다. 자의식은 자아와 세계 사이의 긴장에서 표출되기 때문이다. 어느 한쪽을 선택하는 것이 중요한 것이 아니라 양자 사이의 긴장

---

22) 김시습의 선택에서 중요한 점은 도(道)·불(佛)을 통합적으로 이해하고 유학의 도리를 크게 저촉하지 않는 한도내에서 '물외(物外)', '산인(山人)'의 생활 형태를 창출해내고자 했던 결심이다. 김시습은 승려가 되어서도 통합적인 방외적 가치를 실현하는 데 자기 사상의 지향점을 두었다. 말하자면 그는 승려이기 때문에 방외인이 된 것이 아니라 방외인의 길을 택했기에 승려가 됐다(윤주필, 앞의 책, p.162 참조).

을 포착하는 작업이 중요하다. 이상은 현실 속에서 결실을 맺을 수 있고 현실에 잠재된 여러 가능성은 이상을 통해 실현될 수 있는 힘을 얻는다. 이상과 현실은 서로 분리되어 있는 것이 아니라 수행의 과정 속에서 상호 작용을 하게 된다.[23] 이러한 양자의 긴장은 지배적인 가치관에서 일탈하려는 자기 안의 타자와 그것이 불가능하다고 생각하는 또 다른 자아 사이의 투쟁에서 기인한다.

> 아까 어떤 사내의 말마따나 이름이 한때를 독차지하였던 오세신동은 어디가고, 지금은 초라하고 왜소한 몰골의 웬 췌세옹(贅世翁) 하나가 고작 청려장(靑藜杖)에 의지하여 다들 아무 겨를 없이 바빠하는 거리를 한갓지게 비치적거리고 있는 것이었다.
>
> —『매월당 김시습』, p.24.

'오세 신동'과 '췌세옹(贅世翁)' 사이의 거리야말로 가슴 아프지만 인정해야 할 현실이다. 고위 관직에 오른 동학들의 모습을 보며 겉으로는 경멸하고 있지만, 잠재된 의식 속에서는 그들을 부러워하고 혹은 남몰래 시기와 질투를 하고 있을지도 모른다는 뼈아픈 각성은 매월당의 가슴을 후려친다. '왼손은 부지런히 내저어 과거를 되도록 멀리 쫓아버리는데도, 오른손은 급제의 유혹을 뿌리치지 못하여 자꾸 망설'인다. 매월당은 몸은 부질없이 세상 밖으로 떠돌았으나 마음은 속절없이 세상에 두고 다녔고, 상투는 잘랐어도 수염은 기르고, 거문고는 무릎에 놓았어도 목탁은 들지 않았던 것과 같이 검정옷을 걸쳐 모양새는 하릴없는 사문(沙門)일망정, 얼은 여전히 추로(鄒魯, 孔孟)에 머물면서 스스로 방학(放學)을 하지 못하였다. 이러한 '모양새'와 '얼' 사이의

---

23) 권덕하, 앞의 책, p.235 참조.

긴장은 '정체성'에 대한 탐색으로 이어진다.

매월당의 정체성은 유교적 세계관과 현실 사이의 긴장에서 동요한다. 그는 '중원에서 동국으로 건너오기 전부터 낡아버린 형식'인 타락한 유교 이념과 탐관오리의 횡포를 비판하는 선비의 모습으로, 혹은 시인의 모습으로 헐벗은 백성과 만난다.[24] '국법을 다시 세워서 나라의 모든 도장을 쪼개고, 나라의 모든 저울대를 꺾어' 백성들의 삶을 풍요롭게 하려던 입신의 의지가 꺾인 매월당에게 시(문학)는 민초들과 만나는 유일한 통로이다. 그는 시를 통해 '부자는 갈수록 더 부자가 되고, 가난뱅이는 갈수록 더 가난해질 수밖에 없'는 현실을 질타한다. 매월당의 '울분과 울화'가 시를 통해 '이름 모를 유민의 목소리'와 교감하는 것이다.

> "일을 해보지 않으면 백성의 어려움을 모르게 되고, 백성의 어려움을 모르고 본즉 백성을 아낄 줄 모르게 되고, 백성을 아낄 줄 모르고 본즉 백성을 해롭힐 줄만 알기에 이를 뿐이니, 이러고도 이를 어찌 인도(人道)라고 하겠느냐."〔…중략…〕
>
> 그러므로 밥을 먹는 자는 응당 들일을 알아야 옳은 것이요, 특히 장차 벼슬아치가 되어 백성을 다스리고자 하는 자는 직접 그 일에 몸을 적셔 보아야 옳다는 것이었다.
>
> —『매월당 김시습』, p.87.

매월당은 스스로 농사를 지으면서 백성들의 자리로 내려앉는다. 백성들의 삶을 체험함으로써 그들을 이해할 수 있다는 것이다. 이러한

---

24) 이는 『산 너머 남촌』의 '문정'의 모습과 유사하다. '문정'은 '벼슬아치나 양반들의 비행을 밝히고 나무라고 기록했던 벼슬아치와 양반들'의 위치에서 현실의 세태를 비판한다. 이러한 '문정'과 '매월당'의 위치는 작가의 세계관을 대변하고 있기도 한데, '비판적인 인사이더' 혹은 '진보적 보수주의'의 이념을 반영한다.

태도는 공부와 노동, 말과 행동을 일치시키려는 선비의 자세라 할 수 있다. 또한 왜곡된 유교적 관습을 바로잡으려는 의지의 표현이기도 하다.

이러한 자세는 매월당의 허무주의적 태도를 극복하는 원동력이 된다. 세조의 '왕위 찬탈'은 두 가지 의미에서 큰 충격을 주었다. 하나는 '의로움의 끝'이다. 의가 밟힌 것은 불의의 발호이며 아울러 치세(治世)의 종막이며 난세의 개막이라는 것이다. 다른 하나는 '거업의 끝'이다. 이에 과거를 위한 학력은 이제 아무짝에도 필요없게 되었다. 그러나 매월당은 이러한 허무의식을 떨치고 일어선다.

그렇지만 그 일의 이룸과 꺾임, 그 뜻의 펴임과 접힘은 운명에 달린 것이라고 해도, 자기 힘으로 할 수 있는 것이라면 모름지기 그 힘이 다하도록 힘써야 옳은 것이며, 그 뜻이 실천할 수 있는 것이라면 모름지기 그 뜻이 굽히지 않도록 애씀이 옳은 것이었다. 그러므로 충신이 되는 도리는 반드시 괴롭게 신하가 되어서 자기 힘으로 할 수 없는 일을 하는 것이 아니라, 신하가 되었기에 신하로서 할 수 있는 일에만 직분을 다함이 있어야 하는 것이었다.

— 『매월당 김시습』, pp.249~250.

'자기 힘으로 할 수 있는 것이라면 모름지기 그 힘이 다하도록 힘써야 옳은 것이며, 그 뜻이 실천할 수 있는 것이라면 모름지기 그 뜻이 굽히지 않도록 애씀이 옳'다는 것이다. 이는 신하로서 할 수 있는 일에 직분을 다하는 자세이며, '벼슬아치나 양반들의 비행을 밝히고 고발하는' 선비의 태도이다.

매월당의 태도는 분명 '근대적인 직분(職分) 사상'이나 '열정적인 나로드니끼의 측면'을 보이지는 않았다. 그러나 이 때문에 매월당을 '그

자신의 한계와 그가 살아야 했던 시대의 한계'를 넘을 수 없었던 인물
이라고 평가[25]하는 것은 문제가 있다. 결코 '시대의 한계'를 넘어서느
냐 그렇지 못하느냐가 중요한 것이 아니다. 그보다는 시대의 울타리
안에서 자신의 문제의식을 극점으로까지 확장시키는 행위야말로 새로
운 시대를 예고하는 맹아이자 암시적 신호가 될 수 있는 것이다. 매월
당은 자신의 삶을 '다된 미완성', '이룩한 미완성'으로 지칭한다. 존재
와 세계의 긴장을 포착하는 문학의 존재 이유도, 바로 '다된 미완성',
'이룩한 미완성'의 의미를 되새김질하는 데에 있는 것이다.

　　매월당은 놓여나고 싶었다. 그리하여 사방 팔방 시방(十方)으로 밑도끝도
　없이 놓여난 길에다 몸을 풀어 주고 싶은 것이었다. 뜨락의 한 뼘 거리도 길
　이 아닌 것이 없다고는 하지만, 말로는 같은 길이라고 해도 울안에 갇혀 있
　는 길보다 들판에 풀려 있는 길에다 몸을 맡겨 보고 싶은 것이었다. 중원에
　서 동국으로 건너오기 전부터 낡아 버린 형식을 버리고 길에다 몸을 숨기
　되, 기(氣)는 기대로, 질(質)은 질대로, 자유(自由)하고 싶고, 자재(自在)하
　고 싶고, 자적(自適)하고 싶은 것이었다.
　　　　　　　　　　　　　　　　　　　　　　　　　　　—『매월당 김시습』, p.251.

　'놓여나고 싶지만, 결코 놓여날 수 없는 삶'이 바로 '다된 미완성'의
삶, 즉 '방외인'의 삶이다. '울안에 갇혀 있는 길'을 벗어나 '들판에 풀
려 있는 길'에다 몸을 맡겨, '기(氣)는 기대로, 질(質)은 질대로', '자유
(自由)'·'자재(自在)'·'자적(自適)'하면서 일생을 방랑했지만, 결국은
다시 현실로 되돌아올 수밖에 없는 운명을 인정하고 감수해야 하는 매
월당의 모순된 삶은 '이룩한 미완성'의 삶이다.[26] 이러한 매월당 김시

---

25) 신형기, 「정치 현실에 대한 윤리적 대응의 한 양상」, 『작가세계』, 1992년 겨울, p.102 참조.

습의 '방외인'적 삶은 '유교적 전통 속에서 이를 넘어서려는' 의지의 발현이라 할 수 있다.

김시습의 울분과 저항 또한 유교적인 가치관 내에서 이를 비판하는 '비판적인 인사이다'의 모습을 보여준다. 이러한 방외인의 비판과 성찰은 바람직한 유교 전통의 현재적 전용에 일조할 수 있다.[27] 작가의 관심 또한 김시습의 생애 복원에 있는 것이 아니라, 매월당을 통해 오늘의 현실을 성찰하려는 데 있다.[28]

이처럼 매월당 김시습의 '방외인'적 삶이 현실과 이상, 자아와 세계의 긴장으로 변주되며 문학의 존재 조건과 본질에 대한 탐색으로 이어진다는 점에서 『내 몸은 너무 오래 서 있거나 걸어왔다』의 작품들과 연결된다.

---

26) 이러한 점에서 『매월당 김시습』은 유교적 가치관을 벗어날 수 있는 방법이 없다는 사실을 시사하고 있기도 하다. 이는 매월당이 살았던 시대에 대한 역사적 평가를 가능하게 하는 초월적인 전망이 그 시대 안에서 확보되기 어렵다는 사실을 보여준다. 그렇지만 작가는 시, 불교, 도교 등의 비공식적이고 원심적인 담론을 통해 매월당이 살았던 시대의 유교적 가치관을 상대화함으로써 다양한 해석의 여지를 남겨 놓는다. 이러한 '이룩한 미완성'의 삶은 인간을 도구화하는 도그마에 저항한다.

27) 방외사상에 대립되는 것은 중화사상 혹은 중세적 이념이다. 중화사상이 동아시아의 중세문명권을 결속하는 구심적 세계관을 담고 있었다면 방외사상은 관심의 초점을 주변부의 문화로 옮기면서 중세의 다양성을 담지하는 원심적 세계관을 구축했다. 따라서 방외인은 중세적 지식인의 한 전형이며, 그 맞은편에 이름을 어떻게 부르던 간에 거대한 중세의 문명체계를 떠받쳤던 당내의 지식인이 있다. 고대 이전이나 근대 이후에는 원칙적으로 존재하지 않는 방외인은 문화사적으로 말하자면 근대라는 목표를 향해 자기 부정을 거듭해 왔고 종국에는 시대의 전면에서 퇴장하여 빛 바랜 존재로서 새로운 위상을 찾아야 하는 셈이다. 그 과정에서 방외인들은 중심권의 수준 높은 문화를 주변부로 실어 나르는 역할을 하거나, 그것을 주변부 문화의 입장에서 재해석하거나, 더 나아가 주변이 곧 중심이라는 개성 보편론의 세계관을 선보이기도 했다 (윤주필, 앞의 책, p.465 참조).

28) 전(傳)이란 역사에서 두드러진 인물들의 행적을 돌이켜내는 기록의 한 형식이었지만, 일찍이 사마천이 그러했듯, 이들을 통해 서술자의 의지를 피력하는 수단일 수 있다. 역사가 결국 서술의 형태로 존재할 수 있는 것인 이상 서술자가 서는 입장의 중요성이란 새삼 강조할 필요가 없는 것일 터이거니와, 전 형식의 이러한 의탁적 성격은 역사서술의 문학적 변용의 길을 연 것이었다. 전 문학은 흔히 역사적 격동기에 유행했던 것이었다. 전의 형식은 역사적 인물의 삶을 조명함으로써 현실을 과거 위에서 파악하려는 일종의 보수적 균형감각의 획득 기도와 관련된다(신형기, 앞의 책, pp.95~96 참조).

2) '이룩한 미완성'의 언어

『내 몸은 너무 오래 서 있거나 걸어왔다』는 '화자(주인공)'의 연령을 논외로 한다면, 지금까지 이문구가 보여준 작품 세계의 다양한 모습이 중층적으로 얽혀 있는 작품집이다. 「장평리 찔레나무」「장천리 소태나무」「장이리 개암나무」「장곡리 고욤나무」 등은 농촌 세태에 대한 풍자 정신과 농민의 주체 의식을 강조하고 있다는 점에서 『우리 동네』의 연장선에 있고, 「장석리 화살나무」는 과거를 회상하는 기억의 서사로 진행된다는 점에서 『관촌수필』과 유사하며, 「장척리 으름나무」의 '이상만 옹'은 마을의 '터주대감' 역할을 하고 있다는 점에서 『산 너머 남촌』의 '문정'과 동궤에 놓인다. 그러나 자세히 살펴보면, 기존의 작품과는 이질적인 모습이 눈에 띄는 것도 사실이다. 『관촌수필』에서 보이던 과거에 대한 그리움이 엷어져 있으며, 『우리 동네』에서 두드러졌던 풍자의 정신이 한풀 꺾여 있다. 이는 앞서 밝혔듯이, 노년층이 중심 인물을 형성하고 있기 때문이다.

그러나 무엇보다도 지금까지의 작품 세계와는 다른 새로운 경향의 작품들이 등장한다는 사실은 주목을 요한다. 「장동리 싸리나무」와 「더더대를 찾아서」가 그것인데, 이 두 작품은 자아와 세계의 팽팽한 긴장을 바탕으로 존재의 내면을 응시하는 화자를 제시함으로써 농촌과 도시 혹은 전통과 서구의 이분법을 넘어서려는 의도를 보여준다. 이들 작품의 인물들은 『매월당 김시습』의 '김시습'과 같은 '방외인'의 모습을 통해 전통 담론과 서구 담론을 해체·전용한 자리에 새로운 미학적 공간을 마련하고 있다. 여기에서는 이들의 언어가 가진 의미를 추적해 보고자 한다.

「장동리 싸리나무」는 '하석귀'라는 퇴직 공무원이 낙향하여 자연과 소통하는 이야기를 담고 있다. 이 작품의 압권은 아름다운 달밤의 풍경과 그것을 바라보는 인물의 섬세한 내면 사이의 소통이 빚어내는 황홀한 '아우라'이다. 이러한 분위기는 주체와 객체, 그림(재현)과 실물, 내면과 풍경, 설화적 세계와 현실 세계 사이를 가로지르며 새로운 미학적 이미지를 창출한다.

> 그는 얼마 동안이나 그러고 있었던 보람으로 드디어 한 가지 새로운 것을 발견하기에 이르렀다. 그림 속의 난초는 처음 보는 난초지만 그림 속의 화분만은 그리 낯설지가 않다는 것이었다. 어디서 본 화분일까. 그는 바짝 긴장한 채 화분의 선을 뚫어지게 바라보다가 어딘지 엇비슷한 것 같은 느낌에 따라 창가에 늘어놓은 춘란 화분으로 시선을 옮기는 순간 소리 없는 탄식과 더불어 두 손으로 양 무릎을 치고 말았다. 자기가 밟은 묵란도는 그림이 아니라 창가에 늘어놓은 춘란의 그림자였음을 마침내 깨달은 것이었다.
>
> ─「장동리 싸리나무」, 『내 몸은 너무 오래 서 있거나 걸어왔다』, 문학동네, 2000, p.168, 이하 작품과 면수만 표기.

밤마다 들려오는 알 수 없는 '소리'를 듣고 잠이 깬 화자는 그 소리의 출처를 알아내려다 '묵란도(墨蘭圖)' 한 폭을 밟고 있었음을 깨닫고 놀란다. 잠시 후 이 묵란도는 창가에 늘어놓은 춘란의 그림자임이 밝혀진다. 여기에서 '묵란도(춘란의 그림자)'는 그림(재현)과 실물 사이를 매개하는 이미지이다. 그런데 이 묵란도를 그린 화가는 '달'이다. 이에 묵란도는 자연(달)이 보낸 메시지가 된다. 화자는 '달이야말로 위대한 화가'라고 마음에 새기며 자연의 전언을 감상하면서 동화된다. 이러한 '달'에 투사된 자연관이 '달빛이 그를 부르고 있었다'라는, 주체와 객체의 경계를 넘나드는 표현을 가능하게 하는 바탕이 된다. 비록 착각과 환각에 지나지 않았지만, 달빛이 만든 묵란도의 아름다움은 화자에게 기막힌 감동을 선사한다. 이러한 감동은 대상을 재현한 그림(근대의 자연관)을 넘어선 곳에서 발원하며, 자연 그 자체가 주는 경외감(근대 이전의 자연관)과도 거리를 지닌다. 즉, 묵란도가 주는 감동은 이 둘을 대화적으로 연결하는 곳에서 발생한 것이다.

이러한 감동은 내면(자아)과 풍경(세계) 사이에서 탄생한 '환각/환상'의 이미지와 연결된다는 점에서 문학의 본질적 존재 조건에 대한 탐색으로 이어진다.

> 그는 그날도 거실의 창가에 매달려서 달빛에 피어난 수면을 넋 놓고 바라다보고 있었다. 뜨락에 내린 서리에도 달빛이 알알이 피어나고, 서낭댕이 돌아로 굽이진 자갈길도 눈길처럼 피어난 달빛이 그를 부르고 있었다. 그는 그렇지만 한눈을 팔지 않았다. 머지않아 상엿집 모퉁이께서부터 그물로 달빛을 걷어오는 배질이 나타날 터이기 때문이었다. 이윽고 배가 나타났다. 배는 달빛과 물빛에 모양을 내서 어느 어스름 새벽보다도 선체가 두드러져 보였다. 한 사람은 뒷전에 앉아 노를 젓고 한 사람은 뱃전에 서서 그물을 걷고 있었다. 그물이 번쩍거렸다. 무엇이 번쩍이는 것일까. 그물에 걸린 고기일까, 그물에 걸린 달빛일까, 그물에 걸린 서리일까. 그는 달을 보고 물을 보고 사람을 보고 하면서 그 번쩍거리는 빛에 대해 궁금증을 키웠다.
>
> ─「장동리 싸리나무」, pp.194~195.

저수지가 '새벽뜸'을 하는 시각에 '배질'이 있으면 화자는 번번이 넋을 놓고 고깃배를 지켜본다. 쟁기질하는 농부처럼, 나무를 해가는 나무꾼처럼, 장을 보아 가는 장꾼들처럼, 애쓰고 일하는 모습들이 좋아 보였기 때문이다. 그러던 어느 날 무어라고 통 설명할 수 없는 '그 알수 없는 일'이 일어난다. 그는 '배질' 하는 부부의 모습을 보며 '번쩍거리는 빛'에 대한 궁금증을 이기지 못하고 '배 임자네' 집을 찾아간다.

하지만 도중에 '윤병반'에게서 그 집이 비었을 것이라는 말을 듣는다. 어젯밤 처갓집 잔치에 갔다가 아직 돌아오지 않았다는 것이다. 그는 어리둥절하였다. 그렇다면 무엇을 본 것일까. 이러한 '헛것/환각'의 이미지는 자아와 세계 사이를 연결해 주는 상상력의 공간에서 발원하고 있다는 점에서 화자와 풍경 사이를 대화적으로 연결해 준다.

> 바람은 점심나절이 거울러질 만해서부터 일었다. 언제나 수심의 수채가 수갈색(水褐色)을 띠면서부터 수문(水紋)과 함께 일었다. 수갈색은 차츰 물가를 찾아서 수묵색으로 일었다. 수문도 파란으로 바뀌고 물을 물위에서 타는 듯이 빛났다. 물이 물 같지 않게 황홀해지는 것이었다. 만약에 꽃밭이 그렇게 아름다운 꽃밭이 있을 수 있다면 그 꽃밭을 가꾼 사람은 끝내 실성을 하고 말 수밖에 없을 것처럼. 만약에 옷이 그렇게 아름다운 옷이 있을 수 있다면 그 옷을 입은 사람은 결국 이 세상 사람이 아닐 수밖에 없을 것처럼.
>
> ─「장동리 싸리나무」, pp.191~192.

'헛것/환각'이 발현하는 아름다움에의 매혹은 위의 인용문에서 드러나는 '물 같지 않은 물', '꽃밭 같지 않은 꽃밭', '옷 같지 않은 옷' 등의 이미지가 주는 황홀감에 비유할 수 있다. 이는 사물을 규정짓는 정체성의 테두리와 그 너머의 경계에서 발하는 아름다움이다. 이 아름다움은 '현실 속에서 현실을 넘어서려는' 문학(소설)의 모순된 운명과 맞닿아 있다. 문학은 자아와 세계 사이의 관계를 심문한다. 자아의 의식은 늘 세계를 통해 경험되고, 담론 또한 늘 세계에 의해 경험된다. 따라서 모든 재현에 대한 해석에는 대화적 상상력이 필요하다. 그것은 타자에 대한 주체의 시각의 잉여를 사용하는 일이며, 주체에 대한 타자의 외재성을 인정하는 일이다.[29] 이러한 '타자에 대한 주체의 시각의 잉여'나 '주체에 대한 타자의 외재성'이 발현되는 공간, 즉 주체와 타자 혹은 자아와 세계의 경계에서 '헛것/환각'이 주는 황홀한 아름다움이 발생하는 것이다.

이러한 경계에 대한 탐색은 '별명'의 수사학으로 변주되기도 한다. 이름과 존재 사이의 경계에 스스로의 자리를 마련하는 별명은 사용가치를 넘어선 친근감을 유발함으로써 대상과 존재 사이의 거리를 가깝게 한다. 가겟집 주인은 사람들의 이름 대신, 그 사람의 주량을 기준으로 '김두홉', '최반병', '윤병반', '박스홉', '하느홉', '한최고' 등의 별명을 지어 부른다. 이러한 호칭은 이름과 존재 사이의 점이지대에 존재한다. 가겟집 주인은 '술'이라는 매개를 통해 사람들을 재규정하는 것이다. 놀랍게도 이러한 별명은 각 개인의 이력이나 속성, 그리고 그 인물에 대한 화자의 호감의 정도를 정확하게 보여준다.

> "그럼 내 이름은 하느홉이네요."
> 그는 노파에게 보통으로 마실 때의 주량을 귀뜸해주었다.
> "아저씨사 원제 우리집에 오너서 한번 자시는 걸 보구 난 대미 내사 증허기에 달렸구유."
>
> —「장동리 싸리나무」, p.160.

여기에서 별명은 화자와 청자 사이를 상호 텍스트적으로 연결시켜주는 지표가 된다. 모든 사람에게는 사물을 보는 자신만의 기준이 있는데, 그것을 인정해 주는 교감의 자세가 이러한 별명을 통해 제시되고 있는 것이다.

따라서 '묵란도', '헛것/환각', '별명'의 이미지는 중심과 주변, 도시와 농촌, 문명과 자연, 말과 침묵, 이성과 감성, 의식과 무의식 등을 대

---

29) 권덕하, 앞의 책, p.195 참조.

화적으로 연결하려는 교감의 언어라 할 수 있다.

이는 「더더대를 찾아서」의 '더더대'가 지닌 이미지와 유사하다. 이 작품은 우리 주변에서 사라져 버린 '까마귀'에 대한 의문에서 시작하여, '언년이'를 통해 '더더대'의 이미지를 재구성하는 과정을 보여준다. '으덩박시', '반편이'로 불렸던 '더더대'는 이성의 언어(근대 언어)와 감성의 언어(공동체적 언어), 중심과 주변을 매개하는 경계의 기표이다. 그의 '더덜거리는' 말은 '너덜거리는' 정상인의 말과 이를 거부하는 침묵의 말 사이에 존재하며 양자를 대화적으로 연결하는 기능을 한다. 이러한 '더더대'를 찾아 나서는 화자의 모습은 '더더대'를 매개로 이성의 언어와 감성의 언어, 중심과 주변을 대화적으로 연결하려는 작가의 의지를 반영한다.

3) 자기 응시와 주체의 자기 긍정

지금까지의 이문구 소설은 화자(작가)의 연령을 고려했을 때 성장 소설의 구도로 이해할 수 있다. 초기 소설의 경우, 화자는 청년층이 주류를 형성하고 있다. 이들은 서구 중심의 근대화 기획에 대한 저항을 통해 자신의 정체성을 심문하였다. 중기 소설의 경우 화자는 중년층이 주류를 이루고 있다. 이들은 전통 담론에 관심을 가지면서 근대 담론을 되받아 쓰는 데 주력하였다. 후기 소설에서는 노년층이 중심 화자의 위치를 차지한다. 이들은 전통 담론과 근대 담론의 경계에서 '방외인'의 태도를 취하면서 자아와 세계, 삶과 죽음에 대한 심화된 인식을 보여주었다.

이러한 성장 소설의 구도는 근대성과 탈식민성에 대한 성찰의 시선이 심화·확장됨을 보여준다. 초기 소설은 사회·역사적 의미의 근대성에 대한 작가적 성찰을 드러낸다. 여기에서는 급속한 산업화의 와중에서 고향을 상실한 인물들의 문제적 삶을 형상화하는 데 주력하면서, 근대 동일성 담론 극복의 과제를 제기하였다. 중기 소설의 경우, 전통적 삶의 양식에 대한 긍정을 통해 근대 담론을 상대화하는 힘을 획득하고 있다. 이는 서구 중심의 담론을 '되받아 쓰는' 탈식민주의적 전망과 연결된다. 후기 소설에서는 서구적 의미의 근대 담론을 상대화하는 전략이 또 다른 역편향을 낳을 수도 있다는 반성적 성찰을 바탕으로 전통 담론과 근대 담론을 동시에 해체·전용하려는 의도를 표출하였다. 이는 탈식민주의 담론의 동시대적 딜레마를 보여준다. 이러한 문제의식을 작가는 '방외인'의 삶과 언어를 통해 제시한다. '방외인'의 삶과 언어는 도시와 농촌, 근대 담론과 전통 담론의 이분법을 지양하고 이들을 대화적으로 연결하려는 의도와 이러한 문제의식을 삶과 문학의 근원적 화두로 확장시키고 있다.

방외인의 삶과 언어는 지금까지 이문구 소설이 보여준 장황한 사설, 언어를 통한 논쟁, 언어유희 등이 외부로 향하는 듯 보이지만 실상은 내면과의 대화라는 사실을 보여준다.

해가 있는 날은 으레 점심나절이 기울어질 만해서부터 바람결과 함께 물이 설레게 마련이었다. 그리고 그에 따라 수채(水彩)가 되살아나고 뒤미쳐서 파란이 일기 시작하면, 물결마다 타는 듯이 이글대며 반짝이는 서슬에 누구도 저 먼저 실눈을 뜨지 않고는 물녘을 바라다볼 수가 없었다.

물결마다 그렇게 눈이 부실 수가 없이 햇빛에 타고 있을 적에는 꼭 해가 어리중천에 있는 것이 아니라 수심에 들어앉아 날이 저뭇하도록 들썽거릴 것만 같아 은연중에 마음까지 어수선해지던 것이 그 다음 순서였다.

나 역시 저냥 저랬던겨. 저냥 물에 뜬 물마냥 살아온겨. 못나게. 지지리도 못나게.

하석귀(河石龜)는 하루에 한바탕씩 파란이 일어 요란스럽게 반짝거려대

는 집 앞의 저수지가 내다보일 적마다 누구 하나 들어주는 이 없는 넋두리
로 시간이 가는 줄을 몰랐다.

— 「장동리 싸리나무」, pp.157~158.

위의 인용문은 화자의 내면과 호수의 풍경이 소통함으로써 아름다운
장면을 연출한다. '하석귀'는 호수의 물결에 자신의 삶을 투영하기도
하며, 자연의 메시지를 내면화하여 스스로의 삶을 성찰하기도 한다.
늘 제외되고 소외되었지만 원초적 생명력으로 꿋꿋하게 살아온 비주
류 민중들의 삶이 아름다운 자연 풍경에 투영되고 있는 것이다. 아름
다운 자연 풍광에서 느끼는 이러한 황홀경은 자아 도취의 경험과는 다
르게, 망아(忘我)나 몰아(沒我)라기보다는 삶에 대한 관조와 달관의 분
위기와 함께 있다.[30]

관조와 달관의 자연관 속에 전제된 '자연'은 근대 이전의 인류가 지
녔던 숭엄과 경외의 대상으로서의 '자연'도 아니고, 근대인들이 지녔
던 개척과 노동의 대상으로서의 '자연'도 아니다. 이 자연은 두 가지를
다 감싸안으면서도 그 너머에 있다. 자연은 사람의 이웃이라는 것, 그
래서 사람의 입장에서 그것이 지닌 쓸모(사용가치)로 그 존재가 빛나는
것이 아니라, 자연이 사람 곁에 존재하고 있다는 사실 자체로 빛나는
것이라는 자연관인 것이다.[31]

---

30) 이와 같은 풍경에 대한 묘사의 궁극적인 지향점은 자기 자신의 내면일 수밖에 없다. 풍경의 아
름다움이란 그것을 발견할 수 있는 눈에 의해서만 포착되는 것이고, 그 눈을 만들어내는 것은
내면이다. 풍경과 내면은 서로가 서로의 타자이다. 자연을 단순한 배경(background)이 아닌
풍경(landscape)으로 만들어내는 것은 고립된 주체의 내면이다. 하석귀가 궁극적으로 도달하
게 되는 지점이 자기 인식임은 이런 뜻에서 당연하게 보인다. 자신의 삶에 대한 성찰은 궁극적
으로 저러한 체념 섞인 자기 긍정에 도달할 수밖에 없는 것이다. 그것은 성숙함이고 어른스러
움이며, 그 어른스러움이란 유한성과 허무주의의 한가운데 있는 자기 자신의 모습을 인식하는
것이며 또한 동시에 그 가운데에서도 새로운 자기 지양을 향해 나아가는 것이다. 자기 긍정이
란 이러한 자기 인식과 자기 지양에서 비롯되는 것일 터이다(서영채, 「충청도의 힘」, 『내 몸은
너무 오래 서 있거나 걸어왔다』, 문학동네, 2000, pp.340~341 참조).
31) 한수영, 「나무의 존재론」, 『내일을 여는 작가』, 2000년 가을, p.386 참조.

한수영은 이문구 문학에 투영된 자연관에 대하여 위와 같이 정당한 평가를 내리면서도 '더더대'와 '하석귀'의 세계(자연의 세계)를 말이 필요 없고, 말이 존재하지 않는 은거의 세계라고 규정함으로써 '말의 세계와 침묵의 세계'라는 이분법을 재생하고 있다. 그는 이문구의 작품을 '말'의 세계와 '소리'의 세계로 나눈다. '말'의 세계는 이문구 특유의 언어적 감각이 돋보이는 『우리 동네』 계열의 작품에, '소리'의 세계는 자연 친화 일변도의 「장동리 싸리나무」와 「더더대를 찾아서」 같은 작품에 반영되어 있다는 것이다. '소리'의 세계가 '말'의 세계와 다른 점은 "'이해'와 '발견'의 차이이며, '대립과 상호충돌'이 아닌 '친화 일변도의 세계'라는" 점이다. 소통의 한쪽 상대가 이미 선험적으로 주어져 있기 때문에, 소통의 다른 쪽 상대가 할 수 있고 해야 할 일은 상대의 한결같은 '전언'을 '발견'하는 일밖에 없다는 것이다.[32]

이러한 주장에 따른다면 '하석귀'나 '이립'의 귀향은 '사회'에서 패배하고 '말'에 상처받은 인간이 행하는 도피와 은거가 된다. 그러나 '하석귀'나 '이립'의 행위를 '말'의 세계와 '소리'의 세계를 대화적으로 연결하려는 태도로 본다면 이러한 이분법은 지양될 수 있다. 사실 '하석귀'와 자연은 상호 소통하며 교감한다. '하석귀'는 자연의 풍광 속에 자신의 삶을 투영하기도 하며, 자연의 메시지를 내면화하여 삶을 성찰하기도 한다. 또한 '더더대'를 찾아 나서는 '이립'의 행위는 침묵의 세계로의 투항이 아니라, 공동체적 삶과 근대적 삶의 경계에서 침묵의 세계와 말의 세계를 대화적으로 소통시키려는 의지를 드러낸다.

따라서 '하석귀'와 '이립'의 자기 고립과 내면 응시의 태도는 '말의 세계'와 '침묵의 세계'를 대화적으로 연결하면서 동시에 이를 넘어서려는 '주체의 자기 긍정'을 향한 치열한 고투의 과정으로 이해할 수 있

---

32) 한수영, 「말을 찾아서」, 앞의 책, pp.376~378 참조.

다. 이러한 자기 긍정을 향한 이문구의 문학적 실천은 근대화 기획의 중심에서 배제되고 소외된 주변적인 주체들의 삶에 대한 지극한 애정의 표현이었으며, 이들의 삶을 거울삼아 동시대의 '근대성'과 '탈식민성'을 성찰함으로써 스스로의 정체성을 탐색하고 확장하려는 의도의 산물이었다.

제6장 _ 결론

제6장
결론

　본고에서는 이문구의 소설이 서구 중심의 근대화 기획에 대한 저항의 의미를 함축하고 있다는 전제 아래, 그의 소설에 나타난 근대성과 탈식민성을 고찰하였다.

　이문구 소설에 나타난 근대성과 탈식민성에 주목한 이유는 다음과 같다.

　첫째, 이문구가 활발하게 작품을 창작하던 1960~70년대는 서구 중심의 근대화로 인해 우리의 전통적 문화 양식이 급속도로 붕괴되던 시기였다. 그의 소설은 서구 세계만을 배려한 보편적 근대성에 의문을 제기하고, 우리의 특수한 토착적 서사 양식을 발굴·전경화함으로써 주변부 근대성의 이식과 굴절의 양상을 표출하고 있다고 판단하였기 때문이다.

　둘째, 이러한 이문구의 문학적 실천은 타자의 배제를 통하여 동일성을 확보한 서구 중심의 근대성을 상대화하고 이와는 이질적인 또 다른 근대성을 구축하려는 탈식민주의의 과제와 연결된다고 보았기 때문이다.

본고의 연구는 다음의 단계를 거쳐 이루어졌다.

먼저, 이문구 소설의 다양하고 역동적인 의미를 탐색하려는 목적의 일환으로, 시간적인 계기성과 작품의 내적 변모를 종합적으로 고려하여 이문구의 작품 세계를, 제1기(1965~1972) : '고향 상실 극복과 탈식민성 지향', 제2기(1972~1981) : '전통적 삶의 긍정과 근대 담론 되받아 쓰기', 제3기(1981~2003) : '문화로의 시각 이동과 담론의 전용' 등 세 시기로 구분하여 고찰하였다.

이러한 시기 구분을 바탕으로, 2장에서는 이문구 소설을 분석하는 데 필요한 주요 개념과 적용 범위를 한정하였다. 본고에서 사용한 '근대성'은 근대의 부정적인 양상을 비판적으로 지양하려는 서구적 의미의 근대성 개념을 포괄하면서도, 이러한 근대성과 중첩되면서 그 경계를 일탈하는 '탈근대성', '탈식민성'과도 연결되는 개념이다. 근대적 삶에 대한 적극적 대응 양식으로 규정된 근대성 개념은 이문구 소설의 인물들에게 투영된 근대 체험과 그 반응 양상을 규명하는 유효한 분석틀이 될 수 있다고 판단하였기 때문이다. 이는 '서구적·보편적 근대성'과 '식민지적·특수한 근대성'의 이분법을 넘어서고자 한 본고의 문제 의식에서 출발하였다.

본고에서는 '전근대성', '탈근대성', '탈식민성'을 '근대성'의 개념과 연관하여 규정하였다. 이문구 소설에 나타나는 전근대적 요소는 부정적 근대에 대한 비판의 계기를 함축하는 것으로 한정하였다. 그의 소설에 나타난 이러한 전통적 서사 규범은 단선적 시간의식, 인공적 플롯, 언문일치에 바탕한 문체 등으로 대변되는 근대 서사의 동일성 담론을 비판·상대화하는 데 기여하였다.

탈근대성 논의는 근대가 신화화한 절대적 진리나 단선적인 진보 이데올로기를 해체하고 있다는 점에서 근대성의 딜레마를 반영하는 담론이다. 이러한 탈근대성의 담론은 급진적인 통찰력을 통해 근대의 신화를 상대화하였지만 작품의 표면적 논리나 주변적 모티프를 분석하는 데 그침으로써, 근대 사회의 물적 토대, 특히 (신)제국주의의 제3세계에 대한 새로운 종속과 이에 반발하는 저항 담론에 대한 관심을 배제함으로써 실천적 한계를 노출한다. 이에 일제 강점기의 경험을 가지고 있으며, 해방 이후 현재까지 서구 문화의 영향에서 자유롭지 못한 우리의 문학을 분석하기 위해서는 탈식민성의 개념이 요구된다. 본고에서는 탈식민주의라는 용어를 식민주의 시기로부터 현재에 이르기까지 제국주의적 영향으로부터 자유로울 수 없었던 모든 문화를 포괄하는 통칭적 개념으로 사용하였다. 탈식민주의 담론이 법적·제도적으로 더 이상 식민지가 아니지만 문화적·정신적으로 여전히 식민 상태가 지속되고 있는 식민지 시대 이후의 문제를 극복하기 위한 실천적 담론으로 기능하고 있다고 판단하였기 때문이다. 이러한 관점은 전근대성과 근대성, 그리고 탈근대성이 혼종된 우리의 현실에서 서구 중심의 부정적 근대를 상대화하고 주체적 근대성을 성취하는 과제와 근대 이후의 세계에 대한 전망을 확립하는 데 주요한 시사점을 제공한다.

다음으로 3장에서는 이문구 소설의 원류가 되는 제1기 소설을 분석하였다. 여기에서는 도시와 농촌의 공간 변화 양상을 중심으로 등장인물의 정체성을 분석하고, 이를 통해 탈식민성을 지향하는 작가의식을 추출하였다. 이 장에서는 이문구의 농촌공동체에 대한 지향이 지금까지의 단선적인 평가와는 달리 복합적이고 다층적이라는 점과 등장인물 또한 야성적이고 본능적인 속성을 지닌 근대 미달의 인물이 아니라 '근대성을 체현하면서도 이를 넘어서려는' 적극적인 성향을 가지고 있음을 고찰하였다. 작가는 서구적 의미의 근대성과 농촌공동체적 삶의 양식을 동시적으로 체험하는 다성적 주체나 비동일화의 주체들을 부각시키는 데, 이들은 도시와 농촌의 이분법적 분리에 바탕한 근대 동일성 담론에 미세한 균열을 내면서 중층적이고도 양가적인 의미망을 구축하는 데 기여하고 있다.

4장에서는 『관촌수필』과 『우리 동네』를 중심으로 제2기 작품을 분석하였다. 이 장에서는 서구의 동일성 담론이 초래한 정신적 예속화를 극복하는 길은 일차적으로 전통적 삶의 양식에 대한 긍정에 있다는 의식을 전제로, 근대 담론을 전통적인 서사 양식을 통해 되받아 쓰려는 작가의식을 분석하였다. 그 결과 『관촌수필』에서는 '무엇을' 통해 근대의 담론을 되받아 쓸 것인가에 주목하고 있는데 비해, 『우리 동네』에서는 '어떻게' 서구의 담론을 전용할 것인가에 관심을 쏟고 있음을 밝혔다.

5장에서는 이문구 소설의 관심이 현실에서 문화로 이동하고 있음을 전제로, 담론의 전용 양상과 등장인물의 내면 의식을 중심으로 제3기 작품을 분석하였다. 제1절에서는 『산 너머 남촌』을 텍스트로 삼아, 한자어, 고유어 그리고 외래어를 동시적으로 전용함으로써 기존의 의미와 새롭게 전용된 의미 사이의 틈새들(interstices)에 주목하는 작가 의식을 탈식민주의적 관점에서 고찰하였다. 이러한 담론(언어/문화)의 전용은, 언어가 이미 이질적인 이데올로기에 의해 침윤되어 있는 갈등의 현장임을 보여주었다.

등장인물들의 내면의식을 분석한 제2절에서는 현실과 이상, 자아와 세계의 경계선에서 양자 사이를 대화적으로 연결하려는 『매월당 김시습』의 '김시습', 「장동리 싸리나무」의 '하석귀', 「더더대를 찾아서」의 '이립' 등의 내면의식을 '방외인'의 관점에서 고찰하였다. 방외인의 삶은 지금까지 이문구 소설의 인물들이 보여준 농촌과 도시, 전통 담론과 서구 담론 등의 긴장을 자아와 세계, 현실과 이상의 긴장으로 확장·심화시키고 있다는 점에서 보편성을 획득하고 있다. 이러한 긴장으로의 귀환은 문학의 본질적인 문제의식으로 되돌아옴이요, 새로운 세계로의 출발을 알리는 신호가 된다는 점에서 이문구 문학의 본령이라고 할 수 있다.

　본고에서는 근대 세계에 대한 근원적 문제의식을 함축하는 시대정신으로서의 '근대성'과 이러한 근대성이 전통 양식과 맺고 있는 상관 관계를 탈식민주의적 관점에서 고찰하였다. 이문구 소설의 전통적 서사 규범은 '근대성'과 이를 일탈하는 '탈근대성·탈식민성'의 틈새에 존재하면서 역동적인 의미를 창출하고 있다. 전통적 서사 기법은 현재의 부정적 요소를 혁신하고 일탈하는 가변적인 의미를 함축함으로써 스스로를 갱신하고 재형상화한다. 이러한 과정을 통해 전용된 전통적 삶의 양식은 현재적 삶에 대한 향수의 계기로 인식되기를 거부하고, 동시대적 삶을 성찰하는 필수불가결한 요소로 기능하면서 부정적 현재를 넘어서려는 미래지향적 가치와 연결된다. 탈식민주의적 관점은 이러한 전통지향성과 근대성을 변증법적으로 매개하는 방법론으로 기능하면서 이문구 소설의 동시대적 의미를 밝히는 데 기여함으로써, 이문구 소설에 대한 기존의 상반된 평가, 즉 근대에 미달된 형식이라는 부정적 관점과 세밀한 검토를 거치지 않은 채 전통 담론으로 격상시키는 긍정적 관점을 발전적으로 지양하는 데 중요한 시사점을 제공해 주었다.

　본 연구의 성과가 '억압과 해방의 양날을 지니고 우리에게 주어진 근대성'을 주체적으로 전용하려는 근대문학 논의의 심화와 확장에 기여할 수 있기를 기대하며, 탈식민주의 문학 이론에 대한 세밀하고도 체계적인 검토, 본고에서 언급하지 못한 동시, 수필, 꽁트 등에 대한 본격적인 탐구 그리고 제3세계 탈식민주의 문학과의 비교 연구 등을 앞으로의 과제로 남겨 둔다.

■ 참고문헌

1. 기본자료

이문구, 『이문구 소설 전집 1, 3, 4, 5, 7』, 솔, 1995~1998.

_____, 『산 너머 남촌』, 창작과비평사, 1990.

_____, 『매월당 김시습』, 문이당, 1992.

_____, 『유자소전』, 벽호, 1993.

_____, 『장한몽 1·2』, 책세상, 1995.

_____, 『내 몸은 너무 오래 서 있거나 걸어왔다』, 문학동네, 2000.

2. 국내 단행본

고미숙, 『한국의 근대성, 그 기원을 찾아서』, 책세상, 2001.

권덕하, 『소설의 대화이론』, 소명출판, 2002.

권보드래, 『한국 근대소설의 기원』, 소명출판, 2000.

권영민, 『한국현대문학사』, 민음사, 1993.

김명인, 『김수영, 근대를 향한 모험』, 소명출판, 2002.

김민수, 『환멸의 세계, 매혹의 서사』, 거름, 2002.

김성곤, 『포스트모던 소설과 비평』, 열음사, 1993.

_____, 『뉴미디어 시대의 문학』, 민음사, 1996.

김성기 편, 『모더니티란 무엇인가』, 민음사, 1994.

김욱동, 『전환기의 비평 논리』, 현암사, 1998.

_____, 「대화적 상상력』, 문학과지성사, 1988.

김욱동 편,『포스트모더니즘과 예술』, 청하, 1991.

김윤식·정호웅,『한국소설사』, 예하, 1999.

김재홍,『한국 현대시 형성론』, 인하대학교 출판부, 1985.

_____,『현대시와 역사의식』, 인하대학교 출판부, 1988.

김종회,『한국 소설의 낙원 의식 연구』, 문학아카데미, 1990.

김진석,『탈형이상학과 탈변증법』, 문학과지성사, 1992.

김천혜,『소설 구조의 이론』, 문학과지성사, 1991.

나병철,『한국문학의 근대성과 탈근대성』, 문예출판사, 1996.

_____,『소설의 이해』, 문예출판사, 1998.

_____,『모더니즘과 포스트모더니즘을 넘어서』, 소명출판, 1999.

_____,『근대 서사와 탈식민주의』, 문예출판사, 2001.

남진우,『미적 근대성과 순간의 시학』, 소명출판, 2001.

도정일,『시인은 숲으로 가지 못한다』, 민음사, 1994.

문병호,『아도르노의 사회 이론과 예술 이론』, 문학과지성사, 1993.

문학과 사상 연구회 편,『20세기 한국문학의 반성과 쟁점』, 소명출판, 1999.

문학사와 비평 연구회 편,『1970년대 문학연구』, 예하, 1994.

_____,『1960년대 문학연구』, 예하, 1993.

민충환 편저,『이문구 소설어 사전』, 고려대학교 민족문화연구원, 2001.

박지향,『제국주의』, 서울대학교 출판부, 2000.

박희병,『한국전기소설의 미학』, 돌베개, 1997.

서영채,『소설의 운명』, 문학동네, 1996.

서울사회과학연구소 편,『근대성의 경계를 찾아서』, 새길, 1997.

송효섭,『설화의 기호학』, 민음사, 1999.

역사문제연구소 편,『한국의 '근대'와 '근대성' 비판』, 역사비평사, 2000.

우실하,『오리엔탈리즘의 해체와 우리 문화 바로 읽기』, 소나무, 1997.

이광호,『미적 근대성과 한국문학사』, 민음사, 2001.

이기문 · 이상규 외,『문학과 방언』, 역락, 2001.

이진경,『근대적 시 · 공간의 탄생』, 푸른숲, 2000.

임우기,『그늘에 대하여』, 강, 1996.

임형택,『한국문학사의 시각』, 창작과비평사, 1984.

전경갑,『현대와 탈현대의 사회사상』, 한길사, 1997.

전규찬,『포스트 시대의 문화정치』, 커뮤니케이션북스, 1998.

정정호,『탈근대인식론과 생태학적 상상력』, 한신문화사, 1997.

_____,『세계화 시대의 비판적 페다고지』, 생각의 나무, 2001

정정호 편,『포스트모더니즘과 한국문학』, 글, 1991.

최혜실,『한국 현대 소설의 이론』, 국학자료원, 1992.

태혜숙,『탈식민주의 페미니즘』, 여이연, 2001.

하정일,『20세기 한국문학과 근대성의 변증법』, 소명출판, 2000.

한국소설학회 편,『공간의 시학』, 예림기획, 2002.

한승옥,『한국 현대 소설과 사상』, 집문당, 1995.

한용환, 『소설학 사전』, 고려원, 1992.

_____, 『서사 이론과 그 쟁점들』, 문예출판사, 2002.

홍성호, 『문학사회학, 골드만의 그 이후』, 문학과지성사, 1995.

황병하, 『메타비평을 위하여』, 민음사, 1997.

3. 국내 논문 및 평문

강내희, 「한국의 식민지 근대성과 충격의 번역」, 『문화/과학』, 2002년 가을.

고미숙, 「'전근대'와 '탈근대'의 횡단을 위한 시론— '섹슈얼리티'를 중심으로」, 『실천문학』, 1998년 여름.

고부응, 「에드워드 사이드 : 변경의 지식인」, 『현대시사상』, 1996년 봄.

_____, 「문화와 민족 정체성」, 『비평과 이론』, 2000년 가을·겨울.

고인환, 「1980년대 문학을 '타자화'하는 한 방식」, 『한국문화연구』, 경희대학교 민속학연구소, 2001.

_____, 「순정한 허구, 혹은 소설의 죽음과 부활」, 『문예중앙』, 2001년 겨울.

구자황, 「이문구 소설 연구」, 성균관대학교 박사학위 논문, 2002.

권성우, 「1991년에 다시 읽은 『관촌수필』」 『관촌수필』, 문학과지성사, 1991.

권택영, 「탈식민주의와 문화비평—이론과 실천」, 『현대시사상』, 1996년 봄.

김대성, 「이문구 소설 연구」, 고려대학교 석사학위 논문, 1997.

김동환, 「생태학적 위기와 소설의 대응력」, 『실천문학』, 1996년 가을.

김만수, 「땅의 근본과 사람의 도리에 대한 성찰」, 『한국문학소설대계 5』, 동아출판사, 1995.

_____, 「잉여와 효율 사이의 거리」, 『만고강산』, 솔, 1998.

_____, 「전래적 농촌에 대한 회고적 시각」, 『작가세계』, 1992년 겨울.

김병익, 「4·19와 한글 세대의 문화」, 『열림과 일굼』, 문학과지성사, 1991.

_____, 「관찰과 성찰」, 『세계의 문학』, 1982년 봄.

_____, 「限에서 悲劇으로」, 『장한몽』, 책세상, 1987.

김상태, 「이문구 소설의 문체」, 『작가세계』, 1992년 겨울.

김상환, 「탈현대 사조의 공과 — 철학사의 관점에서」, 『현대비평과 이론』, 1997년 봄·여름.

김성곤, 「빼앗긴 시대의 문학과 백 년 동안의 고뇌」, 『뉴미디어 시대의 문학』, 민음사, 1996.

_____, 「중심과 주변, 탈식민주의적 텍스트 읽기」, 『뉴미디어 시대의 문학』, 민음사, 1996.

김연숙, 「채만식 문학의 근대 체험과 주체구성 방식 연구」, 경희대학교 박사학위 논문, 2002.

김외곤, 「근대의 초극·포스트모더니즘·오리엔탈리즘」, 『세계의 문학』, 2001년 가을.

김우창, 「근대화 속의 농촌」, 『세계의 문학』, 1981년 겨울.

김윤식, 「모란꽃 무늬와 물빛 무늬」, 『한국문학』, 2000년 여름.

_____, 「문체의 힘」, 『한국 현대 소설사』, 일지사, 1976.

김인환, 「체험의 문체」, 『창작과 비평』, 1977년 여름.

김재용, 「근대극복으로서의 공동체 발견과 그 명암」, 『실천문학』, 1998년
여름.

김종철, 「사회 변화와 전통적 가치」, 『시와 역사적 상상력』, 문학과지성사,
1978.

_____, 「작가의 진실성과 문학적 감동」, 『농민문학론』, 온누리, 1983.

_____, 「작가의 진실성과 문학적 감동」, 백낙청 편, 『민족문학의 현단계
Ⅰ』, 창작과비평사, 1982.

김주연, 「서민생활의 요설록」, 『한국문학대전집』, 태극출판사, 1976.

_____, 「폐쇄사회, 인정주의, 이데올로기」, 『관촌수필』, 문학과지성사, 1997.

김치수, 「농촌소설의 의미와 확대」, 『우리시대 우리 작가 6』, 동아출판사,
1987.

_____, 「유머와 요설기법」, 『문학과 비평의 구조』, 문학과지성사, 1984.

김태현, 「문체의 윤기와 농촌의 변모」, 『현대소설』, 1990년 겨울.

김 현, 「고향 탐색의 문학적 의의」, 『책읽기의 괴로움/살아있는 시들』, 문
학과지성사, 1992.

김흥규, 「생생한 고향의 기억과 상실」, 『가슴속에 남아 있는 미처 하지 못한
말, 으악새 우는 사연 외, 한국현대문학전집 49』, 삼성출판사,

1979.

노용무, 「김수영 시 연구」, 전북대학교 박사학위 논문, 2001.

도정일, 「문화, 이데올로기, 일상의 삶」, 『시인은 숲으로 가지 못한다』, 민음
사, 1994.

류보선, 「중심을 향한 동경」, 『한국근대문학연구』, 태학사, 2000, 창간호.

민병인, 「이문구 소설 연구」, 중앙대학교 박사학위 논문, 2000.

민승기, 「바바의 모호성」, 『현대시사상』, 1996년 봄.

박종성, 「탈식민주의 담론에서 제3의 길찾기」, 『실천문학』, 1999년 가을.

박철화, 「문학의 상대성, 한국문학의 새로운 미학」, 『문학인』, 2002년 가을.

백낙청, 「사회비평 이상의 것」, 『창작과비평』, 1979년 봄.

_____, 「민족문학론, 분단체제론, 근대극복론」, 『창작과비평』, 1995년 가
을.

서강목, 「탈식민주의 시대에 다시 읽는 은구기」, 『실천문학』, 1999년 가을.

서영채, 「충청도의 힘」, 『내 몸은 너무 오래 서 있거나 걸어왔다』, 문학동네,
2000.

_____, 「한국 소설과 근대성의 세 가지 파토스」, 『문학동네』, 1999년 여름.

_____, 「인문주의, 근대성, 문화」, 『소설의 운명』, 문학동네, 1996.

_____, 「소설의 운명, 1993」, 『소설의 운명』, 문학동네, 1996.

송기숙, 「시골 밭둑의 싱싱한 수풀」, 『산너머 남촌』, 창작과비평사, 1990.

송승철, 「탈식민주의 비평 : 비판과 포섭 사이에서」, 『안과밖』, 2002년 상반

기.

송효섭, 「탈근대의 문화 상황과 서사 담론의 지형학」, 『설화의 기호학』, 민
음사, 1999.

송희복, 「말투의 복원, 청감의 시학」, 『이 풍진 세상을』, 솔, 1997.

_____, 「남의 하늘에 붙어 산 삶의 뜻」, 『작가세계』, 1992년 겨울.

신동욱, 「문학적 지평의 확대를 위하여」, 『삶의 투시로서의 문학』, 문학과지
성사, 1988.

_____, 「우리 삶의 밑바닥을 형성하는 사람들의 감정과 의지」, 『장한몽』,
양우당, 1988.

신형기, 「정치 현실에 대한 윤리적 대응의 한 양상」, 『작가세계』, 1992년 겨
울.

염무웅, 「60년대 현실의 소설적 제시」, 『창작과비평』, 1974년 가을.

_____, 「근대소설의 경향과 전망」, 『창작과비평』, 1978년 봄.

_____, 「도시·산업화 시대의 문학」, 『민중시대의 문학』, 창작과비평사,
1979.

우한용, 「소설 문체의 사회 시학적 궤적」, 권영민 편, 『한국문학 50년』, 문학
사상사, 1995.

유복순, 「이문구의 『관촌수필』 연구」, 한국교원대학교 석사학위 논문,
2000.

유성호, 「동일성의 논리와 비극성의 미학 — '민중문학'에 나타난 미의식」,

『문학인』, 2002년 가을.

유종호, 「농촌 최후의 시인―그 언어와 문체」, 『다갈라 불망비』, 솔, 1996.

윤택림, 「탈식민 역사쓰기를 향하여 ― '탈근대론'적 역사해석 비판」, 『역사
　　　　비평』, 2002년 봄.

이경원, 「아체베와 응구기 : 영어제국주의와 탈식민적 저항의 가능성」, 『안
　　　　과밖』, 2002년 상반기.

＿＿＿, 「탈식민주의론의 탈역사성」, 『실천문학』, 1998년 여름.

＿＿＿, 「탈식민주의의 계보와 정체성」, 『비평과 이론』, 2000년 가을·겨울.

이남호, 「달라지는 농촌의 속모습」, 『한심한 영혼아』, 민음사, 1986.

이동하, 「70년대 우리 소설」, 『한국문학의 현단계 Ⅰ』, 창작과비평사, 1982.

이라온안, 「이문구의 『관촌수필』 연구」, 상명대학교 석사학위 논문, 2001.

이병천, 「세계사적 근대와 한국의 근대」, 『모더니티란 무엇인가』, 민음사,
　　　　1994.

이석구, 「식민주의 역사와 탈식민주의 담론」, 『외국문학』, 1997년 봄.

이석호, 「포스트콜로니얼리즘 미학의 양가성」, 한국외국어대학교 박사학위
　　　　논문, 1996.

이승렬, 「분신의 정치학―스피박의 이론에 대한 비판적 읽기」, 『현대시사
　　　　상』, 1996년 봄.

이춘섭, 「이문구 농민소설 연구」, 경희대학교 석사학위 논문, 2000.

임우기, 「'매개'의 문법에서 '교감'의 문법으로」, 『그늘에 대하여』, 강,